KB180223

닥터 데스의 유산

DOCTOR · DEATH NO ISAN KEIJI INUKAI HAYATO

by Shichiri Nakayama
Copyright © Shichiri Nakayama 2017, 2019
First published in Japan in 2017 by KADOKAWA CORPORATION, Tokyo.
Korean translation rights arranged with KADOKAWA CORPORATION, Tokyo
through JM Contents Agency Co.

닥터 데스의 유산

ドクター・デスの遺産

나카야마 시치리
장편소설

문지원 옮김

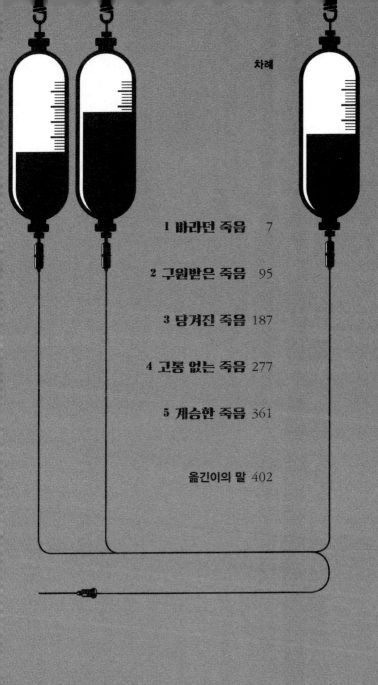

차례

1

바라던 죽음

1

―저기, 있잖아요. 나쁜 의사 선생님이 와서 우리 아빠를
죽였어요.

신고 전화를 받은 구라시나 게이코는 귀에 익은 목소리
에 아아, 또야? 싶었다. 다소 혀 짧은 소리에 토라진 말투.
목소리로 짐작건대 초등학교 저학년 남자아이 같았다.

"또 너니? 어제도 전화해서 똑같은 말 했지?"

게이코가 근무하는 통신지령센터는 경시청 본부 내에 설
치되어 있다. 센터에서 신고 전화를 받아 현장 근처를 순찰
중인 경찰차에 지시하는 것이 게이코의 역할이었다.

경시청 본부는 전국에서 가장 많은 전화 신고가 들어오

는 곳이리라. 휴대폰이 보급된 이후에는 신고가 더욱 늘어났다. 이와 함께 장난 전화도 증가해 센터에서 신고 접수를 하는 게이코는 그러한 전화를 신속하게 처리해야 했다.

"이름 똑똑히 기억하고 있어요. 마고메 다이치였지? 꼬마야, 110*에 장난 전화를 걸면 공무집행방해죄라고 해서 무서운 벌을 받아요. 이제 이런 짓 하면 안 돼. 경찰 아저씨가 이놈! 하고 잡아간다?"

훈계할 생각으로 일부러 엄하게 말했는데 다이치의 반응은 예상 밖이었다.

─저를 잡아가기 전에 먼저 그 나쁜 의사 선생님을 잡아주세요. 우리 아빠는 병을 이겨내려고 싸우고 있었는데. 엄마가 열심히 간호했는데, 그런데 그 의사 선생님이, 그 나쁜 의사가…….

진지한 목소리였지만 아무리 그래도 의사가 환자를 죽이러 왔다는 이야기는 황당무계했다. 문득 의료 과실 가능성이 머리를 스쳤다.

"다이치, 아버지는 입원하셨니? 병원에서 치료나 수술을 받다가 돌아가셨니?"

---

* 우리나라의 112에 해당한다.

—아니요. 집에서요. 우리 집에 와서 아빠를 죽였다고요.

의사가 왕진 간 사이에 환자가 위독한 상태에 빠졌나. 그
렇다면 이해 못 할 사정도 아니었다.

—경찰은 나쁜 놈들을 잡는 사람이잖아요. 그럼 그놈을
잡아 주세요. 진짜로 우리 아빠를 죽였단 말이에요. 그놈은
의사 선생님 옷을 입은 저승사자예요.

아이고, 이번에는 저승사자야?

장난 전화가 아니라면 아이의 망상에 가까운 이야기였
다. 자택 요양을 하던 아버지가 의사의 왕진 이후로 위독해
져서 아이의 눈에는 의사가 저승사자로 보인 것이다. 요즘
자극적인 만화나 애니메이션에 노출된 영향도 있겠지 싶
었다.

문득 다이치에게 동정심이 일었다. 고압적인 태도로 훈
계한 것은 경솔했을지도 모른다.

"저기, 다이치. 의사 선생님이라고 모든 병을 고칠 수 있
는 건 아니야. 못 고치는 병도 있어요. 다이치네 아빠는 고
칠 수 없는 병에 걸리셨던 거 아닐까?"

게이코는 통화 도중 자신이 전화 상담사가 된 것 같은 착
각이 들었다.

—아니에요. 진짜 죽었다니까요. 얼마나 더 말해야 믿겠

어요!

토라진 목소리에 물기가 어렸다. 차마 이대로 전화를 끊을 수도 없었다. 그런데 문득 한 얼굴이 떠올랐다.

"알겠어, 다이치. 지금 건 전화가 다이치네 집 전화번호지? 이 번호로 다시 전화 줄 테니 조금만 기다리렴."

다이치와 통화를 끝낸 게이코는 형사부 수사1과의 내선번호로 전화를 걸었다. 1과에는 동기인 다카치호 아스카가 있다. 본인은 생활안전과를 지망했는데 수사1과에 배정된 별종으로, 경찰학교 시절에도 경찰보다는 보육교사 같은 분위기를 풍기는 동료였다.

"아스카? 지령센터 게이코인데, 잠깐 시간 괜찮아?"

―응, 괜찮아.

"기분 안 좋아 보이네?"

―지금 맡은 사건에서 형사 기능지도원*과 한 팀이 됐는데 이 양반이 또 한 성깔 하는 인간이라……. 아, 미안. 푸념하려던 게 아닌데. 그래서, 무슨 일이야?

"이틀 연속으로 아버지가 살해당했다는 신고가 들어왔는

---

* 경찰관의 직무 수행 능력 향상을 위해 실전 업무 교육과 현장 동행 지도를 하는 직무 기능이 우수한 지도원.

데 말이야."

게이코가 다이치의 신고 내용을 설명했다.

"아마 왕진 갔을 때 거의 위독했던 상태였던 거 아닐까 싶어. 아버지가 너무 보고 싶어서 살해당했다고 잘못 생각하는 것 같아."

─있을 법한 이야기네.

"아스카, 혹시 그 다이치라는 아이와 이야기해 볼 수 있어?"

─내가? 왜? 수사1과 일이 아니잖아.

"수사1과 일은 아니지만 너라면 잘 처리할 수 있을 것 같지 않아? 목소리만 들어서는 초등학교 저학년인 것 같아. 아버지를 잃은 지 얼마 안 돼서 정서불안 상태야."

─그러니까 그게 왜 나라면 잘 처리할 수 있을 것 같은 일인데. 내 상대는 상해나 살인을 저지른 강력범죄자거든.

"정서가 불안정한 아이를 보살피지 않고 방치하면 가까운 미래에 소년 범죄의 불씨가 될 수도 있잖아. 설마 네 담당 사건이 될 때까지 기다리려고?"

─······지금 협박하는 거야?

"협박이 아니라 여기 화근거리가 있어요, 하고 알려 주는 거지. 지령센터에 틀어박혀 있으니 발이 넓어지지를 않는

12

단 말이야. 흉악범죄를 담당하면서도 아이를 잘 다루는 경찰은 다카치호 아스카밖에 안 떠오르네요."

—정말 얄팍한 인맥이구나.

"얄팍한 게 아니라 두텁지 않은 거라고 해줄래?"

—미리 말해 두지만 나도 어린아이를 잘 다루는 편은 아니야. 경시청에 들어오고부터는 다들 한 인상 하는 남자들만 상대하기도 했고. 주변에는 심상치 않은 분위기를 풍기는 남자 동료만 한가득인 데다 그나마 좀 잘생긴 파트너는 말도 안 되는 벽창호거든.

"푸념이 점점 삼천포로 빠지는데. 어쨌든 그냥 내버려 두면 분명 한 소년의 마음이 비뚤어질 거야. 이대로 미래의 흉악범죄자로 자라게 할지, 지금 불행의 싹을 자를지는 여성 경찰관 한 명의 정의감에 달렸답니다."

—……여전히 심보가 고약하네.

"사람 보는 눈도 여전하고, 그렇지? 나한테 지명된 걸 영광으로 여기시라고."

—그 아이네 집 전화번호 알려 줘. 단순한 피해망상이라면 다행이지만. 만에 하나라는 게 있으니까.

"정식으로 조사하는 거야? 아스카 혼자 할 생각이야?"

—벽창호를 끌고 갈 생각.

***

"그래서 아이의 신고에 귀를 기울였다는 말인가?"

목적지까지 차를 타고 가는 도중 이누카이 하야토의 말투가 자연히 뾰족해졌다. 아버지가 살해당했다는 아이의 신고가 접수됐다는 소식을 듣고 아스카와 동행하기로 했는데 설마 게이코의 부탁 때문이었으리라는 사실은 생각도 못 했다.

"왜 같이 가자는 건데. 너 혼자 가도 정리할 수 있는 건이잖아."

"어떤 건이든 수사관의 단독행동은 지양하라는 공지가 내려왔잖아요. 그 지시에 따랐을 뿐입니다."

이누카이는 아스카를 종잡을 수 없었다. 말끝마다 싫은 티가 나는데도 여러모로 이누카이를 끌어들이려고 하니 진의를 파악할 수 없었다. 파트너의 마음 하나 읽지 못하는 자신이 한심했지만 원래부터 여자의 마음을 읽는 데는 영 젬병이었으니 어쩔 수 없는 노릇이라고 스스로 위안 삼았다.

경찰이 되기 전에는 연기학원에 다닌 덕분에 몸짓이나 표정으로 상대의 거짓말을 꿰뚫어 보는 능력을 익혔지만 이 기술이 여자에게는 전혀 통하지 않았다.

"범죄 낌새가 전혀 없는 것도 아니잖아요. 시민의 신고를 무시했다가 수사 골든타임을 놓치면 도대체 누가 책임지겠어요?"

"벌써부터 명분을 방패 삼아 버릇하면 제대로 된 형사가 될 수 없어."

"호오, 전례가 있다는 듯한 말투네요."

"좌천당한 관리관이 딱 그런 부류였지. 우리는 남들한테 보여 주려고 발바닥에 땀나도록 뛰어다니는 게 아니야."

아스카도 그 관리관을 싫어하는지 그 뒤로 입을 열지 않았다. 자신에 대한 호감도는 차치하고 일단 입을 다물어 줘서 고마웠다.

마고메 다이치라는 소년이 아스카에게 알려 준 주소는 네리마구 샤쿠지이마치 2번가. 샤쿠지이 공원에서도 가까운 한적한 주택가 동네였다. 이 주변은 언덕이 많아 멀리서 바라보면 마치 동네 전체가 물결치는 듯 보였다. 평일 오후, 인근 초등학교에서 학생들의 목소리가 들리고 살인사건이 의심되는 낌새는 느껴지지 않았다.

마고메 가족이 사는 집은 길고 완만한 언덕 끝에 있었다. 이누카이는 갓길에 차를 세우고 아스카와 함께 언덕을 올라갔다. 아스카는 이누카이를 끌어들여 놓고 거친 숨을 내쉬며 뒤따라왔다.

"느려."

"평지였으면, 좋았을, 텐데요."

"신고한 아이에게 불평하는 거야? 언덕 위에 사는 놈은 귀찮은 일 벌이지 말라고?"

이누카이가 한발 먼저 마고메 다이치 네로 짐작되는 집에 도착했다. 문패에는 '마고메'라고 적혀 있었다. 번지수도 맞으니 이 집이 맞다. 예상과 다른 점이 딱 하나 있었다. 현관문에 '상중喪中'이라고 적힌 종이가 붙어 있던 것이다. 뒤이어 도착한 아스카도 종이를 보고 기묘하다는 표정을 지었다.

"적어도 아버지가 돌아가셨다는 말은 사실인가 보군."

초인종을 눌렀지만 대답은 없었다. 종이 끝에 작은 글씨로 장례식 장소가 적혀 있었다. 유족은 장례식장으로 이동한 듯했다. 장례식장은 이곳에서 가까운 샤쿠지이다이였다. 이렇게 된 이상 칼을 뽑았으면 무라도 썰어야 한다. 다이치의 이야기를 들어야 한다.

일단 차로 돌아가 다음 목적지로 향했다. 장례식장은 곧바로 찾았다. 공영 장례식장답게 주차 공간은 스무 대 정도밖에 안 됐지만 자동차를 끌고 온 조문객이 적은지 주차 공간은 여유로웠다.

'마고메 겐이치 장례식'

이미 방문자 접수가 시작됐고 접수대에는 조문객들이 줄을 서 있었다. 여성 조문객 중에는 손수건으로 눈가를 훔치는 사람도 여기저기 보였다.

분향 냄새가 바람을 타고 밖까지 흘러나왔다. 익숙한 살인 현장과는 다른 죽음의 냄새가 원초적인 경외심을 자극했다.

"누가 봐도 우리는 외부인이죠?"

아스카가 불편한 마음으로 따라왔다.

"우리만 조문 차림이 아니기도 하고요."

"초대받은 것이나 다름없지. 물론 상주가 초대한 건 아니지만."

주변에 가득한 죽음의 냄새를 헤치며 방명록을 작성하기 위해 선 줄의 맨 앞으로 끼어들자 접수 받던 남자가 곧바로 눈살을 찌푸렸다.

"죄송하지만 고인과 어떤 관계든 순서를 지켜 주시기 바랍니다."

"미안하지만 고인과는 지금부터 관계될 예정입니다."

이누카이는 품에서 경찰수첩을 꺼냈다.

"대단한 이야기는 아니니까 소란은 자중해 주시죠. 고인의 아드님인 듯한데, 다이치 군 있습니까?"

"대기실에 있습니다."

접수를 받던 남성은 황급히 이누카이와 아스카를 대기실로 안내했다.

"고인의 죽음에 무슨 의혹이라도 있는 건가요?"

"선생님은 고인과 어떤 관계입니까?"

"조카뻘 되는 마고메 게이스케라고 합니다."

"의혹으로 번질지 어떨지 아직 모릅니다. 고인은 투병 생활을 오래 하셨습니까?"

"글쎄요, 저도 한동안 왕래하지 않아서……."

"사인은 뭡니까?"

"사에코 숙모에게 암이라는 말만 들었습니다. 이제 겨우 경야라서요. 유족들과 아직 차분하게 이야기를 나누지 못했거든요."

"혹시 자택 요양 중에 돌아가셨는지?"

"그런 것 같아요. 확실히는 모르겠는데 병세가 급변해서 급히 의사 선생님을 불렀는데 이미 손 쓸 도리가 없었다고 했던가. 하지만 이 이야기도 사에코 숙모님이 몹시 당황한 상태로 연락해서 한 말이라 자세한 사정은 모릅니다."

역시 자세한 경위는 다이치와 사에코에게 들을 수밖에 없을 듯하다.

가족 대기실에는 모자 두 사람만 있었다. 사에코와 다이치 같았다. 사에코는 기진맥진한 얼굴이었고 그 모습을 다이치가 걱정스럽게 바라보고 있었다.

이누카이는 게이스케를 대기실 밖에 두고 아스카와 둘이서만 안으로 들어갔다.

"누구십니까?"

사에코는 힘없이 천천히 시선을 들었다.

"경황이 없으실 텐데 실례합니다. 경시청 수사1과 이누카이라고 합니다. 이쪽은 아스카입니다."

사에코는 네에? 하며 의아하게 고개를 갸웃거렸지만 다이치의 표정은 순식간에 변했다.

"아스카 누나? 진짜 와 줬네요!"

"다이치. 이게 대체 무슨 일이니?"

"110번에 신고했거든요. 나쁜 의사가 아버지를 살해했다고."

순간 사에코가 눈을 부릅떴다.

"다이치! 무슨 짓을 한 거니. 아빠는 병으로 돌아가셨는

19

데 왜 누가 죽였다고 한 거야!"

어머니가 호되게 야단치자 다이치가 어깨를 흠칫 떨었다.

"네 아빠는 누구한테 미움받은 적 없이 사랑받는 분이셨어. 살해당했다니 무슨 당치도 않는 소리니."

"그런데 엄마, 그 의사가 오고 나서 아빠가 갑자기 위독해졌잖아."

"이미 손 쓸 수 없는 상태였어. 의사 선생님 탓이 아니야!"

사에코는 다이치의 어깨를 움켜쥐고 앞뒤로 흔들었다. 다이치가 금방이라도 울음을 터뜨릴 것 같자 이누카이가 사에코를 말렸다.

"사에코 씨, 장례식장에서 이런 말씀을 드리기 매우 죄송하지만 부디 진정하세요."

이누카아가 사에코와 다이치 사이에 살며시 끼어들어 둘을 떼어 놓았다. 그리고 다이치를 아스카에게 맡겼다.

"사에코 씨와 둘이 이야기해 볼 테니 다이치와 함께 다른 방에서 기다리도록 해."

물론 다이치를 안정된 장소로 데리고 가서 따로 이야기를 들으라는 뜻이었다.

어머니 앞에서는 다이치도 자유롭게 이야기하지 못할 테다.

"우, 우, 우리 아이는 아빠가 세상을 떠난 것에 충격을 받아서 그런 말을 한 거예요."

"아드님이 몇 살이죠?"

"여덟 살이요."

"아아, 한창 응석 부릴 나이네요. 상상력도 풍부할 나이고요. 충격 때문에 신고했다는 어머님의 말씀도 충분히 이해가 갑니다."

"우리 아이가 폐를 끼쳐서…… 정말 죄송합니다."

사에코는 방아깨비처럼 연신 고개를 숙였다.

"아뇨, 아뇨, 다이치의 착각이라면 정말 다행이지요. 하지만 신고가 들어온 이상 저희도 보고서를 작성해야 해서요. 어떻게 된 사정인지 들려주실 수 있겠습니까?"

"사정이라면……."

"남편분이 사망하셨을 때의 상황을 자세하게 말씀해 주시죠. 그에 대한 조서를 작성하면 이 건은 무사히 종료됩니다."

사에코는 고개를 살짝 끄덕인 뒤 생각을 정리하듯 잠시 입을 닫았다. 다시 입을 연 것은 30초나 지나고 나서였다.

"남편 겐이치는 자동차부품 공장을 경영했어요. 성격도 건실해서 다이치가 유치원에 들어갈 무렵까지는 만사가 순조로웠죠. 그런데 4년 전부터 건강이 안 좋아졌어요. 처음에는 단순히 피곤해서 그런 줄로만 알고 무시하고 계속 무리했더니 어느 날 공장에서 쓰러졌어요⋯⋯. 병원에 갔더니 폐암이라더군요."

"폐암은 완치가 참 힘든 병이죠."

"네. 5년 생존율이 몇 퍼센트밖에 안 된다더라고요. 남편은 그래도 희망을 잃지 않고 열심히 투병을 했어요. 일을 부하 직원에게 모두 맡기고 입원 치료에 전념했죠. 그런데 1년이 지나고 2년이 지나도 병세는 악화하기만 해서⋯⋯. 3년째 되던 해에는 본인이 원하면 자택 치료로 전환해도 된다고 의사 선생님이 말씀하시더라고요."

"회복되지 않았는데도, 말입니까?"

"창피한 이야기지만 그 무렵에는 공장도 남의 손에 넘기고 모아 둔 돈을 털어 입원 치료비를 겨우겨우 마련하고 있었어요."

즉 입원비를 지불할 수 없게 되자 병원에서 환자를 내보낸 상황이었다.

"암 보험이라도 들어놨다면 상황이 그나마 나았겠지만 소 잃고 외양간 고치는 격이죠. 그렇게 간신히 자택 치료를 이어갔는데 어제 갑자기 상태가 나빠졌어요. 의사 선생님이 서둘러 오셨을 때는 이미 숨을 거둔 뒤였고요."

"의사가 직접 사인이 뭐라고 했습니까?"

"심부전이었습니다."

"폐암 악화가 아니었습니까?"

"입원했을 때부터 항암제를 투여했는데 의사 선생님 말로는 항암제 부작용으로 심부전이 일어나는 경우가 있다고 하시더군요."

사에코의 말에 이누카이는 예전에 다뤘던 사건에서 들었던 전문의의 설명이 떠올랐다. 그 의사에 따르면 항암제 중에는 심독성이 있어 심장 근육에 손상을 일으키는 것이 있다고 했다. 심장 근육이 약해지면 협심증이나 심부전을 일으키는 요인이 된다.

"4년 동안 투병 생활을 하면서 많이 약해졌겠죠. 나중에는 기력이 다한 듯 기운을 차리지 못했어요. 암에 걸리기 전에는 정말 건강했기에 다이치도 그 시절 아빠의 모습을 좀처럼 잊지 못하는 것 같아요. 임종을 지켰으면서도 아빠가 돌아가시다니 거짓말일 거라고 되뇌며 시신을 연신 흔들었어요."

그 모습이 눈에 선해 가슴이 미어졌다.

"임종을 지켰던 의사가 사망진단서를 작성해 줬죠? 그걸 좀 볼 수 있을까요?"

"매장 허가를 받아야 해서 이미 구청에 제출했습니다."

"그럼 됐습니다. 나중에 저희가 그쪽에 요청하겠습니다."

투병 생활이 길었다면 진료 기록이 남아 있을 것이다. 사망진단서에 사인이 심부전이라고 적혀 있으면 사에코의 설명을 증명하는 셈이다. 그것으로 이번 건은 종결이다.

이누카이는 대기실을 나와 대각선 맞은편에 있는 또 다른 대기실의 문손잡이를 잡았다. 이누카이가 손잡이를 당기는 순간 대기실 안에 있는 아스카가 문을 열었다.

어머니의 조사를 마쳤다고 말하려는데 아스카가 긴박한 모습으로 말했다.

"형사님, 이상해요."

"뭐가 이상하지? 어머니의 설명으로는 딱히 수상한 점이 없던데."

"다이치의 말로는 의사가 두 명 왔대요."

"두 명?"

"겐이치 씨의 임종을 지킨 의사가 오기 바로 한 시간 전에 또 다른 의사가 왔다더라고요."

이누카이의 머릿속에 섬광이 번뜩였다.

사에코는 그런 말은 입도 뻥끗 안 했다.

"아이 엄마 옆에 있어 줘. 아이의 이야기를 듣는 데 방해 되면 안 되니까."

이누카이는 아스카와 교대하듯 다이치와 대면했다. 아스카가 잘 달랬는지 다이치는 어느 정도 진정된 상태였다.

"다이치. 방금 누나에게 한 이야기를 다시 들려주겠니? 집에 온 의사 선생님이 두 명이었다는 말이 사실이니?"

"진짜예요."

다이치는 꾸밈없이 대답했다.

"처음에 온 의사 선생님은 점심 전에 왔어요. 간호사 선생님이랑 같이요. 아빠가 어떤지 진찰하고 주사를 놓고 나서 바로 돌아갔어요. 그런데 그때까지는 멀쩡하게 말하셨던 아빠가 갑자기 조용해진 거예요. 그러고 나서 엄마가 허둥지둥 다른 의사 선생님을 불렀어요. 두 번째로 온 의사 선생님은 아빠의 눈에 빛을 비춰 보고 가슴에 청진기를 대보더니 '사망하셨다'고 했어요."

"그럼 네가 말한 나쁜 의사 선생님은······."

"처음에 온 의사 선생님을 말하는 거예요."

"어떻게 생겼는지 기억하니?"

"으음······."

다이치는 시선을 천장을 향해 비스듬히 올리며 기억을

더듬었다.

"정수리가 벗겨져서 좀 무서운 느낌이었어요. 키는 별로 안 컸고요."

"어머니는 그 의사 선생님을 뭐라고 불렀어? 이름을 불렀니?"

"아뇨. 그냥 선생님이라고만 불렀어요."

"두 번째로 온 의사 선생님과는 완전히 다른 사람이었던 거 맞지?"

"네. 두 번째 의사 선생님은 키가 크고 머리카락도 있었거든요. 확실해요."

이누카이는 다이치의 눈을 똑바로 응시했다. 여자의 거짓말은 꿰뚫어 볼 수 없어도 아이의 거짓말은 알 수 있다. 도저히 다이치가 거짓을 말하는 것 같지 않았다.

이게 무슨 일인가.

사에코와 다이치의 증언이 완전히 다르다. 어제오늘 벌어진 일이기에 기억이 가물가물할 리도 없다.

다이치의 증언이 사실이면 자연히 사에코는 거짓말을 한 셈이 된다.

종결이라니, 꿈도 야무졌다. 온통 의혹뿐이지 않은가.

계획 살인의 냄새를 맡은 이누카이의 오감이 단숨에 날

카로워졌다. 첫 번째 의사가 마고메 겐이치에게 주사한 약물은 도대체 무엇이었을까. 그것이 마고메 겐이치의 목숨을 앗아간 직접 원인이 아닐까.

천만다행으로 늦지 않았다. 오늘 밤에 경야를 지내고 내일 영결식을 진행할 테니 아직 시신은 화장하지 않은 상황이다.

이누카이는 다시 복도로 나와 아스카를 불렀다.

"어쩌면 생각지도 못한 대어를 낚은 걸지도 모르겠어."

"그럼 다이치의 말대로……."

"아직 예단할 수 없지만 누구의 말이 맞든 이대로 시신을 화장하게 둘 수는 없어. 서둘러 부검 영장을 받아와. 그리고 감식원을 집으로 불러."

이누카이가 자동차 키를 아스카의 손에 쥐여 줬다.

"형사님은 어쩌시려고요?"

장례식은 절차대로 진행하되 일단 시신은 화장하기 전에 부검대로 보내야 한다. 상주 사에코를 비롯한 조문객들의 극심한 반발이 예상됐다.

"난 최대한 현장이 혼란스러워지지 않도록 보존할게. 어쨌든 서둘러."

그렇게 이누카이는 아스카를 본부로 보내고 아무 일도

없는 사람처럼 장례식을 관찰했다. 수상한 인물은 없는지, 어색한 행동을 하는 사람은 없는지. 그러나 분향 연기가 떠도는 가운데 장례는 차질 없이 진행됐다.

장례식에 있으면 조문객 수로 고인의 인맥이, 조문객의 태도로 생전 고인의 성품을 짐작할 수 있다. 마고메 겐이치라는 인물은 인간관계는 좁아도 사에코의 말처럼 사랑받은 인물인 듯했다. 건성으로 애도하는 조문객은 단 한 명도 보이지 않았다.

장례식장 분위기가 바뀐 것은 밤 10시를 지났을 무렵이었다. 갑자기 장례식장 밖이 소란스러워지나 싶더니 경야 중에 수사관 몇 명이 들어왔다. 그 속에 아스카도 있었다.

사에코를 비롯한 조문객들이 갑작스러운 상황에 당황했다. 장례식장 측에는 사정을 미리 설명해 놓았다. 여러 사람이 감정이 격해진 듯 자리에서 일어섰지만 이누카이가 저지했다.

"절차상 문제입니다. 시신은 잠시 저희가 맡을 테니 장례는 계속 진행하시면 됩니다."

그러나 수사관들이 겐이치의 시신을 옮기기 시작하자 예상대로 사에코가 맹렬히 반항했다.

"다, 당신들이 무슨 권리로 우리 남편을 데려가는 거예요!"

관에 매달려 떨어지지 않으려는 사에코를 이누카이가 저지했다.

"권리보다는 의무입니다. 설령 병사라 할지라도 의심스러운 부분이 하나라도 있으면 경찰은 수사를 해야 합니다."

이누카이는 애써 평정을 유지하며 짓씹듯 말했다. 상대가 감정적인 상태라면 어떻게 생각하든 자신은 사무적으로 대처하는 방법이 제일이었다.

"사에코 씨. 왜 왕진 온 의사가 두 명이라는 말을 안 했습니까?"

허를 찔린 사에코의 표정이 얼어붙었다. 역시 다이치의 신고 내용이 진실이었던 모양이다.

"염려하실 일은 전혀 없습니다. 매장은 예정보다 조금 늦어질 수 있겠지만 시신은 책임지고 돌려드리겠습니다."

그러나 사에코의 안색에서 그녀가 다른 부분을 염려한다는 사실이 여실히 드러났다.

이누카이가 수사1과로 돌아오자 아소 반장이 만반의 준비를 하고 기다리고 있었다.

"병사 판정이 난 건을 억지로 파헤쳤다는 게 사실이야?"

"억지라는 건 어폐가 있죠. 정식으로 부검 영장을 발부받고 나서 시신을 운구했어요."

"아내를 비롯한 유족들한테서 항의 전화가 왔어. 도대체 무슨 셈법으로 사건성을 눈치챈 거야?"

여자의 주장보다 아이의 말을 진실로 판단했다고는 말할 수 없었다.

"증언에 오류가 있었어요. 각각 다른 의사 두 명이 왔는 데 그걸 잊어버린다는 게 말이 안 되지 않습니까."

"하지만 두 번째 의사가 작성한 사망진단서에는 사인이 심부전이라고 적혀 있잖아."

"처음에 온 의사가 진짜 의사라면 눈속임 방법이 있을지 도 몰라요. 아이의 증언으로는 피해자에게 약물을 투여했 다는 것 같거든요."

"정말 사건성이 있다면 피해자의 아내가 협조한 셈이 되 겠군."

"네. 마고메가 영세 공장을 운영했다고 하니 돈에 얽힌 시나리오도 몇 가지 생각할 수 있겠죠."

"보험금 살인 말인가?"

"보험금 살인일 가능성도 배제할 수 없고요. 부검 결과를 기다리는 동안 보험회사에도 넌지시 알아볼 생각입니다."

"아무것도 안 나오면 어떡할 작정이야."

아소는 노려보듯 이누카이의 반응을 살폈다.

"경야 자리에서 시신을 빼앗다시피 가로채 왔어. 우격다짐하다시피 법의학교실에 부검을 요청했고. 그렇게 동네방네 온갖 난리는 다 쳤는데 아무것도 안 나오면 누가 책임을 지냔 말이야."

아무것도 나오지 않으면 더할 나위 없겠다는 말은 책임을 져 본 적 없는 인간이나 할 말이다. 특히 조직의 경우 예산과 체면이 행동 규범을 제한한다.

"의사 둘을 부른 것도 단순히 첫 번째 의사가 다녀갔는데도 별 차도가 없어서 다른 의사를 불렀다고 볼 수도 있지. 만약 그런 거라면 어떻게 할 셈이야."

이누카이도 당연히 그 부분까지 고려했다. 하지만 오랜 시간 밑창이 닳도록 수사 현장을 돌아다니며 익힌 본능이 몸부터 움직이게 했다.

"제 목이라도 괜찮다면 언제라도 내놓겠습니다. 뭐, 그때 되면 본의 아니게 길동무가 생기겠지만요."

순간 아소가 언짢은 표정을 지었다.

"지금까지 네 예상이 틀린 적은 한 번도 없지만 다른 사람이 받을 영향도 조금은 생각하라고."

위축된 아스카가 시야 구석에 잡혔다. 수사를 독단적으

로 결정한 사람은 이누카이지만 발단은 아스카 본인이었다. 스스로도 그 사실을 알기 때문에 위축됐으리라.

그래서 더욱더 아소의 질책에 고개를 숙일 수밖에 없었다.

"괜찮습니다. 제대로 굴러가는 조직이면 한 사람이 폭주한대도 궤도를 수정할 힘이 있을 테니까요."

"……지금 비꼬는 거야?"

"그럴 리가요. 무엇보다 일개 구성원 한 명이 막 나간다고 체면이 없어질 조직이라면 애초에 그 정도밖에 안 되는 곳이에요."

아소가 죽일 듯이 노려봤다.

"지금은 네 연승 기록이 경신되길 바랄 뿐이다."

이누카이는 도무지 가만히 앉아 있을 수 없어 바깥 공기를 마시고 싶어졌다. 아스카의 뒤로 돌아가며 가자고 말했다.

"가자니, 어디를요?"

"법의학교실. 보고서가 올라올 때까지 여기 가만히 앉아 기다릴 생각이야?"

아스카도 가만히 기다리고만 있을 수 없었는지 대답도 없이 뒤따랐다.

두 사람이 향한 곳은 마고메의 시신을 옮긴 도쿄대 혼고

캠퍼스에 있는 법의학교실이었다. 늦은 밤인데도 의학과 2호관 본관에서는 불빛이 새어 나오고 있었다. 벽돌로 지은 예스러운 풍치가 느껴지는 건물은 그 자체만으로도 근엄한 위압감을 풍겼다.

건물에 들어서도 위압감은 여전했다. 의학계에 종사하는 사람이라면 건물이나 시설이 오래된 점을 보고 생각이 많아지겠지만 적어도 외부인에게는 권위를 느끼게 하는 요소가 됐다.

인간의 생사를 다루고, 해부실까지 갖춘 곳이기에 이곳에도 엄연히 죽음의 냄새가 존재했다. 그러나 범죄 현장에 감도는 폭력적인 냄새가 아니라 관리된 평온한 냄새였다.

"형사님. 설마 해부실에 가실 생각이에요?"

톤을 낮춘 목소리에 아스카의 긴장이 전해졌다.

"부검 현장은 처음인가?"

"늘 부검 결과 보고서만 읽으니까요······."

"한 번쯤은 부검에 참관하는 편이 좋아. 보고서로 작성된 내용이 머릿속에 영상처럼 떠오르거든."

아스카가 진저리치듯 고개를 저었다.

한동안 복도를 걷다가 마침내 목적지인 연구실에 도착했다. 노크하자 안에서 들어오세요, 하는 부드러운 목소리가 들렸다.

"아, 이누카이 형사님. 늦게까지 고생이 많으시네요."

이누카이 일행을 맞이한 사람은 이 연구실의 주인, 구라마 준 교수였다. 마흔두 살인 구라마 교수는 이지적인 눈이 인상 깊은 사람이었다. 수사1과에서 부검을 자주 요청하기 때문에 완전히 친한 사이가 됐다.

"부탁하신 건은 방금 끝났어요. 마침 보고서를 쓰던 중이 었습니다. 저기, 옆에 계신 분은……."

"작년부터 저와 함께 움직이는 다카치호 아스카입니다."

"아아, 잘 부탁합니다. 그건 그렇고, 이런 시간에 직접 오 셨다는 건 한시라도 빨리 결과를 알고 싶다는 뜻이겠죠?"

"그렇게 해 주신다면 감사하죠."

"우선 사망진단서는 보셨나요?"

"요청한 상태입니다."

"사인은 심부전인데, 형사님도 아시다시피 심부전이라는 건 병명이 아니라 상태를 가리키는 용어입니다. 직접 사인 은 허혈성심질환입니다. 즉 관상동맥의 혈류 부족으로 심 장에 허혈이 생기며 괴사하고 만 겁니다."

"그러니까 심장질환이 분명하다는 말씀입니까?"

"네. 신체에 눈에 보이는 외상이 없고 장기가 파열된 흔적도 없습니다. 경색부도 명확하고 간질*의 부종과 심근의 응고 괴사가 뚜렷하게 보입니다. 사인이 심장질환이라는 사실에 의심의 여지는 없습니다."

말도 안 된다며 끼어들 뻔했다. 그렇다면 사에코의 증언이 옳았던 셈이다.

"다만 이해할 수 없는 점이 있습니다. 채취한 혈액을 검사하니 칼륨 농도가 비정상적으로 높았어요."

"칼륨 농도요?"

"칼륨은 인체에 필요한 미네랄 중 하나지만 혈중 농도가 지나치게 높아지면 심근에 나쁜 영향을 미칩니다. 검체의 칼륨 농도는 10.0mEq/L. 정상 수치의 약 세 배였죠. 처음에는 고칼륨혈증**을 의심했는데 소화 기관의 출혈과 세포 용해가 발견되지 않았어요. 혹시나 해서 혈장 채혈도 시도했지만 고칼륨혈증이 의심될 만한 특징은 찾지 못했고요."

본인은 전문용어라고 인식하지 못하며 말하는 듯했다. 이해하기 쉬운 설명은 아니지만 대략 어떤 의미인지는 파

---

* 間質. 기관 사이를 메우고 지지하는 조직으로 '사이질'이라고도 한다.
** 혈중 칼륨 농도가 정상치인 3.7~5.3mEq/L 이상으로 상승하는 현상. 증상이 심해지면 근육 마비, 부정맥 등을 일으키다가 심정지가 올 수도 있다.

악할 수 있었다.

"그러니까 비정상적으로 높은 칼륨 농도가 질병에서 비롯된 증상이 아니라는 말씀입니까?"

"어디까지나 가능성의 문제예요. 그러나 인위적으로 혈중 농도를 높였다면 납득할 만한 수치입니다. 아니, 그렇다기보다는 이 증상과 유사한 전례가 있어요."

구라마는 상체를 느릿하게 내밀며 말했다.

"형사님, 도카이대학 안락사 사건을 기억합니까?"

기억한다. 1991년 도카이대학 의과대학 부속병원에서 발생한 사건이다.

"환자는 다발성골수종을 앓아 오랫동안 혼수상태였습니다. 가족은 환자가 고통스러워하는 모습을 차마 지켜볼 수 없어 환자를 편하게 해달라고 의사에게 간청합니다. 그래서 진통제와 항정신병약을 평소보다 많이 투여했지만 증상은 호전되지 않았죠. 가족들이 다시 부탁하자 의사는 베라파밀염산염 제제를 보통보다 두 배 더 많이 투여했고 그래도 맥박에 변화가 없자 염화칼륨제제 20밀리리터를 주사했습니다. 마침내 환자는 급성 고칼륨혈증으로 인한 심정지로 사망했죠."

"구라마 선생님. 그러면."

"사건이 밝혀지고 나서 환자가 사망했을 당시의 데이터가 공개됐는데, 우리가 채취한 검체가 그 케이스와 매우 유사합니다."

2

마고메 겐이치는 주사로 주입한 염화칼륨제제에 의해 살해됐을 가능성이 있다.

이누카이가 구라마의 소견을 보고하자 아소는 그렇군, 하고 낮게 대답했다.

"다행이야, 이누카이. 목이 무사히 붙어 있겠어."

"감사합니다."

"당장 수사본부를 세워야겠어. 감식 결과도 나올 때가 다 되었으니 첫 수사 회의에서는 검토할 사항이 상당히 많겠군."

아직 사건성이 밝혀지지 않은 상황에서 자택 감식을 감

행한 행동은 독단적이었다는 비난은 면치 못하겠지만 결과가 좋으니 만사 오케이였다. 어찌 됐든 소 뒷걸음질 치다 쥐 잡은 격이랄까.

"자산 조사도 해야 해. 보험 내용도 확인하고."

"사에코는 마고메 겐이치의 치료비를 마련하기 위해 예금을 깼다고 증언했습니다. 아마 남은 자산이 그리 많지는 않을 겁니다."

"그래서 오히려 더 보험 계약 내용이 신경 쓰이는 거야."

"저는 실행범이 더 신경 쓰이네요."

이누카이가 본심을 말했다.

보험금을 노리고, 혹은 짐이 된다는 이유로 남편 살해를 기도하는 아내는 드물지 않다. 그보다는 의사 가운을 입고 엄숙하게 염화칼륨제제를 환자에게 투여하는 수수께끼의 인물에게 직업적인 흥미가 샘솟았다.

"마고메 겐이치의 집을 방문한 의사는 두 명. 그중 임종을 지킨 의사는 사망진단서에 신상이 적혀 있습니다. 그런데 정작 첫 번째 의사에 대해서는 알려진 바가 전혀 없어요."

"만약 사에코가 염화칼륨제제 투여를 의뢰했대도 제대로 된 의사라면 받아들일 리 없으니까. 그렇군, 넌 그 의사가 진짜 의사가 아니라고 의심하는군."

아소의 지적에 이누카이는 입을 다물었다.

아소의 발상은 형사로서 자연스러운 발상이었다. 사에코의 의뢰를 받은 정체 모를 자가 의사로 가장해 마고메 겐이치를 살해했다는 가설은 충분히 납득이 가는 주장이었다.

그러나 이누카이는 또 다른 가설도 생각했다. 너무나도 터무니없고, 보이는 그대로 받아들이는 발상이라 입에 담기조차 꺼려졌다.

"진짜 의사냐, 아니면 의사로 가장한 가짜 의사냐. 어느 쪽이든 염화칼륨제제 같은 물건을 입수할 수 있는 위치에 있는 인간임은 분명해. 수사망을 넓히면 반드시 걸려들 거다."

아소는 당연하다는 듯 말했다.

잠시 후 1차 수사 회의가 열렸다. 수사1과 단독 사건이기 때문에 참석한 수사관은 그리 많지 않았다. 단상에 앉은 사람도 아소 외에는 무라세 관리관과 쓰무라 1과장뿐이었다.

먼저 무라세가 입을 열며 회의가 시작됐다.

"이번 안건은 10월 2일에, 오래전부터 와병 중이던 마고메 겐이치에게 누군가가 독극물을 투여해 심부전을 가장한 사망에 이르게 했다는 의혹에서 시작됐다. 투병을 이어가던 가여운 피해자를 가차 없이 살해했다면 몹시도 흉악하고 무도한 범죄다. 한시라도 빨리 범인을 체포해야 한다."

거침없는 말에 회의실에 긴장감이 덮쳤다. 아소가 뒤이어 마이크를 잡았다.

"당일 마고메 겐이치의 집에는 의사 두 명이 왕진을 왔다. 우선 임종을 지킨 의사에 대해 보고하도록."

아소의 말에 아스카가 대답했다.

"구청에 제출한 사망진단서를 보고 특정됐습니다. 네리마구에 개업한 마키다라는 의사입니다. 예전부터 여러 차례 피해자의 집에 왕진을 다닌 인물로 주치의 격이었던 듯합니다."

"사정 청취는 했나?"

"네. 10월 2일 정오가 지나고 피해자의 아내에게서 남편의 상태가 이상하니 바로 와 달라는 연락을 받았다고 합니다. 그래서 서둘러 달려갔더니 피해자는 이미 숨진 상태였고 심부전 증상을 보였기에 그렇게 진단하고 사망을 확인했다고 증언했습니다."

"직전에 다른 의사가 약물을 주사한 사실은 알아차리지 못했나?"

"사망을 확인하는 데 집중하느라 팔을 보지는 않았다고 합니다."

아스카의 보고만 들으면 마키다라는 의사가 부주의했

다는 점이 부각되는 것처럼 들리는데 이는 이해할 여지가 있었다. 오랫동안 왕진해서 환자의 쇠약해진 상태를 자세히 파악하고 있는 경우, 눈에 띄는 외상이 없으면 당연히 병사 가능성을 떠올린다. 동공이 열린 상태나 심정지만으로 사망 확인을 마쳐도 비난할 일이 아니었다.

"다음, 감식 결과."

이번에는 감식과 수사관이 일어섰다.

"피해자의 침실을 중심으로 감식을 진행했습니다. 피해자와 그 가족 및 마키다이 의사의 모발과 지문을 채취했습니다. 그러나 문제가 되는 첫 번째 의사와 그와 함께 온 간호사는 현관 바닥의 신발 자국만 나왔습니다."

다이치의 증언을 믿는다면 범행은 몹시 신속하게 진행됐다. 예고도 없이 찾아와 주사만 놓고 곧바로 모습을 감췄다. 사용한 흉기는 들고 사라졌으니 유류품도 없다. 의사 가운을 입은 저승사자라는 다이치의 비유가 의외로 정곡을 찌른 셈이다.

"처음 방문한 의사를 본 목격자는?"

주변을 탐문한 수사관이 대답했다.

"옆집 구레바야시 댁 주부가 목격했습니다. 시각은 11시경. 현관 앞에 주차된 하얀색 왜건에서 의사 가운을 입은 남자 한 명과 여자 한 명이 내리는 모습을 목격했습니다."

처음 나온 목격담에 수사관들이 조용히 술렁였다.

"주부는 예전부터 마키다이 의사가 진찰하러 오는 모습을 목격하곤 했는데 마키다이의 차는 검은색 세단이었기 때문에 평소에 못 보던 하얀색 왜건을 보고 관심이 생겼다고 했습니다. 두 사람은 불과 20분도 지나지 않아 떠났고 그로부터 한 시간 뒤, 즉 12시 30분경 다시 마키다이 의사가 방문했다고 합니다."

"첫 번째 의사의 얼굴을 봤나?"

"보긴 했는데 아주 잠깐이었고 딱히 인상에 남는 얼굴도 아니었다고 합니다. 몽타주를 요청했지만 완곡하게 거절당했습니다."

썰물 빠지듯 술렁임이 잦아들었다. 단상에 앉은 아소도 실망감을 감추지 못했다.

"뭐, 괜찮아. 인상착의에 대해서는 피해자의 아내와 아들에게 자세히 들을 수 있겠지. 문제는 이번 범행에 아내 사에코가 어디까지 관여했느냐. 그 의사와 공범이라면 정보를 은닉할 테니까."

아소는 넌지시 다이치를 조사할 것을 지시했다. 단상에서 직접 언급하지 않은 이유는 여덟 살 아동의 증언을 전적으로 믿지 못하는 아쉬움 때문이었다.

"다음, 마고메 집안의 자산 상황을 보고하도록."

아소 반 소속 중 한 명인 다카나시가 자리에서 일어났다.

"마고메 겐이치와 사에코의 거래은행과 보험회사를 조사했습니다. 우선 예금은 현시점 겐이치가 1만 5천 254엔, 사에코가 7만 5천 564엔. 예전에 운영하던 공장은 타인의 명의로 되어 있고, 집을 담보로 제2금융권에서 5백만 엔 정도를 대출받았습니다."

마고메 가족에게 빚이 있다는 것은 사에코의 증언으로도 예상할 수 있었다. 예금을 깬 것도 모자라 대출까지 받아 치료비를 마련했으리라는 사실은 쉽게 상상할 수 있었다.

"또한 사에코의 통장에서 의심스러운 거래내역을 발견했습니다. 사건 발생 이틀 전에 20만 엔이 출금됐는데 이전에 사용한 생활비 및 치료비와 대조해 보니 전부 금액이 맞지 않습니다."

"보험 내용은 어땠나?"

"마고메 겐이치는 20년 전부터 저축형 생명보험에 가입되어 있었습니다. 월 납부액 6천 2백 엔에 본인 사망 시 수령금은 1천 5백만 엔. 보험료가 오르기 훨씬 전에 한 계약이라 지극히 평균 금액이라고 할 수 있겠습니다."

1천 5백만 엔이라는 금액은 어중간하다. 그 돈으로 대출금을 갚으면 천만 엔이 남는다. 그러나 두 모자가 걱정 없이 살아가기에는 그리 넉넉하지 않은 금액이다. 만약 보험금을 노리고 살인을 계획했다면 보험금이 훨씬 큰 상품으로 변경하려고 했으리라. 사람 한 명, 더욱이 자신과 가장 가까운 사람을 살해하는 위험부담을 고려하면 보험금 수령액이 적은 감이 있었다.

다만 다른 식으로도 생각할 수 있다. 그 생각을 단상 위의 아소가 대신 말했다.

"사망보험금을 얼마나 받느냐가 아니라 생활에 부담이 되는 지출을 없애려는 동기도 생각해 볼 만해. 매달 나가는 치료비가 사라지면 살림이 상당히 나아질 테니까."

아무리 오랫동안 수발을 들어도 차도가 없으면 부실 채권이나 마찬가지다. 아소의 말은 현실적이면서도 지나치게 냉철했다.

"현재 입건할 수 있는 요소는 법의학교실에서 제출한 부검 보고서뿐이다. 중요 참고인의 진술이 필요한데……."

말을 하던 아소는 이누카이에게 시선을 보냈다. 네 녀석이 발견한 사냥감은 네가 직접 물어오라는 눈빛이었다.

어차피 회의가 끝나면 다이치를 조사하라고 지시할 것이

뻔했다. 아니, 지시하지 않는다고 해도 이누카이 본인이 그럴 작정이었다. 새삼 손을 들고 나설 필요도 없기에 잠자코 있었다.

"공범이 있는지 없는지 몰라도 실행범이라고 추측할 만한 인물은 처음 방문했던 의사다. 차를 몰고 온 점으로 보아 수도권에 거주하는 의사라고 판단해도 좋다. 서둘러 수도권 내 의사를 추려 명단을 만들고 범인을 특정하도록."

이 또한 적확한 판단이다. 수도권 내로 대상을 좁힌 점도 시간과 수고를 감안하면 현명한 판단이었다.

그러나 불안 요소도 있다. 옆집 주부의 증언에 따르면 첫 번째 의사는 인상이 흐릿한 인물이었다. 그렇다면 용의자를 확보한다고 해도 과연 그 의사인지 판단할 수 있을 것인가.

이 일을 하다 보면 사람의 기억력이 불확실하다는 사실을 깨닫게 된다. 그리고 인상에 남는 얼굴과 그렇지 않은 얼굴이 있다는 것도 알게 된다. 실제로 특징이 없는 인상에 대해서는 열 명이면 열 명 모두 제각각 다른 증언을 한다. 눈썹의 짙고 옅음이나 입술의 두께라는 세세한 부분은 말할 것도 없고 머리카락의 길이, 하다못해 얼굴형 같은 대략적인 요소조차 저마다 다르게 증언한다. 이러한 이유로 몽타주와 실물과의 괴리가 큰 사례가 발생하기도 한다.

이누카이는 연기학원을 다닐 적에 특징이 없는 인물을 연기하는 것이 얼마나 어려운지 통감했다. 특징이 뚜렷한 인물일수록 연기하기 쉽다. 특징을 부풀려 연기할수록 관객들이 쉽게 인식하기 때문이다. 그러나 특징 없는 대상을 연기할 때는 그런 방법을 사용할 수 없다. 그래서 연기가 서툰 배우나 주목받고 싶어 하는 배우는 독특한 역을 선택하려고 한다.

"아무튼 목격 증언을 더 확보해야 해. 인근 탐문 수사를 확충한다. 사에코가 최근 몇 달 동안 누구와 연락을 주고받았는지 통신 기록도 조사하고. 마고메 사에코의 자산도 계속 조사하도록."

이로써 수사본부의 방침은 사에코와 수수께끼의 의사 두 갈래로 집중됐다. 주범과 종범을 동시에 추적하는 방법인데 지금의 경우에는 당연히 사에코를 추궁하는 데 무게가 실린다.

"각자 눈에 보이는 성과를 가져오기 바란다. 이상 해산."

아소의 말을 끝으로 수사관들이 자리를 떴다. 아니나 다를까 아소가 이누카이에게 다가왔다.

"표정을 보니 내가 무엇을 지시할지 감이 온 모양이군."

47

"여자든 아이든 둘 다 상대하기 벅찬데요."

"걱정 마, 아스카를 보조로 확실하게 붙여 줄 테니까."

보조는커녕 짐만 된다는 말이 목구멍까지 튀어나왔다.

"마고메 사에코에게 검은 의사의 연락처를 물으면 사건이 단번에 해결될 거야."

검은 의사라는 표현이 절묘했다. '백의를 입은 저승사자'보다 신문 헤드라인으로 쓰기에 적당해 보였다.

"그리고 넘겨짚는 걸까 봐 회의에서는 말 안 했는데 사에코가 사건 이틀 전에 출금한 20만 엔이 아무래도 마음에 걸려."

"살인에 대한 보수라고 생각하십니까?"

"생활비도 치료비도 아니라면 그럴 가능성이 크겠지. 다만 그런 것치고는 금액이 너무 적어. 요즘 세상에 고작 20만 엔에 살인 청부를 받을 놈이 어디 있겠어."

"제 생각도 그렇습니다. 의뢰인에게 얼굴을 노출한 시점에서 위험부담이 높아지죠. 그놈 입장에서 20만 엔은 밑지는 장사예요."

"선금일 수도 있어."

즉 추후 지급 받을 사망보험금으로 잔액을 지급하는 방식을 의미했다.

"사에코의 자산을 계속 조사하라고 지시한 이유도 그 때문입니까?"

"사망보험금 수령인이 사에코로 되어 있어. 조만간 보험 회사에서 사에코의 계좌로 1천 5백만 엔을 입금할 거야. 그 돈이 어디로 움직이는지 주목하면 뭐라도 건지겠지."

짐이 되는 사람을 처리하고 싶었던 것일까, 아니면 돈이 목적이었을까.

어느 쪽이든 유쾌한 결말은 아니기에 이누카이는 마음이 무거워졌다. 친족 살인이나 돈을 노린 범행에 염증을 느껴서가 아니었다. 진실을 알게 될 다이치의 심정을 짐작할 수 있기 때문이었다.

이누카이에게도 투병 중인 딸이 있다. 이혼 후 별거할 무렵에는 소원했지만 부녀 사이에 맺혀 있던 앙금이 최근에야 간신히 풀리고 있다. 그래서 그런지 다이치가 느낄 감정에 괜히 더 마음이 쓰였다. 아버지가 사망하도록 계획한 사람이 어머니라는 사실을 알면 그 어린 눈망울이 어떻게 일그러질까.

취조실에 있는 사에코는 몹시 초조해 보였다. 남편의 시신을 자신의 허락 없이 부검한 경찰을 도저히 믿을 수 없다고 본인은 주장했다.

"사에코 씨, 남편분의 시신에 메스는 댔어도 흔적은 제대로 메웠을 겁니다."

이누카이의 말은 어떠한 위로도 되지 않았다.

"남의 집에 불을 내고서 그래도 집에 값나가는 건 없었으니 괜찮다고 하는 것과 뭐가 달라요."

사에코는 장례식 때와 마찬가지로 공격적으로 대꾸했다.

"기껏 장례식장 직원이 시신을 깨끗하게 닦아 줬는데 난도질하다니. 당신네 경찰은 유족의 심정은 신경도 안 씁니까? 일 년 내내 흉악범을 쫓다 보니 사람의 죽음은 전부 의심스럽다고 믿는 거예요?"

"그렇지 않습니다. 저희는 수사를 시작하기 전에 사건성유무를 구분합니다."

"남편은 긴 투병 생활을 하다가 세상을 떠났어요. 그것만으로도 저나 다이치에게는 가슴 아픈 기억이에요. 그런데어째서 마지막의 마지막 순간까지 이렇게 잔인한 일을 당해야 하는 건가요."

"바로 그 다이치 군이 사에코 씨와는 다르게 증언하기 때문이죠. 주치의인 마키다이가 도착한 시간은 12시 30분경. 그런데 그로부터 약 한 시간 전에 다른 의사가 집에 찾아왔다고 했죠."

"그건 다이치가 잘못 기억하는 거예요. 아빠를 잃은 충격으로 기억이 뒤죽박죽된 거라고요. 무엇보다 경찰이 여덟 살짜리 아이의 말을 진지하게 받아들이다니요."

"아하, 그러면 이웃 주민도 똑같이 충격을 받아 기억이 뒤죽박죽된 걸까요? 이웃 주민도 다이치와 같은 증언을 했거든요."

"이웃은 결국 남이에요. 남의 집에 드나드는 사람을 누가 정확하게 기억하겠어요? 실제로 저도 이웃집에 무슨 일이 생겨도 별로 관심 없어요. 아니, 대부분 관심 없을 걸요?"

남편이 암 투병을 했기 때문에 모아놓은 돈을 계속 까먹어야 했다. 그런 상황에서 아직 어린 외아들의 학업과 양육비를 생각하면 불안해서 견딜 수 없었을 것이다. 사에코의 입장에서 보면 이웃의 소문이나 다툼 따위에 무관심할 수밖에 없었으리라.

"확실히 사람은 타인에게 무관심한 면이 있죠. 하지만 CCTV는 대상을 가리지 않습니다. 누구에게 무슨 일이 일어나든 자초지종을 편견 없이 기록하죠."

"CCTV요?"

"댁에는 설치되어 있지 않지만 길거리에 있는 편의점

CCTV가 사에코 씨 댁 쪽을 찍었습니다. 그 CCTV에 사건 당일인 10월 2일 오전 11시 20분, 댁 앞에 하얀 왜건 차량이 주차된 모습이 찍혔습니다. 자, 여기 보세요."

이누카이가 연속 촬영된 사진의 사본을 사에코의 앞에 늘어놓았다.

"댁에서 CCTV까지 거리는 50미터가 넘지만 요즘은 디지털 분석 능력이 뛰어나거든요. 의사 가운을 입은 남녀가 왜건에서 내리는 장면도 매우 또렷하게 찍혔습니다. 두 사람이 CCTV의 반대쪽으로 향하는 바람에 얼굴이 찍히지 않은 점은 몹시 유감이지만 말입니다."

사실 아쉬운 점은 하나 더 있었다. CCTV는 위에서 비스듬한 각도로 도로 위를 찍어서 오가는 차의 차종은 확인할 수 있어도 번호판까지는 찍히지 않은 것이었다.

"20분 뒤에 그 두 사람이 집을 나왔고, 이후 12시 30분에는 마키다이 의사가 도착했습니다. 즉 CCTV 영상은 이웃과 다이치의 증언이 옳다는 걸 증명하죠. 그리고 부검 결과 말인데요, 남편분의 혈액에서 비정상적인 칼륨 농도가 검출됐습니다."

반론의 여지도 주지 않은 채 몰아붙였다. 이누카이를 상대하는 사에코는 시선을 책상 위에 고정하고 미동도 하지 않았다.

"고농도 염화칼륨은 심장 근육에 충격을 주어 결국 심정지에 이르게 합니다. 이런 경우 겉으로는 심부전 증상으로만 보이죠. 사에코 씨가 부검을 그토록 거부한 이유는 그 사실이 드러날까 봐 아닙니까? 그래요, 당신은 첫 번째로 온 의사가 남편에게 무슨 짓을 했는지 전부 알고 있었습니다."

"아니에요."

겨우 쏟아낸 말이었다. 그러나 혀가 풀리고 힘도 없었다.

"사건 당일 이틀 전, 당신은 거래 은행에서 20만 엔을 출금했습니다. 그 돈은 어디에 썼습니까? 남편 살해를 의뢰할 때 선금으로 보낸 거 아닙니까?"

"아니에요, 그건."

"다이치는 처음에 온 의사와 여자 간호사를 분명히 기억했습니다. 아이라서 기억이 정확하지 않다는 건 틀린 말이에요. 실제로 아버지를 잃은, 잊을 수 없는 날입니다. 어떨 때는 그런 날의 기억이 다른 날보다 더 선명한 법이죠. 사에코 씨, 고개를 드세요."

조용히 든 얼굴은 공포와 불안으로 얼룩져 있었다.

"이유야 어떻든 오랜 세월 함께 산 남편을 망자로 만들었습니다. 그 사실을 계속 다이치에게 숨길 수 있다고 생각하는 것 같은데 착각입니다. 다이치는 똑똑한 아이예요. 사에코 씨가 아무리 숨기려고 해도 조만간 진상을 간파할 겁니다. 그때 느낄 다이치의 심정을 생각해 본 적 있습니까?"

다이치의 이름이 나오자마자 사에코는 가늘게 떨기 시작했다. 견고했던 둑이 터지며 속에서 감정이 무너져 내리는 것이 보였다.

이누카이는 반칙을 썼다. 아이를 미끼로 한 설득. 치졸하고 고전적이지만 어머니에게는 가장 효과적인 수였다.

"숨겨 둔 비극은 재앙의 씨앗이 되죠. 진상을 알게 된 아이가 쉽게 절망에 빠져 버릴 만큼. 앞으로 다이치의 인생이 비뚤어져도 괜찮습니까?"

단순한 심문 방법이 아니라 자식을 둔 같은 부모로서 기도와도 같은 질문이었다. 설령 세상 모든 것을 저버리더라도 자기 자식만은 똑바로 마주해야 한다. 그것이 부모가 짊어진 최소한의 의무라고 믿기 때문이었다.

감정이 터져 나온 듯, 순간 웃음 짓는 것처럼 보였던 사에코의 표정이 무너지며 짐승 같은 소리로 울부짖었다.

"아아아아아악, 아악, 으아아아아악!"

그것이 울음소리라는 것을 깨닫는 데 몇 초가 걸렸다. 계속 울어서는 취조를 진행할 수 없다. 대화를 이어가려고 상체를 앞으로 내미는데 아스카가 옆에서 말렸다.

잠시 시간을 주자고 아스카가 눈짓으로 부탁했다. 여자의 마음을 헤아리라는 뜻인가.

아스카의 저지로 잠시 지켜보니 소리가 서서히 잦아들다가 이윽고 울음을 그쳤다.

이 짧은 시간 동안 쏟아낼 수 있는 눈물은 모두 쏟아낸 듯했다. 사에코의 눈은 새빨갛게 부어올랐지만 저주에서 풀린 사람처럼 긴장이 풀려 있었다.

풀렸다, 고 확신했다. 이런 눈빛을 한 용의자는 대개 이제 자신을 속박하던 존재에서 벗어난 상태다. 심정을 토로하면 토로할수록 편해진다는 것을 안다.

"그날 마키다이 의사가 오기 전 다른 의사가 한 명 더 왔었죠?"

목소리를 조금 낮추어 묻자 사에코는 다른 사람이 된 것처럼 네 하고 대답했다.

"그 의사 선생님께 부탁해서 남편을 편하게 해달라고 부탁했어요."

"염화칼륨제제를 주사했죠?"

"무슨 약이었는지는 몰라요. 잠든 채 고통 없이 죽을 수 있다는 설명만 들었어요."

"그 모습을 가까이에서 지켜봤습니까?"

"아뇨. 간호사 선생님이 가방에서 주사기를 꺼내더니 다이치를 방에서 내보내라고 했어요. 저도 그 순간을 차마 볼 수 없어 다이치와 함께 방을 나갔습니다."

"그 의사의 이름이 뭡니까?"

"닥터 데스요."

"뭐라고요?"

무심코 되물었다.

"닥터 데스……. 저는 그 이름밖에 몰라요."

"일본인 의사였죠? 사에코 씨, 그 남자의 얼굴을 똑똑히 봤죠?"

"잠깐 대화를 나눴고, 일본인도 맞아요. 하지만 그 의사의 신분을 캐낼 수 있는 상황은 아니었습니다. 하지만 분명 본명은 아니겠죠."

왜인지 상황이 이상하게 흘러갔다.

당황하지 말자. 우선 살해 내용부터 자세히 파고들자.

"일단 사에코 씨와 다이치를 방에서 쫓아냈군요……. 그 후에는 어떻게 됐습니까?"

"의사 선생님이 다시 부르기에 방으로 들어갔더니 남편의 얼굴이 아주 편안해 보였어요. 저기, 남편이 그렇게 편안한 얼굴로 잠든 건 정말로 오랜만이었어요. 그래서 저는 순식간에 온몸에 힘이 빠져 버렸어요……. 그러고는 남편의 잠든 얼굴을 하염없이 바라보느라 의사 선생님 얼굴은 눈에 제대로 들어오지도 않았어요. 조금 있으면 호흡이 점점 약해지다가 멈출 거라고. 그러면 주치의를 불러서 사망을 확인하라고. 그 말만 남기고 제게 현금 20만 엔을 받은 뒤 집을 나갔습니다."

"이후에 닥터 데스가 연락해 왔습니까?"

"아니요. 남편을 안락사한 후에는 아무 연락도 없었어요. 처음부터 그렇게 약속했거든요."

"잔금을 지불해야 했을 텐데요?"

"아뇨. 제가 준 사례금은 20만 엔뿐이었어요. 20만 엔이 닥터 데스에게 건넨 전부입니다."

사에코의 목소리에는 힘이 없었다. 마치 어딘가 공기가 빠진 듯한 소리였다.

"몇 분이나 지났을까요. 남편의 호흡이 점점 약해지더니 갑자기 숨이 끊어졌어요. 아아, 이것이 안락사구나 생각했죠. 닥터 데스가 시킨 대로 주치의인 마키다이 선생님을 불러 사망 진단을 받았습니다."

"자신을 닥터 데스라고 밝힌 의사는 어떻게 생겼습니까?"

"그게…… 말을 잠깐 주고받았지만 별로 기억에 남지 않아서요. 머리가 벗겨지고 키가 작았던 것 같기는 한데."

대머리에 키가 작다. 다이치의 증언과도 일치했다. 별다른 특징이 없는 점도 마찬가지였다.

"전화번호나 다른 연락처는?"

"그것도…… 몰라요."

"그게 말이 됩니까? 이름도 전화번호도 다른 연락처도 모른다니. 그런 사람에게 겨우 20만 엔을 주며 남편을 죽여 달라고 부탁했단 말입니까?"

"사이트가 있어요."

"사이트요?"

"모아 둔 돈을 입원비와 치료비로 다 까먹어도 남편의 병세는 전혀 차도가 없었어요. 빚도 늘어나고 미래가 너무 불안해서 견딜 수 없을 때 이자가 더 싼 대출이 없을까 인터넷 검색을 했거든요. 그때 '안락사를 도와드립니다'라는 문구가 적힌 사이트를 발견했는데……, 그게 '닥터 데스의 왕진실'이라는 사이트였어요."

당연히 정식 의료기관일 리 없고 불법 사이트일 것이다.

"수상하다는 생각은 안 들었습니까?"

"저도 막다른 골목에 몰릴 대로 몰렸거든요. 그런데 내용을 읽어 보니 절대 고액의 보수를 요구하지도 않더라고요. 20만 엔을 즉석에서 지불하는 것으로 거래가 끝이고, 지금까지 여러 번 해 본 경험도 있어서 환자를 고통스럽게 하는 일은 전혀 없다고 하기에……."

"그럼 그 사이트를 통해 연락했습니까?"

"네. 연락 양식이라는 게 있는데 거기에 안락사 대상자의 병력과 의뢰자의 메일 주소를 적었어요. 곧바로 답장이 왔고요. 본인이 동의했는지, 안락사 조치를 하고 절대 후회하지 않을 것인지 등 조건을 승인한 시점에 계약이 성립됐어요."

본인의 동의. 그렇다, 가장 중요한 사실이다.

"남편의 동의를 받았습니까?"

"당연하죠."

사에코가 험악한 눈빛으로 이누카이를 쏘아봤다.

"남편에게 사이트를 대강 보여 줬어요. 병에 대해서는 저보다도 남편이 더 절실했는지 본인이 먼저 안락사하고 싶다고 말하더군요. 그래서 저도 승낙한 겁니다."

"불법인 건 알고 계셨죠?"

"아주 오래전부터 안락사에 대해 조사했으니까요. 만약 이 나라 법이 안락사를 허용했다면 남편도 저도 이런 결정을 내리지 않았을 거예요."

말을 토해낼 때마다 사에코의 표정이 편안해졌다. 이누카이의 의도와는 다른 이유 때문이었다.

"법으로 허용되지 않으니 확실히 불법은 불법이겠죠. 그래서 뭐 어쩌라고요. 남편과 저는 줄곧 괴로운 싸움에 내몰렸어요. 매일매일 돈과 체력과 기력을 갉아먹는 날이 이어졌죠. 단 하루도 마음을 놓을 수 없었던 우리 부부는 한계에 다다랐어요. 형사님들이 그 의사를 어떻게 생각하는지 저는 모릅니다. 법이 저를 어떻게 심판할지도 모르고요. 하지만 그 사람을 편안하게 보내 줄 수 있어서 정말로 기뻤어요. 분명 그이도 같은 마음이었을 거예요. 고통 받지 않는다는 것이 얼마나 행복한지 형사님은 이해할 수 없겠죠. 우리는 마침내 고통에서 해방된 거예요. 닥터 데스에게 감사할 따름입니다."

진술조서를 작성하자마자 이누카이는 곧바로 문제의 사이트에 접속했다. 사에코의 진술대로 '닥터 데스의 왕진실'이라고 검색하자 해당 사이트가 나왔다. 예상과 달리 따뜻한 색감을 배경으로 한 모던한 디자인이었다. 다른 색이나 글씨체로 특정 글자를 강조하지도 않고 담담하게 글을 적어 놓았다.

이 사이트는 적극적 안락사를 권장한 잭 케보키언의 유지를 계승하는 관리자의 페이지입니다. 따라서 적극적 안락사를 부정적으로 생각하는 방문자는 신속히 퇴장하셔도 좋습니다.

잭 케보키언은 '닥터 데스'라는 별명으로 알려진 병리학자입니다. 직역하면 죽음의 의사지만 관리자는 죽음에 대해 긍정적인 입장을 취하기에 그의 유지를 계승하는 의미로 '닥터 데스'의 이름도 계승하겠습니다.

사랑하는 사람의 종말기 연명치료로 고민하십니까? 의사에게 절망적인 진단을 받고 경제적으로 정신적으로 궁지에 몰린 괴로운 날을 보내십니까? 그리고 한번은 존엄사를 생각해 본 적 있으십니까?

이미 조건부 합법으로 존엄사(이곳에서는 환자 본인의 의사에 따른 요구로 자살을 방조하는 적극적 안락사를 의미합니다)를 인정한 국가가 존재합니다. 스위스, 네덜란드, 벨기에, 룩셈부르크, 미국의 일부 주. 이러한 흐름은 지금도 계속되고 있으며 존엄사를 합법으로 인정하는 국가도 계속 늘어날 것입니다. 그 이유는 자신의 의지로 삶의 막을 내리는 것은 당연한 권리이기 때문입니다. 앞에서 나열한 국가들이 존엄사를 합법화한 이유는 분명 본인의 '죽을 권리'를 존중하기 때문입니다. 치료비가 목적인 병원과 유착한 법률 때문에 본래 보장되어야 할 권리를 행사하지 못하는 것은 전적으로 국가의 의료체제와 현실 인식이 세계의 흐름을 따라가지 못하는 탓입니다.

닥터 데스는 영리를 목적으로 하지 않으며 '죽을 권리'를 주장하며 적극적 안락사를 추진하기 위해 행동합니다.

닥터 데스는 당신의 소중한 사람에게 평안하고 고통 없는 죽음을 약속합니다. 비용은 들지만 안락사를 실행하는 데 필요한 실비, 구체적으로 약제와 장치에 관한 실비만 받습니다. 그리고 당연히 개인정보를 완벽하게 보호합니다. 지금까지 안락사를 여러 차례 수행한 경험이 있습니다. 안심하십시오.

법보다, 세상의 시선보다 당신의 사람이 소중한 분은 연락 주십시오.

"이게 무슨 개소리야."

등 뒤에서 화면을 들여다보던 아소가 욕설을 퍼부었다.

"자못 친근하게 말하고 있지만 결국 자살 방조 권유잖아."

아스카도 동조했다.

"교묘하게 유혹하는 글이네요. 당연히 법이나 체면보다 가족이 더 소중한 법인데 그 부분을 건드리다니. 이러면 안락사를 바라는 게 정당한 권리처럼 느껴지잖아요……. 그런데 일본에서는 정말 안락사가 위법인가요?"

"위법이라기보다 정확히는 안락사를 허용하는 조문이 없지."

이누카이는 두 손을 머리 뒤에 깍지 끼고 천장을 올려다 봤다.

"그런데 과거에 안락사를 둘러싼 재판이 열렸죠?"

"도카이대학 안락사 사건. 1995년 요코하마 지방법원에서 판결했지."

얼마 전 구라마 준 교수가 언급한 사건이었다.

"설령 환자의 고통을 없애기 위한 목적이라도 그것을 인정한 조문이 없는 이상 살인일 뿐이야. 아무리 좋게 봐줘도 촉탁 살인이다."

그러나 조문에 없더라도 위법성이 부인되면 유죄를 피할 수 있다. 당시 요코하마 지방법원이 제시한 위법성 조각 사유는 다음 네 가지였다.

하나, 환자가 견디기 힘든 극심한 육체 고통에 시달리고 있었다.

둘, 환자의 병은 회복할 가망이 없었고 임종 직전이었다.

셋, 환자의 육체 고통을 제거 또는 완화하기 위해 가능한 모든 방법으로 대처했고 그 밖의 대체 수단이 없었다.

넷, 환자의 자발적 의사 표시로 수명 단축 및 당장의 죽음을 요구했다.

마고메 겐이치의 사례를 대입하면 두 번째와 세 번째 요건이 걸렸다. 어쨌든 닥터 데스의 유죄 판결은 분명했다.

"그 재판, 판결은 어떻게 났나요?"

"해당 환자가 혼수상태로 의사 표시를 할 수 없었으니까. 피고인은 유죄로 징역 2년에 집행유예 2년을 선고받았어."

조금만 생각해 보면 안다. 요코하마 지방법원이 제시한 네 가지 위법성 조각 사유를 모두 충족하는 경우는 몹시 드물다. 불치병에 걸려 '기타 대체 방법이 없고', '임종 직전 상태며', '환자의 자발적 의사 표시로', '당장의 죽음을 요구하는' 상황 따위 있을 수 없지 않은가.

"그런데 유럽과 미국에서는 왜 안락사를 허용하나요?"

"일단 기독교 문화권에서는 개인의 자기 결정권, 그러니까 이 사이트에서 말하는 죽을 권리를 존중하기 때문이야. 교리로는 자살을 금하지만 한편으로는 무의미한 치료로 스스로를 고통스럽게 하는 건 학대나 고문의 일종일 뿐이라는 논리지."

"그러면 닥터 데스의 주장이 전부 틀린 말은 아니군요."

질문을 받은 이누카이는 즉답을 피했다. 아무리 옳은 주장인 듯해도 법으로 허용하지 않는 이상 범죄며, 피고인은 벌을 받아야 한다. 단순하고 명쾌한 원리원칙인데 왜인지 입에 담기 꺼려졌다.

"신경 쓰이는 점이 또 있어."

사이트를 계속 바라보던 아소가 나직이 중얼거렸다. 역시 눈치챘나.

"사이트의 방문자 수가 현재 2천 명을 넘었어. 지금까지 안락사를 여러 차례 실행했다고 본문에 언급한 부분이 거슬려. 마고메 겐이치 건은 아이의 증언 때문에 드러났지만 여기에 적힌 글이 사실이라면 경찰과 세간의 눈을 피해 적극적 안락사인지 뭔지를 여러 번 시행한 셈이란 말이야."

아소는 이누카이와 아스카에게 불온한 시선을 던졌다.

"이번 사건은 빙산의 일각에 불과해."

3

마고메 겐이치의 살인은 빙산의 일각에 불과하다. 아소
의 말이 사실이라면 닥터 데스는 희대의 연쇄 살인범이 되
는 셈이다.

"과거에 의뢰를 전부 실행했는지 어땠는지는 둘째치고
이런 위험한 인간을 내버려 둬서야 되겠어? 이 검은 의사
가 다음 안락사에 손을 대기 전에 반드시 잡아야 해."

아소는 닥터 데스를 향한 혐오를 드러냈다.

"본인이나 가족이 바라는 죽음이든 뭐든 그걸 실행하는
이놈은 그저 쾌락살인자일 뿐이야."

아소의 말에 아직 안락사 위법성을 회의적으로 생각하는

듯한 아스카가 반박했다.

"하지만 반장님, 설령 여죄가 있다고 해도 전부 촉탁 살인이잖아요."

"그래도 상관없어. 내가 마음에 안 드는 건 수법이야."

"수법, 이요?"

"연락은 최소한으로 줄이고 현장에 도착해서는 신속히 독극물을 주사했어. 현금을 받은 후에는 바람처럼 사라졌지. 흥, 돈으로 고용된 킬러의 수법과 뭐가 다르냔 말이야. 이놈이 하는 짓은 의료행위고 뭐고 아무것도 아니야. 돈을 받고 사람을 죽이는 최악의 범죄일 뿐이지. 게다가 20만 엔이라는 금액도 마음에 안 들어."

"그건 왜요?"

"총 20만 엔의 근거가 무엇인지 모르지만 고작 그 정도 돈으로 청부살인을 맡는다는 생각이 괘씸해."

아소의 의견은 언뜻 들으면 핵심에서 벗어난 말 같지만 오랜 세월 그의 언행을 보아 온 이누카이로서는 이해 가는 면이 있었다.

안락사 금액으로 20만 엔은 확실히 너무 적다. 헐값이라고 해도 좋다. 그럼에도 계속 안락사 의뢰를 받는 이유는 안락사를 실행하는 목적이 돈이 아니기 때문이다.

살인 대금은 그저 눈속임에 불과했다.

닥터 데스는 살인을 즐기고 있다. 쾌락살인자라는 말은 그런 의미였다.

"과장님께 말해서 사이버 녀석들도 수사본부로 합류시키는 건 어때?"

이미 경시청 내부에 수사본부가 꾸려졌다. 그러나 사에코의 진술에 따라 닥터 데스의 범행이 마고메 겐이치 한 사람에 국한되지 않는다면 당연히 가장 먼저 여죄를 파헤쳐야 할 것이다. 사건 수가 얼마나 되느냐에 따라 수사본부의 규모도 얼마든지 확대될 수 있다.

사이버 범죄 대책과를 합류시켜 사이트 관리자의 위치를 알아낸다. 너무나 당연할 정도로 적절한 수사 방침이지만 그렇게 해서 과연 관리자를 찾아낼 수 있을지 이누카이는 몹시 의문이었다. 간단한 추적조사로 꼬리를 잡을 수 있다면 지금까지 쉽게 안락사를 성공시켰을 리 없다.

"합류시키기 전에 제가 가서 한번 상황을 살피고 오겠습니다. 다행히 그쪽에 아는 사람이 있으니까요."

이누카이가 형사부실을 나가려는데 아소가 특별히 제지하지 않았다. 결국 자신이 나서서 움직일 것까지 짐작해 계산에 넣었는가, 속으로 욕을 내뱉었다.

사이버 범죄 대책과는 생활안전부 소속이다. 이누카이는 사이버 범죄 대책과 사무실은 처음 방문하는 것이었는데, 아무튼 수사1과 형사부실과는 전혀 다른 풍경이었다. 당연하게도 책상마다 컴퓨터 관련 기기가 빼곡히 놓여 있고 화면을 응시하는 수사관들은 모두 형사라기보다 기술자의 얼굴이었다. 야비한 고함이나 질책하는 목소리는 없고 대신 전자부품의 고주파와 키보드를 두드리는 소리만 조용히 울렸다. 아스카도 이곳은 처음인지 사무실 내부를 호기심 가득한 얼굴로 둘러봤다.

"수사1과의 이누카이가 이런 곳에 오다니 웬일이래."

이누카이 일행을 맞은 사람은 예전 사건 때 얼굴을 익힌 미쿠모 반장이었다.

"사람한테는 관심 있어도 반도체엔 관심 없는 양반인 줄 알았는데."

"가상공간이라고 할 정도잖아요. 사람과 사람 사이에 난무하는 대화 대부분이 허언으로 느껴지거든요. 그러니 손해 보는 기분입니다."

"정말 노인네 같은 소리만 하네. 확실히 익명성이 보장된 세상이니까 무책임한 소리를 써서 올리는 놈도 많지만 익명이라서 오히려 속내를 직설적으로 쏟아낼 수 있기도 해.

요즘은 굳이 인터넷에 범행 성명을 내는 바보도 있잖나. 막상 잡고 보면 맥 빠질 정도로 한심한 놈들뿐이긴 하지만."

미쿠모가 쓴웃음을 짓는 것도 이해가 갔다. 이누카이도 인터넷과 관련된 사건으로 몇몇 피의자의 진술을 받은 적이 있는데 그들의 공통점은 명석한 두뇌의 소유자이자 사회 부적응자라는 점이었다. 인터넷에서는 오만한 태도로 논리정연하게 말하지만 현실에서는 유아 수준의 행동을 하면서 모자란 변명만 늘어놓을 뿐이었다. 이런 점을 생각하면 미쿠모와 그 부하 직원들은 가상공간 속에서 가상인물과 싸우는 셈이었다.

"아무튼 일이 끊이지 않아서 다행이네요."

"아아, 덕분에. 스토커니 금융 범죄니 하는 것들의 무대가 현실에서 사이버 공간으로 옮겨가는 바람에 인력이 이렇게나 많아도 여전히 일손이 부족하다고."

이상했다. 악인들이 사이버 범죄로 흘러 들어갔다면 수사1과나 2과의 일이 줄어들 법도 한데 여기도 여전히 밤낮 가리지 않고 바쁜 까닭은 무엇일까.

"문제의 '닥터 데스의 왕진실' 때문에 왔나?"

"저희 반장님이 사이버 범죄 대책과를 수사본부에 합류시킬 생각이셔서요."

"합류하는 건 괜찮은데 대단한 정보는 못 줄 것 같아. 쓰무라 과장님한테 사건 내용을 듣고서 한번 사이트를 조사해 봤는데 결론부터 말하면 이 닥터 데스라는 놈은 보통 교활한 놈이 아니야. 글에서 자아내는 진지함과 광신도적인 면으로 사람들을 유혹하지만 몹시 신중해서 꼬리가 잡힐 만한 특징은 아무것도 남기지 않았어."

미쿠모는 이누카이와 아스카를 자신의 자리까지 데리고 가서 책상 위 컴퓨터로 문제의 사이트에 접속했다.

"이 '왕진실' 사이트는 2년 전쯤 개설됐어. 그러니 현재 방문자 수 2,045명은 그리 많은 건 아니지. 뭐, 사이트 제목 자체가 방문자 수를 올릴 만하지는 않으니 당연하기도 하지만."

인터넷에 그다지 관심이 없는 이누카이는 2년 동안 2,045명이 방문했다는 방문자 수가 많지 않은 편에 속하는지 판단이 서지 않았다. 무엇보다 이런 위험한 사이트에 사람이 우르르 몰려든다니, 그것은 그것대로 아니 될 말이었다.

"글을 읽으면 알겠지만 사이트 관리자는 장난삼아 안락사 희망자를 모집하는 것이 아니라고 선언했어. 그게 불법 행위라는 걸 명백히 인지하고 있겠지. 그러니까 주소를 통해 발신지를 추적당하지 않도록 해외 서버를 여러 번 경유하고 있어. 보통은 접속 로그를 끈질기게 추적하면 언젠가는 잡히는데 이 닥터 데스라는 놈은 도중에 로그를 수정했더라고. 어제나 오늘 만든 사이트면 몰라도 2년 전부터 쭉 그렇게 운영했으니 인터넷에 빠삭한 놈이야."

"그런데 사이트 방문자 몇 명과 연락을 주고받았잖아요."

"연락 양식에 접속하면 관리자에게 회신이 오게끔 되어 있어. 압수한 마고매 사에코의 컴퓨터로 통신 이력을 털어서 닥터 데스의 이메일 주소를 확인했는데 이 주소도 같은 이유로 IP 주소를 특정할 수 없게끔 되어 있어."

"안락사를 의뢰한 고객의 데이터는 추출할 수 없습니까?"

"글쎄, 그건 사이트 쪽 블랙박스라서."

이누카이는 속으로 혀를 찼다. 과거 고객 데이터를 추출할 수 있다면 닥터 데스의 목격 정보를 더욱 구체적으로 완성할 수 있다. 그뿐 아니라 다음으로 맡은 안락사 대상도 추측할 수 있다.

"다만 댓글을 쓴 방문자의 주소는 알아내서 가장 최근 댓글 순서대로 명단을 만들어 뒀어."

미쿠모가 그렇게 말한 뒤 명단을 인쇄해서 건넸다.

"나도 일일이 출력하는 게 귀찮다고 생각하는 사람이지

만 여하튼 부서가 이래서 말이야. 데이터를 주고받을 때조차 성가신 규정을 따라야 하거든."

"괜찮습니다. 저도 아날로그 인간이다시피 해서 이쪽이 더 성미에 맞습니다."

"시대에 뒤떨어진 말만 하다가는 머지않아 도태될걸."

미쿠모의 말은 농담이겠지만 진실도 약간 내포했다. 이누카이처럼 용의자와 직접 대치하면서 거짓을 파고들어 진상을 밝혀내는 수사 기법을 사용하는 사람이 줄어들었다. 프로파일링과 과학수사로 얻은 증거물이야말로 최고라고 공공연하게 말하는 관리관도 존재한다.

하지만 이번처럼 물증을 거의 남기지 않는 범인을 그들은 어떻게 상대할 것인가.

미쿠모가 작성한 명단은 댓글 작성자가 최신순으로 정렬되어 있었다.

훑어보니 댓글 내용은 다양했다.

조롱하러 와서 욕설을 퍼붓는 자. 안락사에 회의적인 입장으로 관리자를 비판하는 자. 긍정하면서도 법을 어기는 것은 인륜에 어긋난다고 가르치는 자. 대체로 긴 글은 진지한 내용이 많았다. 생각해 보면 그럴 만도 하다. 욕일수록 말이 짧아지기 마련이다.

"그건 그렇고 왜 댓글을 쓴 사람들을 알아보려고 생각하셨어요? 닥터 데스에게 안락사를 의뢰하지 않았다면 그저 구경꾼이잖아요."

아스카는 영문을 모르겠다는 듯 따져 물었다. 일일이 설명하기 귀찮았지만 동행하는 파트너에게 수사 목적을 알리지 않을 수도 없었다.

"구경꾼에도 저마다 수준이 있어. 비아냥거리기만 하고 무시당하는 놈. 비판을 줄줄이 써놓고 역시 무시당하는 놈. 닥터 데스의 유혹에 넘어가 연락 양식에 의뢰 내용을 적은 놈. 그리고 연락 양식은 적었지만 최종 계약까지는 못한 놈."

"……안락사는 실행하지 못했지만 닥터 데스와 연락을 주고받고, 어쩌면 직접 만나 대화했을지도 모른다……."

"그래. 아무리 죽음을 원한다고 해도 한 사람을 땅에 묻는 일이야. 연락한 사람 모두가 살인에 가담했다고 생각하지 않아. 몇 분의 일 정도는 도중에 포기했을 가능성이 있어."

일단 이해하고 나니 아스카의 행동도 재빨랐다. 두 사람은 댓글 속에서 닥터 데스가 주장하는 적극적 안락사에 동조하는 사람을 추리는 작업에 돌입했다. 부수 작업도 따라붙었다. 댓글 작성자가 사이트에 방문한 뒤 가족이 사망한

74

경우를 우선순위에 올리기로 한 것이다.

이누카이와 아스카의 레이더에 마스부치 고헤이가 걸려든 것은 댓글 작성자를 추리기 시작한 지 이틀 만의 일이었다.

"경찰입니다만 닥터 데스라는 인물에 대해 수사하고 있습니다."

이누카이가 전화를 걸어 말을 꺼내자 마스부치가 사실대로 털어놓았다.

—죄송합니다. 한때는 그 선생님께 딸의 안락사를 맡기려고 했습니다.

"닥터 데스와 직접 만나 이야기하셨습니까?"

—만나지는 못했고 몇 번 메일은 주고받았습니다.

호적을 조사하니 마스부치의 장녀 기리노는 마스부치가 사이트를 방문하고 반년 후에 사망했다.

자세한 이야기를 듣고 싶다는 뜻을 전하자 마스부치는 경찰서가 아니면 어디든 좋다고 했다. 이누카이와 아스카는 마스부치가 가장 편하게 이야기를 꺼낼 수 있도록 그의 집을 직접 방문하기로 했다.

마스부치의 집은 이치하라시에 있었다. 직접 만나니 마스부치는 소심해 보이는 왜소한 50대 남자였다. 거주지는 건축 연도가 상당히 오래된 분양 주택으로 지금은 마스부치 혼자 살고 있다고 했다.

"아내는 딸과 같은 병으로 오래전에 세상을 떠났습니다."

이누카이는 곧바로 유전 질환을 의심했다.

"전신홍반루푸스라는 병을 아십니까?"

"아뇨, 식견이 얕아서……."

"체내 면역이 자기 몸의 세포나 조직을 파괴하는 질병입니다. 전신에 붉은 반점 같은 발진이 생기는 것이 특징이고 심각해지면 다발성 장기부전을 일으키죠. 가족 간에 발병하는 사례가 많아서 유전병으로 의심된다고 하더군요."

자식이 앓던 병이기에 얼추 알아본 듯했다. 마스부치는 핵심을 간결하게 설명했다.

"젊은 여성에게 많이 나타나는 병이고 아직 근본적인 원인은 모른다는 것 같아요."

근본적인 원인을 모른다는 말은 근본적인 치료법 또한 밝혀지지 않았다는 의미도 된다.

"조기에 발견해서 치료를 받아 낫는 환자도 늘어났다고도 합니다만, 기리노는 늦게 발견하는 바람에……."

"사모님과 같은 병이었다면 일찍이 알아차리셨을 텐데요."

이누카이의 말이 끝나기 무섭게 아스카가 옆에서 옆구리를 찔렀다. 딸을 잃은 아버지의 심정을 헤아리라는 뜻이었겠지만 마찬가지로 투병 중인 딸을 둔 이누카이로서는 묻지 않을 수 없었다.

"그 말씀을 들으니 정말로 면목이 없군요. 변명처럼 들릴지 몰라도 당시 기리노는 혼자 살고 있어서 제가 미처 살피지 못했습니다."

"그래도 당사자는 증상을 자각하지 않았겠습니까."

"이제 막 사회인이 됐을 무렵이었습니다. 일하면서 배워야 할 것도 많고 시간적 여유도 없었죠. 발진이 나타났지만 단순히 벌레에 물린 자국이라고만 생각했고 피곤한 것도 회사에 적응하느라 그렇다고 생각했다더군요. 분명 제엄마와 같은 병이라는 걸 내심 부정하고 싶었던 거 아닐까 싶습니다."

마스부치의 말에서 원통한 심정이 배어났다.

"그러다가 그냥 피곤해서 그런 게 아닌 것 같다며 병원에 갔죠. 진단을 받자마자 입원했습니다. 증상은 날로 악화됐어요. 신장과 흉막에 염증이 생겨 종일 통증을 호소했습니다. 의식을 잃는 일도 잦아져서 원래 성격이 밝은 아이였는데 점점 우울증 기미도 보이기 시작했죠."

이누카이 스스로 끌어낸 화제라고는 해도 듣다 보니 점점 괴로워졌다. 마스부치와 기리노의 관계와 이누카이와 사야카의 관계가 오버랩됐다.

그래, 언젠가 사야카가 기리노와 같은 운명을 맞을 수도 있다. 눈앞에서 어깨를 축 늘어뜨리고 있는 마스부치는 미래의 자신일지도 모른다.

"우울증 탓도 있겠죠, 기리노는 그 무렵부터 죽고 싶다, 편히 죽고 싶다는 말만 되뇌었습니다. 그럴 만도 했어요. 전신홍반루푸스는 국가에서 특정 질환으로 지정한 난치병입니다. 기리노처럼 병세가 어느 정도 진행되면 완치도 완화도 어렵고요. 기리노는 매일 극심한 고통에 시달리며 절망과 싸워야 했습니다."

마스부치의 목소리가 다소 격해졌다. 지금까지 참았던 감정을 분출하기 시작한 것일지도 몰랐다.

"이제 겨우 스무 살 남짓한 나이였습니다. 딸아이만의 꿈과 희망이 있었겠지만 그 모든 것을 빼앗긴 다음에는 고통밖에 남지 않았어요. 그렇게 되니 딸이 죽고 싶어 한 것을 나무랄 수도 없었습니다. 게다가 입원 치료비도 결코 작은 문제가 아니었거든요."

이누카이는 반사적으로 고개를 끄덕이고 말았다. 사야카

의 친권은 포기했지만 반 고집으로 입원 치료비는 이누카이가 부담하고 있다. 우는소리를 할 생각은 추호도 없지만 매달 지출하는 금액이 결코 적은 액수가 아니라는 말에는 고개를 끄덕일 수밖에 없었다.

"특정 질환이라 특정 의료비를 받을 수 있지만 말 그대로 보조일 뿐이죠. 저 같은 경우는 자기 부담금 상한액 3만 엔을 꽉 채워 낼 정도였어요. 일주일에 몇 번씩이나 있는 검사 비용은 별도로 내야 했고요. 그럴 때였습니다. 제가 '닥터 데스의 왕진실'이라는 사이트를 안 건."

"안락사에 대해 검색하셨군요."

"네. '안락사'로 검색하니까 곧바로 뜨더군요. 20만 엔이라는 저렴한 보수도 그렇지만 무엇보다 눈길을 끈 건 사람에게는 스스로 죽을 권리가 있다는 말, 그리고 의뢰인에게 편안하고 고통 없는 죽음이 약속된다는 점 두 가지였습니다. 편안하고 고통 없는 죽음. 그것이 얼마나 매력적인 말인지 연명치료로 내몰린 환자와 가족 말고는 절대로 이해하지 못할 겁니다."

종말기 연명치료에 대해서는 이누카이도 직접 조사해 일반 지식 정도는 알고 있다. 핵심은 수명이 얼마 남지 않았다고 진단받은 종말기 환자의 연명치료를 중단하는 것이었다. 즉 서서히 죽음을 기다리는 것이며 닥터 데스가 주창하는 적극적 안락사에 비하면 이쪽은 소극적 안락사라고 해도 좋을 것이다.

사건은 2006년 도야마의 한 병원에서 발생했다. 담당 의사가 환자 가족의 동의를 얻어 5년 동안 투병한 말기 환자 일곱 명의 인공호흡기를 떼어 사망에 이르게 했다. 그런데 병원 측은 환자 본인의 의사를 분명히 확인하지 않았고 게다가 다른 의사에게 확인하는 등의 절차를 거치지 않았다며 경찰에 신고했다.

사건 보도를 계기로 연명치료에 대한 사회적 관심이 높아졌고, 연명치료 중단에 관한 기준과 가이드라인을 요구하는 목소리가 커졌다.

그리하여 후생노동성은 2007년에 '종말기 연명치료 결정 프로세스에 관한 가이드라인'을 공표했다.

"그런데 내몰렸다는 건 무슨 말씀입니까?"

"종말기 연명치료 가이드라인이라는 건 절차에 한정된 내용으로, 어떤 병의 어떤 증상이 종말기에 해당하는지 규정되어 있지 않습니다. 그 판단은 전적으로 의료팀이 하도록 명문화되어 있죠. 종말기라는 건 보통 남은 수명이 몇 주에서 6개월 사이라는 뜻이라던데 실제 의료현장에서 과연 의사 선생님이 그걸 분명하게 말해 줄까요?"

현실적으로 어려운 이야기라고 이누카이는 추측했다. 의료현장에 여러 번 입회해 본 경험으로 보면 임상의의 최우선 목표는 환자의 목숨을 구하고 이어가는 것으로, 자신이 지닌 의료기술을 연명치료에 모두 쏟아붓고 있다. 그것이야말로 의료의 대의라는 생각 때문이기도 하지만 한편으로는 가이드라인에 규정이 없는 이상 종말기라고 판단해 연명치료를 중단하는 행위는 법적 책임을 묻기 때문이기도 하다. 의사가 종말기 연명치료를 회피하고 싶어 하는 것도 인지상정이었다.

한편 또 다른 시각에서 보면 종말기 연명치료는 아무래도 치료비가 비싸다. 환자 본인에게는 특정 의료비 등의 보험제도로 부담은 덜하지만 병원으로서는 최신 치료법으로 연명치료를 하면 할수록 의료수입이 늘어나게 된다. 병원 경영자가 공연히 연명치료를 중단하려고 하지 않는 그림도 쉽게 짐작할 수 있었다.

"의료현장에서는 연명치료 중단을 기대할 수 없었습니다. 그래서 닥터 데스의 제안에 솔깃했던 겁니다. 이것도 변명처럼 들릴지 모르지만 저보다는 기리노가 더 열성이었습니다."

"그래서 닥터 데스에게 연락했군요……. 메일로는 어떤 내용을 주고받았습니까?"

"우선 그쪽에서 제 인적 사항과 기리노의 병세를 자세하게 물었습니다. 저와 기리노가 진심으로 적극적 안락사를 원하는지도요. 그리고 계약 후 비밀을 지킬 수 있는지도 물었죠."

"그때 주고받은 대화는 지금도 보관하고 계십니까?"

"아뇨. 삭제했습니다. 그런 통신 내용을 신줏단지 모시듯 저장해 두지는 않았습니다. 닥터 데스도 통신 기록을 지우라고 지시하기도 했고요."

그쯤은 신중하게 처리한다는 말인가. 그러나 큰 문제는 아니었다. 삭제된 메일이라면 나중에 얼마든지 복구할 수 있다. 미쿠모에게 요청하면 눈 깜짝할 사이에 해결되리라.

"의뢰인의 의사를 확인하고 나서 바로 실행에 옮기나 보군요."

"아뇨, 그건 모르겠습니다. 저희는 계약하지 못했거든요."

"그런데 기리노 씨는 그로부터 반년 뒤에 사망했잖습니까."

"……닥터 데스에게 의뢰한 안락사로 죽은 게 아닙니다."

이누카이와 아스카는 자신도 모르게 서로의 얼굴을 마주

봤다.

"기리노를 퇴원시켜서 집에서 안락사를 할 예정이었어요. 그런데 그러기 직전에 기리노의 용태가 급변했습니다. 부랴부랴 긴급 수술을 했지만…… 도리가 없었죠. 주치의 선생님의 노력이 허무하게도 기리노는 수술대 위에서 숨을 거뒀습니다."

"정말로 수술 도중에 사망했습니까? 혹시 상태가 급변하기 전에 닥터 데스가 병실로 찾아와 안락사 처치를 한 거 아닙니까?"

"CCTV가 설치된 병실에서 그런 위험한 도박은 하지 않을 겁니다. 무엇보다 안락사를 실행했다면 보호자인 제게 보고했겠죠."

"하지만 그가 절대로 관여하지 않았다는 증거는 없어요."

"관여했다는 증거도 없죠. 그 병원에서 사망진단서를 발급받았어요. 직접 사인은 심근염이었습니다."

"닥터 데스의 기술이라면 사인도 속일 수 있지 않겠습니까?"

"그럴지도 모르지만 확인할 방법은 없습니다. 기리노는 이미 한 줌의 재가 됐으니까요."

이누카이는 속으로 욕을 퍼부었다.

"그 이후에 닥터 데스와 연락한 적 있습니까?"

"네. 기리노가 갑자기 죽었다는 소식을 전하자 정중하게 조의를 표하더군요. 그리고 앞으로는 연락하지 말라고 지시했습니다."

"조의를 표하다니……. 위선 같네요."

지금까지 잠자코 있던 아스카가 참을 수 없다는 듯 끼어들었다.

"닥터 데스도 기리노 씨를 죽이려고 했죠. 그런데 막상 숨을 거두니 조의를 표한다라……."

"아뇨, 닥터 데스의 위로는 비꼬는 말도 겉치레 인사도 아니었습니다. 저 자신도 하루라도 빨리 결정을 내렸으면 어땠을까 하고 후회가 막심했을 정도니까요."

"어째서 그러셨죠?"

"병세가 급변했을 때의 기리노는 도저히 두 눈 뜨고는 못 볼 정도였습니다! 고통스러워하고, 괴로워하고, 저를 향해 제발 죽여 달라고까지 빌었습니다. 하지만 저도 주치의 선생님도 어떻게 해 줄 수도 없었어요. 마지막의 마지막까지 고통과 절망에 찬 죽음이었습니다. 그런 일을 겪을 바에야 진즉에 한시라도 빨리 안락사를 시켜줄걸. 어, 어째서 좀 더 빨리……."

마스부치는 두 손으로 얼굴을 감쌌다.

손가락 사이로 오열이 새어 나오기 시작했다.

그 모습을 지켜보던 이누카이는 더 이상 아무 말도 할 수 없었다. 딸을 잃은 아버지의 심정은 너무 뻔할 정도로 잘 이해했다. 그리고 만약 목숨을 살릴 수 없다면 적어도 마지막 순간에는 안식을 주고 싶다고 생각하는 마음도.

마스부치의 집에서 나온 뒤에도 마음이 개운해지지 않았다.

안락사의 이름을 빌린 쾌락살인. 아소가 그 말을 했을 때는 과연 맞는 말이라고 생각했다. 그러나 딸을 안락사 시켜주지 못해 후회하는 마스부치를 보며 생각이 점차 바뀌었다.

닥터 데스는 정말 단순한 쾌락살인자일까. 마고메 사에코와 마스부치의 말대로 어쩌면 닥터 데스야말로 종말기 연명치료의 숨은 선구자 아닐까.

"그래도 아까워요."

이누카이의 기분은 제쳐놓고, 아스카가 분한 듯 말했다.

"마스부치 씨의 증언을 전부 믿지 않는 건 아니지만 만약 기리노 씨의 시신이 마고메 겐이치 씨 때처럼 화장하기 전이었으면 전개가 달라졌을지도 모르는데."

"가장 큰 문제가 그거야."

"네?"

"닥터 데스의 여죄를 추궁하겠다는 수사본부의 방침은 틀리지 않아. 하지만 마고메 겐이치 이전에 발생한 사건은 가장 중요한 물증인 시신이 이미 재가 됐지. 설사 닥터 데스가 출두해서 자백한다고 해도 그 범죄를 입증하는 건 거의 불가능해."

"그럼 어떻게 해요?"

이누카이는 대답하지 않았지만 한 가지 계획이 있었다.

과거의 사건을 파헤치지 못한다면 앞으로 일어날 사건을 기다리는 수밖에 없다.

그것은 악마의 속삭임과도 닮아서 매력적이지만 더없이 위험한 계획이기도 했다.

형사부실로 돌아오니 아소가 언짢은 표정으로 두 사람을 기다리고 있었다.

"둘 다 표정이 쭈글쭈글하네."

아스카를 쳐다보니 반장님 표정도 마찬가지예요, 라고 말하는 듯한 얼굴이라 옆구리를 쿡 찔렀다. 조금 전 마스부치와 대화할 때 이누카이의 옆구리를 찌른 것에 대한 소소한 보답이었다.

어차피 이 내용을 보고하지 않고는 벗어날 수 없을 터다. 이누카이가 마스부치에게 들은 이야기를 설명하자 예상대로 아소의 미간 주름이 더욱 깊게 패였다.

"그 먼 지바 변두리까지 갔는데도 수확이 거의 없군."

"수확이 전혀 없었던 건 아닙니다. 마스부치 씨의 컴퓨터를 빌려왔어요. 이걸로 삭제된 닥터 데스와의 통신 내용을 복구할 수 있어요."

아스카가 항변했지만 아소는 눈썹 하나 까딱하지 않았다.

"복구한다고 해도 놈의 주소는 여러 해외 서버를 경유한 탓에 발신처를 밝혀낼 수 없잖아. 조금 전에 사이버 범죄대책과 미쿠모가 아주 친절하고 알기 쉽게 강의해 주더군."

아스카를 두둔할 생각은 없지만 이누카이도 확인하고 싶은 점이 있었다.

"별동대에서 각 의료기관에 닥터 데스에 대한 조회를 요청했죠? 결과는 어땠습니까?"

"내 기분을 망치고 싶어서 아주 작정을 했군."

아소는 금방이라도 후려칠 것 같은 얼굴을 했다.

"지금으로서는 다 헛짓거리야. 북쪽의 홋카이도부터 남쪽의 오키나와까지 이름난 국립병원은 물론 민간 의료시

설까지 의사 명단을 모조리 받았어. 공적인 의사 명단에는 거의 얼굴 사진이 첨부되어 있지 않아서 시설에 비치된 명단을 직접 가져올 수밖에 없었지. 그 얼굴 사진을 마고메 사에코와 그 아들에게 보여 주며 확인했지만 닥터 데스로 짐작되는 의사는 아직 나오지 않았어."

"아직 안 끝났는데 희망이 없다는 말투네요."

"흥. 너였다면 이미 오래전에 짐작했겠지. 현역 의사가 얼굴을 그대로 드러내고 안락사 환자를 만나러 올 리 없다는 걸. 닥터 데스는 아마 무면허 의사거나 완전히 아마추어일 거야. 같이 왔다던 간호사도 말이야."

"과연 그럴까요?"

"반증할 수 있어?"

"주사 자국이요. 조직범죄대책부 소속 지인에게 들은 이야기인데, 주사 한 대를 놔도 의료 관계자가 놓느냐 아마추어가 놓느냐 사이에 상당한 차이가 있다고 하더라고요. 소독 여부도 그렇지만 정맥에 어느 각도로 주사하느냐가 정해져 있다더군요. 그래서 능숙한 의료관계자의 주사 자국은 금방 아물지만 아마추어가 주사한 자국은 꽤 어설프대요. 자국이 제법 오래 남는다고 합니다. 그런데 마고메 겐이치는 처음에 닥터 데스가 염화칼륨을 주사하고 나서 오래 지나지 않아 마키다이 의사가 급히 달려왔죠. 만약 아마추어가 주사한 자국이 남아 있었다면 마키다이가 의심했을 것 같지 않으세요?"

"……마키다이에게 그 점을 다시 묻도록 하지. 하지만 의사 흉내를 내고 싶어 하는 아마추어라는 내 심증은 변하지 않아. 주사도 여러 번 놓아 버릇하면 능숙해지겠지."

"반장님 심증으로는 범인은 어떤 남자입니까?"

"쾌락살인자라는 건 변함없지만 그에 더해 광신도이기까지 해."

내뱉는 어투를 듣고 문득 떠올랐다. 아소는 기이한 종교에 미친 사람을 범죄자 다음으로 싫어한다.

"사이트가 주장하는 글을 읽어 보면 확실히 알 수 있어. 이 검은 의사는 진짜 닥터 데스, 그러니까 잭 케보키언을 맹신하고 있어. 그의 주장에 심취해 숭배하다 못해 바로 그 사람이 되려고 하는 거지. 본인을 닥터 데스라고 부르는 걸 봐도 그렇고 살해 방법을 따라 하는 것도 그래."

아소는 책상 위에 놓인 컴퓨터에 남자 얼굴을 띄었다. 백발의 외국인. 갸름한 얼굴에 의심 가득한 눈빛의 노인. 바로 잭 케보키언이었다.

"잭 케보키언은 안락사에 사용하는 타나트론과 머시트론

이라는 두 가지 자살 장치를 고안했어. 이 중 약물을 사용한 장치는 타나트론이었지. 약 30달러어치 잡동사니를 이것저것 긁어모아 만들었다더군. 우선 환자가 직접 이 장치를 이용해 링거에 생리식염수를 주입해. 그러고 나서 스위치를 누르면 1분 후에 티오펜탈*이 생리식염수를 대신하지. 티오펜탈을 주입하면 환자는 혼수상태에 빠져. 그 후에 자동으로 염화칼륨을 주입해 잠든 채로 사망하게 하는 장치야."

마고메 겐이치의 아들 다이치의 증언으로는 그전까지만 해도 곧잘 말하던 겐이치가 첫 번째 의사가 주사를 놓은 뒤로는 갑자기 조용해졌다고 했다. 혼수상태에 빠진 후 독극물을 주입했다면 증언에 신빙성이 생긴다.

"2대 닥터 데스가 초대 닥터 데스의 방식을 그대로 따라 한다고 생각하시는군요."

"광신도는 숭배하는 대상을 모방하기 마련이야. 초대 때는 환자가 사망하는 현장을 찍은 비디오가 TV에 공개돼 논란이 일었잖아. 2대 닥터 데스가 조만간 인터넷 동영상으로 안락사 실행 현장을 중계한다고 해도 조금도 놀라지

---

* 정맥이나 직장에 직접 투여하는 전신마취제로 작용 시간이 짧다.

않을 거야."

농담조였지만 이누카이는 웃지 못했다. 익명을 이용한 불법 동영상이 매일같이 인터넷에 업로드되는 요즘 시대에서는 충분히 일어날 법한 이야기였다.

"그런데 어떻게 그런 구린 놈한테 부모 형제의 목숨을 맡길 수 있지? 난 도무지 이해가 안 돼."

아소의 말에 이누카이는 드물게 반발심이 들었다. 이 말에는 그릇된 사실 인식을 고쳐 주기 위해서라도 한마디 덧붙이는 편이 좋겠다는 생각이 들었다.

"마음보다는 제도의 문제가 아닐까 싶습니다."

이누카이는 마스부치가 슬픔과 분노를 담아 말한 종말기 연명치료의 실태를 설명했다. 잠자코 듣던 아소의 표정이 점차 곤혹스러워졌다.

"의료현장에서는 의사 상당수가 법적 책임을 두려워해 종말기 연명치료에 적극적으로 관여하려고 하지 않습니다. 게다가 일본인 특유의 윤리관으로 보면 아무래도 환자의 연명을 우선순위로 생각하게 되죠. 개인의 죽을 권리, 종말기 치료에 대해 일반적인 합의가 이루어지지 못한 것도 하나의 이유일 겁니다."

"그러니까 우리 닥터 데스 양반은 그 허점을 파고들었을

지도 모른다는 말이군. 종말기 의료체제가 허술해지니 불치병 환자를 둔 가족은 그 양반에게 의지할 수밖에 없을 테고. 검은 의사는 당당하게 본인의 쾌락 살인 욕구를 채우면서 가족에게 감사를 받는 거야. 그러면서 점점 선민의식도 커지고."

말하는 사이에 다시 검은 의사에 대한 경멸이 심해졌는지 아소는 얼굴을 찌푸렸다.

경찰관으로서는 분명 아소 같은 반응이 정상일 것이다. 배경이나 이유가 어떻든 사람의 목숨을 빼앗는 행위는 분명한 범죄다.

그러나 아버지로서 생각하면 이누카이는 우유부단해졌다. '만약에'라는 가정을 좋아하지는 않지만 만약 사야카의 병세가 악화되어 남은 시간이 얼마 남지 않는 순간이 왔을 때 가까이에 닥터 데스가 있다면 그 유혹을 이겨낼 자신이 없었다.

문득 정신을 차리고 보니 아소가 이누카이를 물끄러미 쳐다보고 있었다.

"평소 너답지 않은데."

오래 알고 지내는 것도 생각해 볼 일이다. 상대도 자신의 약점을 꿰뚫어 본 듯했다.

"왜, 남 일 같지 않아?"

"그런 건⋯⋯."

"난 옛날 옛적부터 언론에 나와서 어쩌고저쩌고 떠들어 대는 사회심리학자라는 인간들이 아주 싫어."

뜬금없이 무슨 소리를 하나 싶었다.

"스토커가 늘어난 이유는 교육 탓이라는 등 학교폭력이 늘어난 이유는 사회 탓이라는 등 이러쿵저러쿵하며 외부 환경을 탓하지. 심지어 범인은 사회 격차의 희생자라고 지껄여대. 도대체 무슨 개소리인지. 사람을 다치게 한 것도 죽인 것도 당연히 다 그놈 책임이야. 가정환경이 열악하다고 모두 범죄자가 되는 건 아니잖아. 불우하다고 모두 비뚤어지는 것도 아니고. 그것과 똑같아. 연명치료가 가망이 없으니 적극적으로 안락사를 권한다는 것도 결국 억지 논리일 뿐이야. 닥터 데스는 말기 환자의 편도 아니고 연명치료의 선구자도 아니야. 단돈 20만 엔에 사람을 독살하고 다니는, 그냥 연쇄 살인마일 뿐이야."

평소처럼 사람을 홀릴 정도로 단순명료한 논리였다. 이 단순한 논리가 아소가 지닌 리더십의 원천이라는 것을 쉽게 짐작할 수 있다. 수직적 조직에서는 매우 알맞은 방향성이기도 했다.

그래도 이누카이는 전적으로 동의할 수 없었다. 닥터 데스의 진의를 떠나 안락사에 가담한 가족들의 나약함을 도무지 비난할 마음이 들지 않았다.

"닥터 데스를 추적하는 건 말할 것도 없고 함께 있던 간호사의 정체도 알아내야 해. 간호사의 인상착의는 검은 의사보다 더 흐릿하지만 목격 정보를 모으면 윤곽이 드러나겠지. 너희는 계속해서 닥터 데스가 과거에 손댔던 사건들을 파헤쳐. 과거 사건은 사체가 없어도 상관없어. 증인을 늘린다고 생각해."

이 지시 또한 단순하지만 정확했다.

2

구원받은 죽음

1

병사라고 생각했던 죽음이 실은 제삼자에 의한 안락사였다.

마고메 겐이치 사건은 신문과 TV에 헤드라인으로 보도됐다. 누구에게나 찾아올 수 있는 안락사, 그리고 그것이 의뢰받은 살인이었다는 사실이 시민들의 관심을 끌었다.

증오나 금전 목적이 아닌 말기 환자의 고통을 덜어 주기 위한 살인. 그 자체는 과거에도 있어 온 사건이지만 이번에는 안락사를 임무로 수행하는 검은 의사라는 존재가 독특했다. 안락사를 의뢰한 마고메 사에코를 향한 여론은 대체로 동정 섞인 목소리가 많았다. 본인과 가족을 괴롭히는 정신적 고통과 경제적 어려움은 간병이 필요한 환자를 곁에 둔 사람에게는 남의 일이 아니었다. 사에코가 궁지에 몰린 이유도 종말기 연명치료 체제가 외국에 비해 뒤처졌기 때문이라고 변호하는 사람, 호스피스 시설 보완에 예산을 투입하라고 외치는 사람도 있었다.

한편 닥터 데스에 대한 여론은 둘로 나뉘었다. 언론은 범죄자 취급하는 논조였지만 익명성이 보장되는 인터넷에서는 종말기 치료의 필요악이라고 옹호하는 목소리도 적지 않았다. 사건 보도 당일부터 '닥터 데스의 왕진실'에 접속자가 몰리면서 순식간에 사이트 서버가 다운됐다. 사이트 동향을 상시 주시하던 사이버 범죄 대책과 입장에서는 민폐가 이만저만이 아니었지만 자극적인 화제에 굶주렸던 네티즌들의 관심은 커져만 갔고 그런 현상이 일주일 넘게 지속됐다. 미쿠모가 인터넷으로 몰려드는 어중이떠중이에게 저주를 퍼부을 만했다.

마침 그러한 소동이 한창일 때, 경시청에 익명의 전화가 걸려 왔다.

10월 15일 오후 1시 19분, 통신지령센터에 근무하는 기타조노 미유키는 수상한 전화를 한 통 받았다.

—저…… 뉴스에 나오는 안락사 사건, 수사본부가 경시

청에 있죠?

묘하게 웅웅거리는 목소리로 나이는커녕 성별조차 구분할 수 없었다.

"네, 맞습니다. 전화 거신 분은 누구십니까?"

—그 닥터 데스에게 안락사당한 놈이 있다.

"뭐라고요?"

—가와사키에 사는 안조 구니타케라는 남자다. 조사해 보도록.

"신고자분 성함과 연락처가 어떻게 되십니까?"

전화는 거기서 끊겼다.

옛날과 달리 요즘 전화는 디지털 신호라서 통화 시간과 관계없이 역탐지를 할 수 있다. 게다가 언론에 보도된 이후 닥터 데스에 관한 익명 전화가 하루에 백 통 넘게 걸려 왔다. 일단 보고는 해야 하기에 미유키는 통화 내용을 수사1과에 전달하기로 했다.

그것이 두 번째 사건이었다.

***

"안조 구니타케는 이틀 전인 13일, 입원해 있던 니시하타 병원에서 사망했다."

아소가 아연한 표정으로 말했다.

"다들 기억하지? 올해 8월 가와사키에서 일어난 니시바
타 화학공장 폭발 사고. 중경상자가 열네 명 발생한 참사였
는데 안조는 중상으로 입원한 환자 중 한 명이었어. 사고
후 실시한 조사에서는 그 사람의 실수가 공장 화재의 원인
이 됐다고 추측했어."

아스카는 처음부터 몹시 의심스러운 태도로 아소의 말을
들었다.

"그 안조라는 사람이 병원에서 안락사당한 거예요?"

"병원에 문의했더니 사인이 고칼륨혈증이라더군. 닥터
데스가 염화칼륨으로 안락사를 시도했다면 납득이 가는
사인이야."

"그래도 어느 정도 규모가 있는 병원이잖아요. 그런 병원
에 숨어들면서까지 안락사를 실행하다니……."

웬만한 규모의 병원이라서 문제인 것이라고 이누카이는
속으로 푸념했다.

니시바타화성은 섬유와 화학약품부터 주택 건축 재료까
지 폭넓게 다루는 순수 지주회사다. 산하에 그룹사가 2백
개 이상 있으며 그중 하나인 니시바타병원은 외래진료도

하지만 그룹사 직원에게 입원 치료 우선 혜택을 준다. 요점은 그룹 전체의 복리후생시설로서의 성격이 강한 기관으로 보안이 얼마만큼 철저한지는 현장에 직접 가보지 않으면 알 수 없다.

"요즘 계속 걸려오는 장난 전화나 억측성 전화보다는 훨씬 신빙성이 있어. 그래서 병원과 유족 측에 화장을 연기해 달라고 요청했지. 경야가 오늘이라 아슬아슬하게 타이밍을 맞출 수 있었어."

"신고 전화를 건 사람이 누군지는 파악됐습니까?"

"아니. 공중전화로 걸었어. 가와사키 시내 공중전화인데 현장으로 감식원이 출동했지만 애초에 불특정 다수가 사용하는 곳이잖아. 휴대폰이 보급되면서 이용자가 적어졌다고 해도 알 수 없는 지문이 잔뜩 나오겠지."

아소는 감식과의 정보가 미덥지 않다고 생각하는 것이 분명했다.

"니시바타병원에 다녀오겠습니다."

이누카이가 큰 소리로 말하자 아소가 당연하다는 눈빛으로 일별했다.

니시바타병원 접수처에 방문 목적을 알리자 이누카이와

아스카를 곧바로 응접실로 안내했다. 5분도 채 지나지 않아 등장한 사람은 우쓰노미야라는 의사였다. 수사본부의 연락을 받고 부랴부랴 응대는 하지만 왜 수사를 받는지 모르겠다는 듯 의아한 얼굴이었다.

"제가 안조 씨의 주치의였습니다. 안조 씨가 살해당했다니, 그럴 리가요. 갑작스러워서 믿기지 않네요."

"아뇨. 살인이라고 결정 난 건 아닙니다. 그런 신고 내용이 접수돼서요. 우선 안조 씨가 사망했을 때의 상황을 말씀해 주시죠."

"상황이고 뭐고⋯⋯. 안조 씨는 그 폭발사고 때문에 줄곧 중태였습니다. 입원하고 나서 의식을 회복한 적은 한 번도 없었어요. 이곳에 이송됐을 때는 정말 상태가 말이 아니었습니다. 약품을 뒤집어쓴 데다 수십 군데에 열상과 화상을 입었죠. 얼굴이 부어올라서 배우자도 못 알아볼 정도였습니다. 응급수술로 피부이식을 했지만 애초에 치명적인 외상이 너무 많았어요. 병원으로서는 최고 수준의 의료팀을 구성해 치료했지만⋯⋯."

"최고 수준의 치료라면 비용도 상당했을 텐데 환자 가족이 그 비용을 지불할 여력이 있었습니까?"

"아뇨⋯⋯. 입원 치료비는 전부 니시바타화성 본사에서

지원했습니다."

모회사인 니시바카화학으로서는 자사 공장에서 일어난 피해가 확대되어 평판이 떨어지는 것을 우려했다. 당연히 환자의 생명을 구하고 치료하는 데 최선을 다했으리라.

다만 그 목적은 사망자 수를 억제하는 것이지 환자의 사회 복귀는 아니었다.

"치료해서 나을 가망이 있었습니까?"

"그건 말씀드리기가……."

"안조 씨가 입원했던 병실로 안내해 주시겠습니까?"

이누카이가 요청하자 우쓰노미야는 떨떠름한 기색으로 승낙했다.

"형사님께서 일부러 여기까지 오셨는데 저는 아무리 생각해도 안조 씨가 타살당한 것 같지 않아요."

병실로 향하는 도중에도 우쓰노미야는 불만이 가득했다.

"사인은 고칼륨혈증이었죠?"

"그래서 의심의 여지가 없던 겁니다. 다발성외상 상태에 빠지면 세포 내에 있는 칼륨이 빠져나오거든요. 게다가 안조 씨는 소화 활동 중에 대량의 분말 소화제를 흡입하고 말았습니다. 그 또한 고칼륨혈증의 원인이죠."

"부검은 했습니까?"

"유족이 동의하지 않으면 안 합니다."

그러나 우쓰노미야의 의도와 달리 안조의 배를 갈라야 할 듯하다. 더구나 병리해부가 아닌 사법해부로.

"안조 씨의 죽음이 타살이 아니라는 근거는 그뿐입니까?"

"입원한 이후 공장 관계자 여러 명이 병문안을 왔는데 다들 눈물을 글썽였고……, 특히 공구장인가 하는 분은 매일 왔거든요. 안조 씨 말고도 다른 희생자도 입원해 있었지만 그렇게나 문병객을 울린 환자는 처음이었습니다. 정말 많은 사람에게 사랑받은 분이셨나 봅니다."

이누카이는 우쓰노미야의 뒤에서 고개를 설레설레 저었다. 사랑한다고 해서 죽이지 말라는 법은 없다. 이번에는 오히려 사랑했기 때문에 안락사 시켰을 가능성도 있다.

무심한 척 복도 사방을 둘러봤지만 CCTV는 보이지 않았다. 1층 로비나 비상계단 부근에는 CCTV가 있는 것으로 보아 아마 최소한의 보안 카메라만 설치한 듯했다.

우쓰노미야의 걸음이 멈춘 곳은 813호 병실이었다. 안조가 병실을 비운 지 이틀밖에 되지 않아 새 입원 환자는 없는 듯했다.

병실은 텅 비어 있었다. 환자가 사라진 병실은 더없는 공허함이 지배하는 느낌이었다. 이곳에서도 사방으로 시선을 돌려 살폈지만 CCTV는 보이지 않았다.

"환자의 용태는 너스 스테이션에서 24시간 모니터링합니다. 혈압이나 심박 수에 이상이 있으면 경고음이 울리는 구조죠."

"CCTV가 없는 이유는 그 때문입니까?"

"수치만 확인하면 환자를 온종일 지켜볼 필요가 없으니까요. 모니터에서 경고음이 울린 게 13일 오후 1시 25분이었습니다. 저와 담당 간호사 두 명이 병실로 달려갔을 때 안조 씨는 몹시 괴로워하고 있었고요……. 서둘러 응급수술을 준비했지만 그때 이미 심폐 정지 상태였습니다. 심폐소생술을 시도했지만 이미 손 쓸 수 없는 상태였어요."

이누카이는 혀를 찰 뻔했다. CCTV가 없는 병실. 닥터 데스는 병실에 침입해 안조에게 염화칼륨을 주사하자마자 사라졌다. 안조는 이내 발작을 일으키고 숨을 거뒀지만 원래부터 고칼륨혈증 증상을 보였기 때문에 의심을 사지 않았다.

"선생님. 만약 안조 씨에게 염화칼륨을 주사했을 경우 똑같이 발작을 일으켰으리라 생각하십니까?"

"……장담할 수는 없지만 만약 그랬다면 분간할 수 없었을 겁니다."

우쓰노미야는 대답하며 시선을 내리깔았다.

"안조 씨는 링거를 맞고 있었죠? 누군가가 링거에 염화 칼륨제제를 섞었을 가능성은 없습니까?"

"그것도 단언할 수 없군요."

"다 쓰고 난 의료 기구는 어디에 보관하십니까?"

"보관 안 합니다. 병원 내 감염을 방지하기 위해 주삿바늘 하나, 링거팩 하나까지 전부 한 번만 사용한 뒤 폐기합니다. 게다가 하루 치 폐기물은 다음 날 의료폐기물 처리업체에서 수거해 가서 병원에는 남아 있지 않습니다."

사망한 지 이틀. 안조의 죽음을 재촉했을지도 모르는 링거팩이 온전히 남아 있을 가능성은 지극히 낮았지만 한시라도 빨리 아소에게 연락해야 했다.

다음으로 두 사람이 향한 곳은 가와사키구에 있는 장례식장이었다. 이번에는 제대로 갖춰 입은 조문객 차림이었다. 단벌 재킷에 슬슬 선향 냄새가 배어들었을지도 모른다.

가족 대기실로 향하니 안조의 아내 사에미, 그리고 차이나칼라 교복을 입은 아들과 블레이저 교복 재킷을 입은 딸이 한가운데에 굳은 모습으로 있었다. 몹시 의기소침한 세 사람을 보니 새삼 자신이 불청객이라는 사실을 통감했다.

"아들 히데유키와 딸 구루미입니다."

사전에 말해 놓아서 이누카이와 아스카가 형사라는 사실을 아는 탓이리라. 두 사람을 바라보는 히데유키와 구루미의 눈빛에 날이 서 있었다. 도저히 이 자리에서 사정 청취할 분위기가 아니었다.

두 아이는 아스카에게 맡기고 이누카이는 사에미를 데리고 별실로 갔다.

"저기, 조금 전에 연락받기로는 남편이 살해당한 것으로 의심된다고 하시던데……."

"그래서 시신을 잠시 저희가 맡았습니다. 돈을 받고 안락사해 주는 사람이 있거든요. 그 인물이 남편분께 손을 썼다는 익명의 신고 전화가 들어왔습니다."

"그게 무슨 말도 안 되는 소리인가요? 당연히 뭘 잘못 알았거나 장난 전화겠죠."

"닥터 데스라는 남자입니다. TV 뉴스에도 보도됐어요."

"그 뉴스를 보기는 했는데, 우리 남편이 안락사를 당했다니……. 무엇보다 저는 그런 의뢰를 한 적이 없어요."

"실례지만 남편분께서 입원하신 동안 힘들어하셨습니까?"

사에미는 이누카이를 노려보다시피 했다.

"병원에 실려 간 후 그 사람은 한시도 편안하지 못했을 거예요. 온몸에 화상을 입고 피부가 짓물렀거든요……. 피부 이식을 하고 나서도 마취에서 깨면 타들어 가는 것 같다며 고통스러워했고요."

"확실히 완치 가능성은 없었던 것 같군요."

"우쓰노미야 선생님은 그렇게 살아 있는 것 자체가 기적이라고 하셨어요."

"한 번도 안락사를 생각해 본 적 없으십니까?"

"불편한 질문을 하시네요. 고통스럽기만 하고 나을 가망은 없었잖아요. 당연히 그 사람의 고통을 덜어주기만이라도 하고 싶은 심정이었죠. 하지만…… 아이들이 아빠가 건강하게 퇴원하기만을 기도했어요. 그래서 그 생각은 했어도 우쓰노미야 선생님께 부탁할 수는 없었어요."

"그런 생각이 드셨을 때 닥터 데스의 사이트에 접속한 적은 없었습니까? 인터넷에 검색만 하면 바로 나오는데요."

이누카이는 사에미가 분명히 사이트에 접속했을 것이라고 확신했다. 주변에 안락사에 대해 조언해 줄 사람이 없다면 인터넷에 검색하는 길뿐. 그리고 '안락사'라고 검색하면 곧바로 '닥터 데스의 왕진실'이 나온다.

"……들어가 보긴 했어요. 하지만 좀처럼 상담할 엄두가 안 나서⋯⋯ 망설이는 사이에 남편의 상태가 갑자기 안 좋아졌죠."

"질문을 바꾸겠습니다. 남편분을 증오하거나 원한을 품은 사람은 없었습니까?"

"남편은 사람을 잘 챙기는 성격이라 부하직원들을 자주 집으로 불러 함께 술을 마시곤 했어요. 부하직원들 말로는 남편은 직장에서도 누구에게나 사랑받는 든든한 사람이더군요. 친척 사이에서도 마찬가지였고요. 절대로 잘난 체하지 않고 누구에게나 친절해서 남편을 욕한 사람은 한 명도 없었습니다."

마치 상상 속에나 존재하는 인격자 같았다.

"남편분이 위독하다는 건 어디서 아셨습니까?"

"그때 마침 병원에서 우쓰노미야 선생님과 이야기하고 있었습니다. 1시 30분쯤에 선생님에게 호출이 들어와서 영문도 모른 채 대기실에서 기다렸는데⋯⋯."

"사고 후 조사에서는 공장 화재 원인이 남편분 실수로 추측된다고 하던데요. 그러면 아무리 훌륭한 분이라도 관계자들의 거센 비난은 피할 수 없었을 테죠."

스스로도 역겨운 질문이라고 생각했지만 빼놓을 수는 없었다.

"아뇨. 제가 둔한 탓에 잘은 모르지만 사고 후에는 남편을 안타까워하는 여기는 분들이 더욱 늘어난 것 같았어요. 다들 안조는 일에 목숨을 바쳤다고 말해 줬죠. 상사들도 과분한 말씀을 하셨습니다."

이누카이는 다소 맥이 빠졌지만 사랑받는 사람이기에 안락사를 당했을 가능성은 여전히 포기할 수 없었다.

"그러면 반대로 남편분을 편안하게 보내주고 싶어 했을 것으로 짚이는 사람은 없습니까?"

그러자 사에미가 험악한 표정으로 생각에 잠겼다.

"우리 아이들과 마찬가지였습니다. 다들 남편이 건강한 모습으로 복귀하기만을 기다렸어요. 한순간이라도 안락사를 고민한 사람은 분명히 저뿐이었을 거예요. 그래서……."

"그래서, 뭡니까?"

"남편이 더는 고통 받지 않아서 다행이라고 생각해요."

목소리에 담긴 기세가 한층 누그러들었다.

"아이나 회사 사람들에게는 미안하지만 저는 남편의 그런 모습, 더는 지켜보기 힘들었어요. 사고를 당하기 전에는 정말로 건강하고 바보 같을 정도로 밝았던 사람이 그렇게 온몸에 화상을 입고 나서 마취 효과가 돌 때 말고는 늘 끙끙 앓고……. 우리는 그저 지켜볼 뿐이지만 그 사람은 끊임없이 고통스러웠던 거잖아요. 그렇게 생각하면 오밤중에 소리라도 내지르고 싶은 심정이었어요."

이누카이는 입을 다물었다. 재차 질문하지 않아도 사에미가 속내를 모두 토해내려는 듯 보였기 때문이다.

"그 안락사를 해 준다는 의사와 상담해 볼까 많이 고민했어요……. 아까는 다르게 말했지만, 사실 상담하고 처치를 부탁하는 건 시간 문제였죠. 이미 한계였거든요. 하지만 지금 생각해 보면 남편에게는 지독한 짓을 한 꼴이네요. 그렇게 되기 전에 진작 안락사 시켜 줄 걸 그랬어요. 그날 그렇게 갈 줄 알았으면 병원에 실려 갔을 때 결정할 걸 그랬어요. 그랬으면 두 달이나 고통받다가 가지 않아도 됐을 텐데……. 내 잘못이에요. 내가 겁이 많아서 남편이 겪지 않아도 될 고통을 겪게 했어요. 결국 내 결정으로 남편의 목숨을 빼앗는 게 두려웠을 뿐이에요."

마치 무너진 둑처럼 사에미의 말이 끊임없이 터져 나왔다.

"남들은 나를 악마라고 욕할지 몰라도 남편이 세상을 떠난 지금, 오히려 마음이 놓여요."

이윽고 사에미가 몸을 들썩이며 훌쩍훌쩍하더니 가늘고 긴 오열이 새어 나왔다.

더 이상 질문은 소용없으리라. 이누카이는 사에미를 남

겨 두고 방을 나왔다.

가족 대기실로 돌아가자 마침 대기실에서 나오던 아스카와 마주쳤다.

"그쪽은 어땠어?"

"울더라고요."

"이쪽도 똑같아."

"가족들의 사랑을 한 몸에 받는 아버지였나 봐요."

별다른 의도 없이 뱉은 말이겠지만 사랑받는 아버지가 아니었던 이누카이에게는 매서운 비아냥으로 들렸다.

"아이들은 줄곧 안조 씨가 회복하리라 믿었기에 안락사 같은 건 생각도 안 했다고 해요."

그것이 평범한 반응이겠지. 일본인 특유의 윤리관 때문이라고 하면 논리가 빈약하겠지만 적어도 그 나이대 아이들이 안락사를 생각하는 것은 가혹한 일이었다.

"아직 닥터 데스에게 의뢰한 인물을 특정할 수 없는 이상 아이들을 수사 대상에서 제외할 수는 없어. 집에 있는 컴퓨터를 잠시 압수해야겠어."

아스카는 내키지 않는다는 티를 노골적으로 내면서도 고개를 살짝 끄덕였다. 애초에 소년 범죄를 예방하고 싶어서 생활안전과를 지망했던 여자다. 아이를 용의자 취급하는 것에 거부감을 느끼는 듯했다.

"아이 엄마 쪽은 어땠습니까?"

"마지막까지 안락사라는 선택지를 고민했다고 증언했어. 게다가 사에미는 안조가 위독해졌을 때 마침 병원에 있었고. 알리바이가 없어."

"알리바이라니, 설마 사에미가 직접 염화칼륨을 주사했다고 생각하세요?"

"안락사 대상이 입원한 상황에서 닥터 데스가 직접 손을 쓰기에는 위험부담이 너무 커. 링거팩의 내용물을 염화칼륨제제로 바꾸는 건 아마추어도 할 수 있다면, 아내에게 약물만 넘기고 어떻게 행동으로 옮길지 지시하는 방법으로 실행했을 수도 있지."

아스카는 순간 사람을 그렇게까지 의심하냐는 표정을 지었다. 그렇다. 그렇게까지 의심하기 때문에 아직도 형사 노릇을 할 수 있는 것이다.

"그럼 다음으로 넘어가자고. 안조가 근무지에서 어느 정도 위치였는지. 동료들과 얼마나 사이가 좋았는지, 그리고 적은 얼마나 있었는지. 그걸 조사해서 닥터 데스에게 안락사를 의뢰한 사람을 찾아낸다."

폭발사고가 난 니시바타화성의 화학공장은 그룹사인 니시바타케미컬에서 운영한다. 화학공장도 니시바타병원과 마찬가지로 가와사키 시내에 있어서 편했다. 폭발사고로 완전히 불에 탄 상황이었지만 지금도 작업은 간신히 계속하는 듯했다.

폭발사고로 관할서에서 수사 중이어서인지 1층 접수처에 신분을 밝힌 순간 접수처 여직원의 얼굴이 딱딱하게 굳었다. 다만 편한 점도 있었다. 사정 청취에 익숙해졌는지 곧바로 공장 관계자에게 이야기를 들을 수 있었다. 응접실에서 기다리자 이내 덩치가 작은 50대 초반 남자가 나타났다.

"고스게 진이치입니다. 사고가 난 제2플랜트의 공구장입니다."

"안조 씨와는 어떤 관계입니까?"

"저는 작업 주임인 안조의 직속 상사입니다. 제2플랜트만 해도 네 공구로 나뉘고 각 공구에 주임 한 사람씩 배정되어 있습니다…… 저기, 이건 가와사키 경찰서의 형사님께 설명했는데……."

이누카이가 경시청 소속으로 안조 구니타케의 죽음과 관련해 방문했음을 알리자 고스게가 의아한 듯 고개를 갸웃했다.

"안조가 살해, 당했다고요? 그에 관해서는 딱히 짚이는 게 없는데요."

"공장 안에서 안조 씨를 증오할 사람은 없다는 말씀입니까?"

"증오라니요, 그럴 리가요. 작업장 네 사람 중에서도 안조처럼 인망이 두터운 사람은 없었습니다. 부하에게도 매너 있게 지시했고, 베테랑인데도 잘난 체하는 법이 없는 사람이었어요. 그리고 이건 언론에 보도되지 않은 이야기지만 폭발사고가 났을 때 뒤처진 부하직원을 구하려고 그 사람이 현장에 마지막까지 남아 있었습니다. 안조가 중상을 입은 건 그 때문이었어요."

"그렇군요. 영웅인 셈이네요. 하지만 언론 보도에 따르면 애당초 폭발사고의 원인이 안조 씨의 실수였다던데요? 그러니까 안조 씨의 실수 탓에 직원이 여러 명 다쳐 회사는 큰 손해를 입은 셈이죠. 그래도 회사 사람들은 안조 씨를 좋아합니까?"

"그 사고 원인은 단순히 안조가 저지른 실수 때문이라고 보기만은 어려운 부분이 있습니다."

그 말을 시작으로 고스게는 제2플랜트에서 일어난 사고에 대해 자세하게 설명하기 시작했다. 중간중간 전문용어와 화학지식이 들어갔지만 가와사키 경찰서에서 조사를 받으며 문외한도 이해하기 쉽도록 설명하는 데 익숙해져서인지 이누카이도 충분히 이해할 수 있었다. 옆에서 듣던 아스카도 종종 고개를 끄덕였기에 뜻을 전혀 알 수 없는 설명은 아니었으리라.

요약하면 이렇다.

제2플랜트는 폴리염화비닐 제조공장이었다. 염화비닐은 다음 공정을 거쳐 만들어진다.

우선 에틸렌에 산소·염화수소를 반응시켜 물과 1, 2-디클로로에탄을 얻는다. 이것에 촉매를 접촉시키면 구리이온(Cu^{2+})이 환원되어 구리(Cu^+)와 1, 2-디클로로에탄이 생성된다.

다음으로 산소와 접촉하면 불안정한 구리는 산화되고 구리 이온이 생성된다(이 과정을 옥시염소화 반응이라고 한다). 이것을 열분해해서 염화수소를 분리시키면 염화비닐을 얻는다(크래킹).

그러나 이 화학반응 외에도 부반응이나 미반응이 발생할 수 있다. 그리고 취급하는 약제량이 톤 단위로 넘어가면 당연히 그 반응열도 엄청나다.

제2플랜트에서는 옥시염소화 반응을 이중 계통으로 운

영한다. 그런데 그중 하나인 에틸렌 긴급 송출 밸브가 오작동을 일으키면서 모든 밸브가 개방되는 바람에 안전장치가 작동하면서 정지해 버렸다. 그러면서 본래 이중 계통으로 순환하던 반응이 하나만 순환하게 됐다.

한쪽 반응이 정지하면서 이번에는 크래킹 반응계가 두 곳 모두 정지했다. 이때 냉각장치도 정지하는데, 환류조 내부는 화학반응으로 온도와 압력이 상승하고 만다. 그리고 마침내 임계점을 돌파하며 탱크가 파열됐고, 어떠한 발화원 때문에 폭발을 일으킨 것이다.

"원래는 옥시염소화 반응계가 정지하면 알람이 표시됩니다. 그런데 이 알람 표시를 놓치고 못 보는 바람에 환류조 내부의 이상을 알아차리지 못한 겁니다."

"알람 표시를 확인하는 사람은 누구였습니까?"

"작업장…… 안조의 일이었습니다."

그렇군. 알람 확인을 놓친 것이 안조의 실수였다.

"다만 같은 말을 반복하는 것 같지만 직접 원인은 에틸렌 긴급 송출 밸브의 오작동입니다.이건 조사위원회도 그렇게 결론지었습니다. 사람의 실수보다 기계의 실수가 먼저였어요."

고스게의 설명을 듣고 나니 일련의 사건이 납득이 갔지

만 뉴스로 표면적인 내용만 접하는 사람은 보통 복잡한 화학반응을 이해하기 전에 책임 소재를 추궁하려고 한다. 그러면 머리 아프게 생각하지 않아도 되고 무엇보다 사고의 책임을 묻는 스스로의 모습에 도취되고 싶기 때문이다. 조사위원회가 아무리 변호해도 확실한 증거가 없으면 일반 시민들은 안조의 과실을 비난할 것이다.

"공장 관계자는 모두 그 사실을 알고 있습니다. 그러니 누구 하나 안조를 원망하지 않아요."

"고스게 씨도 매일 문병 가셨다던데요."

"나뿐 아니라 제2플랜트에서 같이 일하는 직원은 거의 다 갔죠. 안조가 세상을 떠난 날에도 점심 전에 문병 갔습니다. 그런데 설마 그게 마지막이었을 줄이야……."

"그럼 반대로 안조 씨가 위독한 상태에서 괴로워하는 모습을 보면서 고통 없이 죽게 해 주고 싶다고 생각할 만한 사람은 있습니까?"

고스게는 허를 찔린 모습이었다.

"요즘 닥터 데스라는 자 때문에 세상이 떠들썩한 건 아시죠? 그자는 사랑하는 사람의 안락사를 바라는 사람에게 접근해 보수를 받는 대신 고통 없는 죽음을 주고 사라집니다."

"뉴스에서 봤는데……. 그럼 닥터 데스라는 놈이 안조를 죽였다는 말입니까?"

"닥터 데스는 의뢰를 받지 않으면 움직이지 않습니다. 누군가 그런 부탁을 한 것 아닐까 저희는 추측합니다."

"화, 확실히 안조의 고통을 덜어주고 싶어 한 사람은 많겠지만 그게 살인이라면…… 아뇨, 짚이는 바가 없군요."

"그러면 안조 씨의 동료나 부하직원에게도 이야기를 듣고 싶습니다."

고스게와 교대하듯 들어온 사람은 다치바나 시로라는 20대 젊은이였다.

"안조 작업장님이 살해당했다니 말도 안 되는 소리예요."

다치바나의 눈은 처음부터 적의에 가득 차 있었다.

"그렇게 좋은 분이 살해당할 리 없어요."

"좋은 사람이라서 오히려 편하게 해 주고 싶어 한 사람도 있지 않겠습니까."

같은 말을 몇 번째 입에 담는 것일까. 미워하지 않고 오히려 사랑하기 때문에 죽인다. 새삼 보통 사건들과는 양상이 전혀 다르다는 사실을 깨달았다.

"그야 고통스럽지 않길 바랐죠. 그런데 그렇다고 죽이다니요. 공장 사람들은 모두 안조 작업장님이 건강한 모습으로 복귀하기를 기다렸어요."

"공장 폭발의 원인을 제공한 사람이어도 말입니까? 조금 전에 공구장에게 사람의 실수만으로 벌어진 일이라고 단정할 수 없다는 설명을 들었습니다. 하지만 그 사고로 니시바타케미칼과 니시바타화성의 평판은 상당히 떨어졌을 테고 그 정도 규모 사고라면 실질적인 손해도 작지 않겠죠."

이 또한 심술궂은 질문이지만 어쩔 수 없었다.

다치바나가 갑자기 오른팔 소매를 걷어 올렸다. 강경하게 따지고 들려는 줄 알았는데 그 오른팔에는 켈로이드 모양의 화상 흉터가 있었다.

"어차피 이 이야기도 공구장님한테 들었을 텐데. 그 사고가 일어나서 도망칠 때 뒤처졌던 바보가 바로 접니다. 떨어진 덕트*에 다리가 깔려 움직일 수 없었죠. 아, 안조 작업장님은 이미 탈출했었는데 절 구하려고 일부러 돌아오셨어요. 더럽게 무거운 덕트를 들어서 저를 빼냈죠. 그때 작업장님 뒤에서 탱크가 터졌어요. 작업장님은 저를 지키는 방패처럼 탱크 속에 든 약품을 전면에서 뒤집어썼어요. 덕분에 전 살았지만 작업장님은, 작업장님은……, 제길!"

---

* 배연이나 공기 조절을 위한 배관.

이렇게 감정적인 모습은 연기로 꾸며내지 못한다. 아무래도 안조가 직원들에게 존경과 사랑을 받은 것은 사실인 듯했다.

"제 목숨을 구하려고 작업장님이 희생했습니다. 그 사실을 공지했을 때 제2플랜트 사람들뿐 아니라 직원 모두가 엉엉 울었어요. 어떤 이유로든 그런 사람의 목숨을 빼앗는 놈은 여기 없습니다. 이제 알았으면 여기서 당장 꺼져, 빌어먹을 자식!"

반쯤 쫓겨나듯 공장에서 나온 이누카이와 아스카는 그대로 아소가 기다리는 수사본부로 돌아갔다. 선물을 뭐라도 물고 가지 않으면 아소의 기분이 나빠지리라는 것은 알지만 운이 나쁘게도 성과라고 할 만한 것은 없었다.

특별히 쓸 만한 정보는 없다고 보고하자 아니나 다를까 아소가 언짢아했다. 하지만 상관없다. 이 상사가 기분 나쁘지 않을 때는 사건을 해결했을 때와 보너스를 받은 날 정도니까.

"본부 쪽은 진전이 있었습니까?"

"안조 구니타케의 부검이 끝났다. 시신은 장례식장으로 바로 보냈다더군. 부검 보고서는 아직 나오지 않았고."

"그럼 어떻게든 경야까지 시간은 맞췄네요."

아스카가 안도한 목소리로 말했다. 그러고 보니 오늘 사정 청취에서는 하나같이 상대에게 신경을 곤두세우는 질문만 했다. 평소 이누카이의 방식을 혐오하고 우려하는 아스카는 마음이 한시도 편치 않았으리라.

"그리고 하나 더. 네가 전화로 말한 링거팩 말인데 폐기 업자가 처분하기 직전에 입수했어."

"분석은 어떻게 됐습니까?"

"예상대로야. 링거팩 속에 고농도 염화칼륨제제가 남아 있었어. 익명의 제보가 옳았어. 닥터 데스가 안조 구니타케를 안락사 시킨 거야."

한 가지 사실이 밝혀졌는데도 아소의 목소리는 여전히 뾰족했다. 그 마음이 눈에 훤히 보이듯 이해 갔다. 이로써 닥터 데스가 연쇄살인을 저지르고 있음이 증명됐기 때문이다.

"신고할 때 이용한 공중전화에서는 뭐라도 나왔습니까?"

"감식도 그거 때문에 죽을 맛이라더군. 알다시피 요즘은 다들 휴대폰을 쓰잖아. 공중전화 박스는 날이 추워지면 신입 노숙자들의 숙박 장소 대용으로나 쓰이지. 그래서인지 정체불명의 지문만 잔뜩 나왔다더군."

"그런데 도대체 누가 신고를 한 걸까요? 역시 닥터 데스의 공범일까요?"

아스카가 불쑥 말을 꺼냈다.

"아니, 공범이었다면 범행 성명을 내기에 곤란할 거야. 긁어 부스럼 만드는 셈이니까."

"하지만 반장님. 공범이 아니라면 신고자는 어떻게 닥터 데스의 소행이라는 걸 아는 걸까요?"

아스카의 의문은 당연했고 아소도 적당한 해답을 찾지 못한 듯했다.

추측만이라면 이쯤에서 자신이 끼어들어도 무방하다.

"가능성이 하나 있어요. 닥터 데스와 함께 다니던 간호사가 갑자기 겁을 먹은 경우."

아소와 아스카가 동시에 이누카이를 쳐다봤다.

"지금까지 닥터 데스의 범죄는 어둠 속에 가려져 있었습니다. 그런데 마고메 겐이치 사건이 발각되면서 그 이름이 널리 알려졌죠. 확신범인 닥터 데스면 몰라도 조수 역할만 하는 간호사에게는 그만한 배짱이 없습니다. 언론에서 떠들썩하게 다룰수록 겁을 먹는다고 해도 이상하지 않죠. 자신은 잡히고 싶지 않지만 닥터 데스는 체포됐으면 좋겠다는 모순된 생각에서 비롯된 익명의 밀고였다고 생각하면 납득이 갑니다."

우우웅, 아소가 낮게 으르렁거렸다.

"그게 사실이라면 이미 끝난 사건보다 앞으로 저지를 살인 계획을 찔러줬으면 좋겠는데 말이야."

속생각을 꺼내야 할지 망설였는데 지금이 적절한 타이밍인 듯했다.

"실은 묘안이 있습니다."

"뭐라고?"

"그 사이트가 복구되는 대로 우리 쪽에서 안락사를 의뢰해 보면 어떨까 싶습니다. 언론이 시끄러운 와중에도 닥터 데스는 의뢰를 수행했어요. 분명 다음에도 그럴 겁니다."

2

다음 날 오전 중에 부검 보고서가 도착했다. 안조의 사인 자체는 고칼륨혈증이었지만 혈액에서 고농도 염화칼륨제제가 검출되면서 독살 혐의가 점점 짙어졌다.

형사부실에서 그 사실을 알게 된 아스카는 땡감을 씹은 얼굴을 했다.

"그러니까 닥터 데스의 시그니처 안락사 방식은 염화칼륨제제를 주사하는 것이군요."

"그게 초대 닥터 데스의 방식이었으니 그대로 따라 하는 것이겠지. 게다가 여러 차례 성공했으니 그 방식을 고집하는 것이라는 해석도 가능해."

이누카이는 보고서에 시선을 고정하고 대답했다.

"여러 차례라니…… 마고메 겐이치 사건 말이에요?"

"아니, 그보다 훨씬 전. 마고메 겐이치를 안락사한 솜씨는 훌륭했어. 그때가 처음이라고 생각하지는 않아. 무엇보다 본인이 지금까지 안락사를 여러 건 수행해 왔다고 직접 사이트에 공언했잖아."

"마스부치 기리노 씨 사례는 미수였어요. 닥터 데스가 쓴 그 글을 곧이곧대로 받아들이세요?"

"웃어넘기기보다 진지하게 생각하는 편이 더 안전해. 사이트의 선언문은 그저 허세나 자기 현시욕의 발로가 아니야. 실적과 신념을 바탕으로 한 청유문이지."

"어제 말씀하신 제안, 그것도 진심이세요?"

아스카가 사이트를 이용한 함정 수사에 대해 물었다.

"진심이고 말고. 오히려 지금으로서 가장 효과적인 방법이 아닐까 하는 생각마저 들 정도야."

그렇게 대답했지만 이누카이도 한 점의 망설임도 없는 것은 아니었다. 그러나 가장 유효한 방법이라는 사실은 틀림없고 형사로서 시험해 보고 싶은 마음도 들끓었다. 그 마음을 인내하는 것은 형사로서가 아닌 이누카이 자신이었다.

"그렇게 쉽게 걸려들까요?"

"쉽지는 않겠지. 언론에까지 이름이 퍼졌어. 놈도 신중하게 행동하겠지."

언론을 통해 닥터 데스의 이름이 널리 퍼지면서 두 가지 효과가 예상됐다. 하나는 사이트가 순식간에 다운된 것처럼 구경꾼이나 악플을 노리는 네티즌을 불러 모으게 될 것. 다른 하나는 가족의 안락사를 고민하면서도 지금까지 선뜻 움직이지 못한 사람을 불러들일 가능성이었다.

"사이트가 복구되면 '닥터 데스의 왕진실'에는 악플과 함께 산더미 같은 의뢰가 쏟아질 거야. 닥터 데스 입장에서는 그중에서 진짜 고객을 골라내야 하니 당연히 신중해질 수밖에 없겠지."

"일이 이렇게 커졌는데도 계속 범행을 저지를까요?"

"간격을 약간 두더라도 재개하지 않고는 못 배겨. 연쇄 살인범은 스스로 범행을 멈추지 못하거든. 멈출 방법은 두 가지뿐이야."

아스카가 흥미로운 표정이어서 친절하게 가르쳐 주기로 했다.

"우리가 체포하든지, 놈이 무슨 사고로 죽든지."

아스카가 곧바로 눈썹을 찌푸렸다.

"납득이 가지 않는다는 표정이지만 그렇게 강제 종료시

키는 방법밖에 없어. 정신이 병든 사람이 많거든."

"그럼 어떻게 교묘하게 덫을 놓죠? 형사님이라면 닥터 데스가 덥석 물 만한 사연을 꾸며낼 자신이 있으시겠죠?"

"없어."

"네!?"

"마고메 겐이치와 안조 구니타케 케이스뿐이니 상대의 취향도 모르지. 한 번 시도했다가 실패하면 두 번은 없어. 놈이 신중하다면 우리는 더 신중하게 움직여야 해."

"그럼 도대체 어떡합니까?"

"아까 말했잖아. 닥터 데스는 마고메 겐이치를 안락사 시키기 전에도 여러 번 안락사를 수행했다고. 그러니 원점으로 돌아가 과거 고객을 다시 살펴보는 거야."

지난번 마스부치 기리노의 경우는 닥터 데스가 손을 쓰기 전에 당사자가 사망하는 바람에 목격 정보를 얻을 수 없었다.

"미쿠모 반장님에게 받은 댓글 작성자 명단에 있던 사람들을 아직 다 털지 않았어. 시신은 이미 화장해서 안치했으니 지금은 목격 정보만이라도 모아야 해."

"하지만 신문한다고 순순히 대답할까요? 당사자로서는 완전 범죄가 되어 체포되지 않은 셈일 텐데요. 게다가 고인의 바람대로 안락사로 평온을 되찾아 줬다면 상처를 헤집는 것이나 마찬가지예요. 마스부치 기리노 씨는 미수에 그쳤기 때문에 그 아버지가 털어놓은 거라고요."

"범행을 숨기는 놈에게서 이야기를 끄집어내는 건 우리가 늘 하는 일이잖아. 그것과 뭐가 달라."

아스카는 고개를 끄덕이긴 했지만 납득한 모습은 아니었다.

"왜 그래?"

"잘 모르겠어서……. 안락사라는 게 진짜 범죄인가 싶어요."

어금니에 이물질이 낀 듯한 말투였다. 무슨 심경의 변화가 있는 것이 분명했다. 이누카이가 날카로운 시선으로 아스카를 주시했다.

"말해. 무슨 일이야?"

"형사님, 뉴스 못 보셨어요? 캘리포니아에서 주법州法으로 안락사를 허용했다는 소식."

아아. 이누카이는 어떻게 된 상황인지 이해했다. 닥터 데스 사건 보도와 맞물려 보도된 뉴스였는데 곧바로 두 뉴스를 연계시킨 방송 프로그램도 있었다.

10월 5일, 캘리포니아주 제리 브라운 주지사는 회복 가

128

망이 없는 환자의 '죽을 권리'를 인정하는 법안에 서명했다. 이로써 캘리포니아에서 종말기 연명치료로 고통받는 환자와 주치의는 안락사를 선택해도 죄를 묻지 않는다. 주지사는 "오랫동안 투병하면 어떤 심정인지 모르지만 적어도 안락사라는 선택지가 늘어나면 마음이 조금이라도 편해질 것이고 타인의 죽을 권리를 부정할 수는 없다"고 했다.

당연하게도 의료 관련 단체와 기독교 단체, 장애인 단체에서는 반대의 목소리를 냈지만 법안이 통과되면 조만간 안락사를 선택하는 환자가 반드시 나올 것이다.

"캘리포니아에 살던 사람이 안락사가 허용되는 오리건 주로 이사해 그곳에서 스스로 목숨을 끊은 적도 있다죠. 그 사람은 죽기 위해 일부러 이사까지 한 거예요."

아스카의 말투에는 여느 때보다 안타까운 감정이 배어 있었다.

"스스로 죽음을 택하는 것이 그렇게 나쁜 짓이에요? 정당한 권리니까 그것을 인정하는 주나 국가가 늘어나는 것 아닌가요?"

"그럼 닥터 데스의 범행이 옳다는 거야?"

"아뇨, 아닙니다. 그게 아니에요. 그건 아니지만……."

이누카이는 보란 듯이 한숨을 내쉬었다.

"우루과이나 미국 일부 주에서는 마리화나가 합법이니까 범죄가 아니라고 하는 것과 같은 논리야. 때와 장소에 상관없이 그것이 위법행위라면 우리는 범인을 체포할 의무가 있어. 새삼 그런 시답잖은 소리 하지 마."

"그게 고인의 권리를 빼앗는다고 해도 말입니까?"

"입 아프게 더 말해야 해?"

이누카이의 일갈에 아스카가 입을 다물어서 다행이었다. 만약 당신의 딸이 안락사를 원하면 어떻게 하겠느냐 같은 말을 꺼냈다면 때려눕혔을지도 모르기 때문이다.

솔직히 이누카이도 아스카를 나무랄 정도로 마음 정리가 된 것은 아니었다. 형사로서 직업윤리에는 조금의 흔들림도 없지만 사야카의 얼굴이 뇌리를 스칠 때마다 아버지로서의 정체성이 고개를 쳐들었다.

만약 사야카의 병세가 지금보다 악화되어 스스로 죽음을 원하게 된다면 자신은 안락사를 선택지에 넣을 용기가 있을까.

이누카이는 고개를 저었다.

상상도 하기 싫었다. 상상하기 싫으니 아스카의 의문을 일축할 수밖에 없다. 안락사는 범죄다. 그러니 가담자를 체포해야 한다. 그렇게 스스로를 납득시키며 불안을 호도할 수밖에 없다.

"하지만……."

"하지만, 뭐."

"닥터 데스의 안락사를 받아들인 사람은 그게 범죄라는 인식이 있었을까요? 그리고 지금은 어떻게 생각할까요?"

이렇게 답변하기 곤란한 질문을 하니까 이누카이는 아스카가 거북했다.

이누카이가 마스부치 고헤이 다음으로 주목한 사람은 도쿄 오타구에 사는 기시다 사토코라는 주부였다.

기시다 사토코를 주목한 이유는 당연히 '닥터 데스의 왕진실'에 댓글을 작성한 사람이자 아들의 사망진단서에 사인이 심부전이라고 적혀 있기 때문이었다. 고칼륨혈증으로 인한 죽음은 부검이나 혈액검사를 하지 않는 이상 보통 겉보기에는 심부전으로 보인다.

사망한 사람은 기시다 마사토, 작년 8월에 사망했으며 당시 24세로 젊은 나이였다.

오타구 이케가미 9번가. 이 일대는 신축과 구축 공동주택이 모여 있는데 그중에서도 이누카이 일행이 찾아간 맨션은 지은 지 오래되어 유달리 낡은 건물이었다.

8층 건물의 4층. 엘리베이터가 올라가자 기이한 소리가 요란하게 들려 흠칫 놀랐다. 아스카는 엘리베이터가 움직이기 시작하자마자 어깨를 움찔했다.

"이런 소리가 나는 엘리베이터는 처음이에요."

노후화돼서 나는 소리였다. 요란하게 삐걱거리는 소리는 아마도 레일에서 나는 소리이리라. 엘리베이터도 교체 시기가 있는데 보통은 레일에서 소음이 나기 전에 수리한다. 이러한 상태가 될 때까지 방치한 이유는 관리조합에 교체 비용이 없기 때문일 것이다.

이누카이는 이 맨션에서 슬럼화의 냄새를 맡았다. 엘리베이터만 낙후된 것이 아니었다. 복도 구석에 굴러다니는 세발자전거는 고철 덩어리이다시피 했고 문패도 변색된 것을 물론 글자마저 흐릿해졌다. 새 입주자도 없고 건물 관리도 소홀했다.

405호, '기시다'라는 문패가 걸린 집을 찾았다. 초인종 소리에 대답하며 집에서 나온 사람은 외모가 60대로 보이는 여성이었다.

기시다 사토코였다. 사전에 조사한 바로는 아직 47세일 텐데 몹시 나이 들어 보였다. 이누카이 일행이 경찰수첩을 꺼내 보이자 사토코는 의아한 표정을 지었지만 이내 집 안으로 안내했다. 내키지 않지만 이웃이 그 모습을 보고 캐물을까 봐 염려해서 들여보낸다는 태도가 역력했다.

황폐한 분위기는 집 안까지 침범해 있었다. 사토코는 마사토가 성년이 되었을 무렵 남편과 헤어졌다. 마사토는 외아들이었기에 사토코는 현재 혼자 살고 있다. 그런데 가재도구가 하나같이 저렴한 데다 전부 낡았다. 주변환경과 집주인 사이에 상관관계라도 있는지 집 안의 황폐한 분위기와 사토코의 궁핍한 생활이 하나로 이어지는 듯 느껴졌다.

"작년에 사망하신 마사토 씨 일로 찾아뵈었습니다."

말문을 열자 사토코가 노골적인 경계심을 드러냈다.

"마사토가 죽은 지가 언젠데 그래요. 갑자기 경찰에서 왜 그러시죠?"

이야기를 빙빙 돌리며 얼버무릴 생각은 없었다.

"마사토 씨의 사인에 대해 자세히 듣고 싶습니다."

"왜 이제 와서……."

"마사토 씨는 난치병 환자셨죠?"

"네, 확장성 심근병증이라는 병을 앓긴 했는데……."

더 들을 필요도 없이 마사토의 사인은 사망진단서에 적혀 있었다. 확장성 심근병증은 심실 벽이 얇게 늘어나면서 혈액을 보낼 수 없게 돼 울혈심부전증을 일으키는 병이다.

돌연사를 일으킬 수 있어 후생노동성에서 특정 질환으로 지정했다.

"마지막에는 집에서 투병 생활을 하셨습니까?"

"창피한 이야기지만 병원 치료비가 너무 많이 들어서……."

"불치병입니까?"

"불치병이라고 할 정도는 아니지만 5년 생존율이 76퍼센트라고 들었습니다. 마사토는 울혈이 자주 일어나 고생했어요."

사토코가 시선을 떨궜다.

"정말로 지켜볼 수가 없어서……. 돈만 있으면 하고 생각하면서도 한편으로는 훌륭한 병원에 들어간다고 꼭 완치된다는 보장도 없어서 아들이 더욱더 안쓰러웠죠."

"전남편의 지원은 없었습니까?"

사토코의 얼굴이 갑자기 왈칵 일그러졌다.

"없었어요. 애초에 다른 여자가 생겨서 집을 나간 책임감 없는 인간이고, 마사토가 스무 살이 넘자 자기 앞가림은 자기가 해야 한다며 관여하지 않으려고 했으니까요."

사토코의 말투가 가슴에 따끔하게 박혔다. 다른 여자에게 정신이 팔려 가족과 헤어졌다니 이누카이와 같은 상황이었다. 기분 탓인지 옆에서 잠자코 있는 아스카가 얄궂은 시선을 보내는 듯 느껴졌다.

"투병 기간은 길었습니까?"

"2년쯤……. 그래도 마지막 순간에 잠자듯 편안하게 눈을 감아서 조금은 구원받은 기분이었죠."

'마지막 순간에 잠자듯'이라는 말에서 냄새가 났다.

"닥터 데스라는 사람을 아십니까?"

기습 질문에 사토코는 잠시 입을 다물었다. 이누카이의 눈을 물끄러미 들여다보며 질문의 진의를 파악하려고 했다.

"그런 사람, 모릅니다."

"사토코 씨. 불필요한 질의응답으로 시간을 낭비할 생각 없습니다. 당신이 '닥터 데스의 왕진실'에 댓글을 남긴 걸 압니다. IP 주소를 추적했더니 나왔거든요. 계정 이름은 '클레버 차일드Clever Child'. 총명한 아이*라는 뜻이겠죠?"

이누카이가 한층 의미심장한 눈빛으로 응시하자 사토코가 시선을 피했다.

"닥터 데스에게 어떤 댓글을 보냈습니까?"

"잊어버렸습니다. 분명 관리자를 비판하는 댓글을 보냈을 거예요."

---

* 사토코(聰子)는 총명한 아이라는 뜻이다.

"그런데 그 댓글을 쓰고 나서 얼마 지나지 않아 마사토 씨가 집에서 사망했죠. 의사가 달려왔을 때는 이미 늦은 상태였고, 마사토 씨는 돌연사로 보였습니다."

"네. 확장성 심근병증 환자에게 종종 일어나는 일이라고 하더군요. 하지만 숨을 거둔 뒤 얼굴이 매우 편안했기에 마지막 순간에는 고통받지 않고 떠났구나, 생각해요. 그게 유일한 구원이라면 구원이죠."

"저희를 보세요, 사토코 씨."

지금부터가 공격 타이밍이다. 시선을 피한 채 둘 수 없지. 아스카가 옆에서 비난 섞인 시선을 쏟아내는 것도 개의치 않고 이누카이는 사토코의 고개를 억지로 자신에게로 돌렸다.

"숨을 거둔 얼굴이 매우 편안했다. 그렇군요, 참 다행입니다. 그런데 닥터 데스가 불러온 평온 아닙니까. 확장성 심근병증은 저도 조사를 좀 했습니다. 확실히 그 증상이라면 돌연사가 일어날 법도 하죠. 하지만 닥터 데스의 손을 빌리면 역시 같은 상태로 죽음을 맞이할 수 있습니다. 그가 쓰는 방법이라면 환자가 잠든 채 죽음을 맞이할 수 있죠. 부검해 보지 않는 한 돌연사로밖에 안 보일 겁니다."

사토코는 점점 공포의 빛을 띠기 시작했다.

"병세는 전혀 호전되지 않고 마사토 씨는 고통스러워하기만 했습니다. 게다가 입원 치료를 유지할 수 없어 어쩔 수 없이 퇴원해 자택 치료를 이어갔지만 결국 마사토 씨의 고통만 더해지게 됐죠. 경제적으로, 정신적으로 내몰린 당신은 어느 날 인터넷에서 닥터 데스의 존재를 알게 됩니다. 그리고 그에게 댓글을 보냅니다. '내게도 불치병과 싸우는 아들이 있는데 더 이상은 한계라서 안락사를 시켜 주고 싶다'는 내용으로 보냈을 겁니다. 그리고 몇 차례 대화 끝에 닥터 데스와 계약한 뒤 집으로 불러들입니다. 마사토 씨를 그에게 맡기고 점점 죽음을 맞이하는 모습을 가만히 지켜봤죠."

시선을 고정한 채 악착스럽게 고개를 들이밀자 사토코는 견딜 수 없다는 듯 다시 시선을 피했다.

"모, 모릅니다."

기껏해야 혈떡이듯 대답하는 것이 고작인 듯 보였다.

"닥터 데스니 안락사니 난 몰라요."

"아까는 닥터 데스를 안다고 직접 말했잖습니까. 인터넷을 조금만 둘러봤어도 그것이 안락사와 관련된 사이트라는 걸 알았을 텐데요. 아까와 대답이 다르군요."

"그건……."

"불치병으로 고통받는 아들에게 영원한 안식을 줬다. 그

건 어머니로서 당연한 행동일 수도 있겠지만 이 나라에서
는 범죄입니다. 자살방조는 6개월 이상 7년 이하의 징역
또는 금고형을 받게 됩니다."

범죄라고 못 박으면 사토코의 인내심에도 금이 가지 않
을까 이누카이는 생각했다.

그러나 사토코는 아직 버틸 만한 것 같았다.

"무슨 증거라도 있어요?"

이누카이를 돌아본 사토코는 도발하듯 쏘아붙였다.

"내가 그 닥터 데스라는 의사한테 마사토를 안락사 시켜
달라고 의뢰했다는 증거가 있냐고요."

"증거만 없으면 벗어날 수 있다고 생각합니까? 그렇다면
사토코 씨는 이 나라의 법뿐 아니라 경찰까지 얕보는 겁니
다. 실제로 지금, 작년에 일어난 일을 제가 이렇게 찾아냈
죠. 일단 냄새만 맡으면 끝까지, 사냥감의 꼬리를 물 때까
지 경찰은 절대로 포기하지 않습니다."

이누카이는 목소리를 낮춰 말했다. 자신의 범행을 숨긴
자는 상당한 압박을 받을 법한 협박에 가까운 말이었다.

아니나 다를까 도발하듯 쏘아붙이던 사토코의 기세가 순
식간에 위축됐다. 다시 겁에 질린 모습으로 궁지에 몰린 작
은 동물처럼 도망갈 구멍을 찾기 시작했다.

"사토코 씨. 오해하지 마세요, 저희는 사토코 씨를 체포하러 온 게 아닙니다."

"……네?"

"저희의 목적은 닥터 데스를 잡는 겁니다. 그 사람은 마사토 씨뿐 아니라 지금까지 여러 사람의 목숨을 불법으로 빼앗았습니다. 내버려 두면 계속 범행을 저지를 겁니다. 그러다가 환자 본인의 의사를 무시한 케이스가 나올지도 모르고요. 그건 그야말로 살인이죠. 그리고 결과적으로는 사토코 씨도 살인에 가담한 셈이 됩니다. 상황이 그렇게까지 흘러가면 주범이든 종범이든 관계없습니다. 당신도 공공연하게 살인자 일당이 되는 겁니다."

사토코가 눈에 띄게 동요했다. 가족의 안락사뿐 아니라 타인의 죽음에까지 관여하게 되리라고는 꿈에도 생각하지 못했으리라.

여자의 거짓말은 꿰뚫어 볼 수 없지만 상대가 당황했는지 아닌지는 알 수 있다. 형사의 협박도 여기까지가 허용범위다.

"사토코 씨. 다시 말하지만 저는 굳이 마사토 씨의 사건을 파헤치려는 게 아닙니다."

순간 이누카이가 표정을 풀었다. 상대를 궁지로 몰아넣은 효과를 충분히 계산한 다음에 보여 주는 온화한 몸짓이었다.

"집안마다 저마다 고충이 있죠. 그 고통이나 고민을 외부인은 절대로 이해할 수 없습니다. 그걸 모조리 범죄라고 도매금으로 몰아붙이는 건 어쩌면 분별없는 행동일지 모릅니다."

이누카이의 부드러운 설득에 마음이 움직인 사토코는 그의 진의를 파악하려는 듯 눈치를 살폈다.

이제 한 걸음만 더 가면 된다.

조금만 더 당기면 사토코는 넘어올 것이다.

"제가 묻고 싶은 것은 닥터 데스가 마사토 씨에게 무엇을 했느냐가 아니라 닥터 데스의 목격 정보입니다. 아까 사토코 씨가 말한 대로 과거의 범죄를 심판하기란 쉽지 않습니다. 그러나 최근 사건, 그리고 미래에 일어날 수 있는 범죄는 미연에 방지할 수 있죠."

굳히기에 들어가야 한다. 상대에게 생각할 여유를 주지 않았다.

"아시겠습니까? 닥터 데스에 대해 증언하고, 그를 막고, 그의 범행을 막을 수 있는 사람은 사토코 씨입니다."

잠시 생각에 잠겼던 사토코가 조심스럽게 입을 열었다.

"정말 그게 다예요?"

간절한 목소리였다.

"인상과 특징만 알려 주면 우리 일에 더는 관여하지 않는 거죠?"

섣불리 약속할 수는 없다. 그러나 시신을 화장한 지금, 기시다 마사토의 살해 여부를 입증하기란 지극히 어렵다. 설사 닥터 데스를 체포하더라도 죄를 물을 수 있는 사람은 실행범인 닥터 데스뿐이고 자살을 방조한 사토코까지 입건하는 것은 무리일 것이다.

"닥터 데스의 자백만으로 모든 관계자에게 죄를 묻기는 어려우리라 생각합니다. 자살을 방조한 사람이 가족이고 환자의 병세가 심각했다면 정상참작의 여지도 충분합니다. 게다가 검찰은 패색이 짙은 사건은 기소하지 않습니다."

이번에는 배려심이 느껴지는 눈빛으로 사토코를 바라봤다. 배우가 되려고 연기를 배운 적이 있다. 이 정도 연기는 식은 죽 먹기였다.

역시 사토코가 고개를 푹 숙였다. 팽팽하던 실이 끊어지는 순간이었다.

"메일로 연락을 주고받은 뒤에 그 의사 선생님이 집으로 찾아왔어요. 그전까지는 얼굴은 물론 목소리도 들은 적 없어요."

"혼자 왔습니까? 아니면 둘이서 왔습니까?"

"의사 선생님과 여자 간호사 선생님, 이렇게 둘이 왔습니다."

"의사는 어떻게 생겼습니까?"

그게……, 하고 사토코가 말을 흐렸다.

"이상한 소리이긴 한데 인상이랄 게 없었어요. 키와 덩치가 저와 같았으니 키가 작았다는 건 확실하고, 정수리가 벗겨졌어요. 하지만 이목구비가 뚜렷하지 않아서……."

"얼굴이 보이지 않게 행동하던가요?"

"그렇지는 않았는데 아무튼 어디서나 있을 법한 흔한 얼굴이었고……, 이렇다 할 특징이 없었어요. 왠지 모르게 의욕 없게 생기기도 했고 인상도 흐릿했거든요."

"같이 왔던 간호사는 어땠습니까?"

"그 사람한테는 처음부터 별로 관심이 없어서…… 얼굴을 제대로 못 봤습니다."

사토코의 심리가 이해 가지 않는 것은 아니었다. 집행자인 의사에게 온 신경을 집중하면 다른 존재는 눈에 들어오지 않는다. 하지만 그 결과가 인상이 흐리다는 감상뿐이라는 것은 유감이었다.

만약을 위해 몽타주 작성을 요청했지만 사토코는 자신이

없다는 듯 고개를 저을 뿐이었다.

　다음 날 토요일, 이누카이 일행이 향한 곳은 지바현 이치카와시의 교토쿠였다.

　도쿄 메트로 교토쿠역 주변은 새 빌딩들이 들어섰지만 구에도가와와 가까워질수록 점점 다른 풍경이 보이기 시작했다. 신사와 절이 많이 눈에 띄면서 민가가 뜸해졌다.

　"수사 범위가 점점 넓어지는 것 같네요."

　갑자기 새어 나온 아스카의 한마디가 뜻밖의 묵직한 압박으로 다가왔다. 미쿠모가 준 명단의 댓글 작성자들은 수도권뿐 아니라 시즈오카와 나고야에도 분포해 있었다. 계속 수사를 하다 보면 자연히 해당 지역까지 찾아가야 하기에 두 사람의 추적조사는 벌써 한계를 보이기 시작했다.

　그러나 닥터 데스는 혼자서 동에 번쩍 서에 번쩍 고객들을 찾아갔다. 놈이 혼자서 그린 동선을 여럿이서 쫓는다는 사실에 울화가 치밀기도 했다. 과부하가 걸리기 전까지는 둘이서 닥터 데스의 행적을 뒤쫓을 생각이었다.

　목적지인 집은 금방 찾았다. 도나미 다쓰시. 시내의 자동차 제조공장에 근무하는 55세 남성인데 오늘은 휴일이니 집에 있을 터다.

도나미의 이름은 명단 여덟 번째 줄에 있었다. 미쿠모는 댓글 작성자를 최신순으로 정렬했으니 여덟 번째면 상당히 오래전에 댓글을 작성한 셈이다.

도나미의 어머니인 다즈는 재작년에 사망했다. 오래전부터 심장질환을 앓던 다즈는 자택 요양을 했는데 다쓰시가 아침에 일어나서 확인했을 때는 이미 차갑게 식은 상태였다고 한다.

소식을 듣고 급히 달려온 의사는 돌연사 진단을 내렸고 관할서도 사건성이 없다고 판단해 조치했다. 오랫동안 투병하던 고령자가 전조 증상 없이 사망하는 경우는 드물지 않았다. 과거에는 고통 없이 편히 가셨다며 호상이라고도 했다.

하지만 명단에 도나미의 이름이 있으니 상당히 수상쩍었다. 닥터 데스와 어떤 대화를 주고받았는지는 분명하지 않지만 댓글 작성일이 다즈가 사망하기 한 달 전이라 의심이 배가 됐다.

초인종을 누르고 신분을 밝히자 조금 후에 남자가 얼굴을 내밀었다. 도나미는 추리닝 차림에 면도를 하지 않은 모습이었다.

"아침 댓바람부터 무슨 경찰이야."

"돌아가신 도나미 다즈 씨 건으로 찾아뵈었습니다."

"……이제 와서 무슨."

도나미는 그렇게 중얼거리며 문을 닫으려고 했다. 이누카이가 곧바로 문틈으로 발을 끼워 넣었다.

"잠시만요. 수사에 협조 부탁드립니다."

"어머니는 호상이었소. 협조할 건 아무것도 없소."

말끝마다 초조함이 묻어났다. 문을 연 순간부터 이누카이를 똑바로 쳐다보지 않으려는 태도도 마음에 걸렸다.

"대화 정도는 나눠도 되지 않겠습니까."

"할 말 없다고 했잖아."

"그런데 이렇게 집 밖에서 계속 입씨름하면 이웃에 폐가 될 겁니다."

폐를 끼치는 사람은 이누카이였지만 이런 주택지에서는 매우 잘 먹히는 말이었다. 도나미가 주변을 두리번거리더니 결국 몹시 화가 난 모습으로 이누카이와 아스카를 집으로 들였다.

현관에서부터 이미 쉰내가 났다. 물건 썩는 냄새가 아니었다. 인간의 근성이 썩은 냄새였다.

"이웃한테 폐가 아니라 나한테 폐라고. 후딱 들어오시오."

말투와는 다르게 눈빛이 어지러이 흔들렸다. 아무래도

집 안으로 들일 마음은 없는 듯했지만 이렇게나 당황한 상태라면 현관에서 용건을 해결할 수 있겠다 싶었다.

"필요한 이야기만 들으면 바로 나가겠습니다. 다즈 씨가 돌아가셨을 때가 재작년 11월이죠?"

"맞소. 그게 뭐 어쨌는데."

"이 집에 혼자 사십니까?"

"마누라는 어머니가 치매를 앓을 때쯤 집을 나갔소. 어머니가 돌아가셨으니 지금은 나 혼자지."

"투병 생활이 길었습니까?"

"심장이 나빴어. 그런데 망령이 들고부터는 더 끔찍해졌소. 그놈의 여편네는 끼니 챙기고 밑 닦아 주는 거에 허구한 날 무슨 불만이 그렇게 많은지. 하긴 친자식이라도 지긋지긋할 때가 있긴 했지. 며느리는 남이나 마찬가지니 싫을 만도 해."

"도나미 씨가 병시중을 들었다고 들었습니다만."

"추운 날이었소. 아침 잡수라고 깨우러 갔더니 이미 차갑게 식어 있더군. 전날 밤까지만 해도 그런 기색은 전혀 없더니. 곧장 의사를 불렀지만 손도 못 쓰더라고. 경찰도 왔는데 의사랑 두어 마디 주고받더니 금세 돌아갔소."

도나미가 짓씹듯 말했다.

"의사나 경찰이나 다 똑같아. 정말로 도움이 필요할 때는 정작 아무짝에도 쓸모없다니까. 만날 잘난 척해대는 주제에 노인네 한 명 못 살리고 말이야. 이게 다요. 다 들었으면 썩 돌아가시오."

"정말 그게 다라면 돌아갈 텐데요. 도나미 씨, 어머니가 돌아가시기 한 달쯤 전에 그 일로 누군가와 접촉하지 않았습니까?"

도나미가 갑자기 입을 다물었다.

흥, 입 다문다고 피할 수 있으리라 생각하면 오산이다.

"닥터 데스라는 인물을 수사 중입니다. 이 인물이 개설한 사이트를 조사했더니 도나미 씨가 접속한 기록이 뜨더군요. 인터넷에서 어떤 이름을 쓰든 추적만 하면 신원이 나온다는 건 잘 아시죠?"

"……내가 그걸 어떻게 알아."

"IP 주소라는 게 있어요."

"아, 모른다고 했잖아."

도나미의 발끈하는 모습은 숨기는 구석이 있는 사람처럼 보이기만 했다.

"도나미 씨가 접속한 곳은 안락사 대행 사이트였습니다. 당신은 그 사이트를 보기만 한 게 아니라 관리인에게 댓글을 보냈죠. 그리고 한 달 후에 어머니가 돌아가셨습니다. 숙환이었는데도 마치 안락사로 착각할 법한 최후였어요."

"시끄러워!"

"이래도 아무 말 안 하실 생각이시군요. 아무튼 일련의 흐름으로 보건대 우연이라고 치부하기에는 문제가 있습니다. 도대체 닥터 데스와 무슨 대화를 나눴습니까?"

이누카이가 도나미를 내려다봤다. 키가 큰 이누카이가 상체를 내밀며 위에서 내려다보면 키가 작은 도나미를 덮치는 듯 보인다. 압박감을 주려는 계산이었다.

하지만 도나미는 예상 밖의 반응을 보였다. 시선을 피하기는커녕 이누카이를 노려봤다.

"아무 말도 안 했어. 무엇보다 그런 놈은 모른다고 아까부터 계속 입 아프게 말했잖아."

"도나미 씨의 컴퓨터를 조사하면 메일을 주고받은 기록 같은 건 금방 알아낼 수 있습니다."

"그때 쓴 컴퓨터가 있으면 그렇겠지."

도나미가 히죽 웃는 순간 이누카이가 그 의미를 깨달았다.

"설마 컴퓨터를……."

"아아, 고릿적에 나온 구형 윈도우 컴퓨터를 샀는데 도무지 쓰기 불편해서 작년에 바꿨소."

제길, 속으로 혀를 찼다. 어머니가 사망한 뒤 증거를 인멸하려고 기존에 사용하던 컴퓨터를 처분한 것이 분명했다. 설령 댓글을 쓴 기록이 있어도 도나미에게 해당 컴퓨터가 없으면 도리가 없었다.

하지만 형세가 불리하다는 사실을 상대에게 들킬 수는 없었다.

"예전에 사용하던 컴퓨터는 어떻게 하셨습니까?"

"개인적인 취미가 까발려지는 건 영 싫어서 말이오. 하드디스크를 꺼내 박살을 냈지. 폐기업자에게 넘겼는데 설사 찾아낸다고 해도 복구는 힘들 거요."

"실물이 없으면 아무것도 못 찾아낼 거라고 생각하십니까? 집에서 안락사를 시도했다면 그 검은 의사가 반드시 집으로 방문했을 겁니다. 이웃 중에 목격자가 있겠죠."

"목격? 그래, 목격 좋지."

도나미는 코웃음 치듯 고개를 쳐들어 위를 올려다봤다.

"못 보던 사람이 집으로 들어갔다는 말이라도 나오면 다 안락사와 엮으려고? 누굴 바보로 아나."

거기까지 예상하다니.

"내가 그 닥터 데스라는 남자가 만든 사이트를 들어가 봤을지도 모르지. 어쩌면 댓글을 남겼을 수도 있어. 하지만

149

분명 별일 아니었으니까 잊어버린 거요. 집에 찾아온 사람이 있을 수도 있지만 환자가 사는 집이니 의사가 와도 이상할 게 전혀 없소. 어머니는 돌연사했다고 의사도 증명했어. 관할서 경찰도 문제없다고 판단했고. 이보쇼, 도대체 뭐가 수상하다는 말이오? 수상하면 증거를 대든가."

"도나미 씨. 오해하시는 것 같아 말씀드리는데 저희는 도나미 씨를 체포하려는 게 전혀 아닙니다. 그저 닥터 데스를 잡으려는 것뿐입니다."

"그렇구만. 거참 고생 많소이다."

"수사에 협조해 주시기 바랍니다. 협조를 거부하시면 범인은닉 혐의를 받을 수 있습니다."

"은닉? 처음부터 없었는데 뭘 숨긴다는 거야?"

도나미의 말이 거짓이라는 것을 안다. 그러나 유감스럽게도 그 거짓을 증명할 단서가 없다. 도나미도 그 사실을 아니까 의기양양한 것이다.

"부디 협조해 주시면 안 되겠습니까."

"아, 거참 끈질기네. 돌아가요. 집에서 나가라고 세 번 명령했는데도 나가지 않으면 불법침입인가 뭔가로 고소할 수 있지 않나?"

어디서 그런 속설을 주워들었는지 모르지만 도나미의 태

150

도는 갈수록 강경해지기만 해서 오래 머물러 봤자 소득이 없으리라고 판단했다.

"생각이 바뀌면 연락 주십시오."

명함을 건넸지만 도나미는 눈앞에서 찢어버렸다.

"바뀌긴 뭘 바뀌어, 쳇. 경찰같이 도움도 안 되는 것들을 누가 믿는다고."

도나미가 이누카이를 노려봤다. 지금까지 사회의 보호를 받지 못해서 원망이 사무친 자의 눈빛 그 자체였다.

"당신들은 우리가 어려울 때 아무것도 도와주지 않아. 처음에 어머니가 길을 잃어 실종됐을 때도 제대로 찾아주지 않았지. 이놈의 나라도 똑같아. 옛날부터 세금이니 보험료니 오만 가지 돈은 다 뜯어가면서 정작 집구석에 사람이 누워 있을 때는 변변한 간병 지원조차 안 해줬잖아. 시설마다 사람으로 꽉 차 있고, 좋은 양로원은 말도 안 되게 비싸고. 노인을 직접 간병하면 간병하는 사람까지 초주검이 되거든. 간병에 시간을 다 빼앗겨서 종일 일할 수도 없고. 그러니까 수입도 떨어지지. 점점 더 죽어나는 거야. 그렇게 악순환이 계속된다고. 당신네가 쫓는 놈이 어떤 놈인지는 몰라도 적어도 간병 문제를 해결했다는 점에서는 당신네보다 훨씬 유능해."

3

이누카이와 아스카는 이후에도 계속 댓글 작성자를 수사했지만 결과는 신통치 않았다.

두 사람은 명단 위에서부터 차례로 수사했다. 시즈오카와 나고야까지 찾아가 유족을 붙잡고 억지로라도 문을 열게 했다.

그러나 이렇다 할 정보는 얻지 못했다. 유족들의 반응은 크게 기시다 사토코처럼 마지못해 닥터 데스의 관여를 인정하는 사람과 도나미처럼 전면 부정하는 사람으로 나뉘었다. 물론 도나미 같은 반응을 보인 사람이 대부분이었으며 안락사를 인정한 사람은 극히 일부였다. 게다가 그 얼마

되지 않는 사람들조차 아무도 닥터 데스의 생김새를 제대로 증언하지 못했다.

눈이 컸다. 아니, 작았다.

눈썹이 굵었다. 아니, 가느다랬다.

상냥했다. 아니, 거칠었던 것 같다.

통통했다. 아니, 군살은 없었다.

상반된 목격 정보가 난무했다. 결국 일치한 정보는 정수리가 벗겨진 몸집이 작은 남자라는 특징뿐이었다.

"도대체 닥터 데스가 얼마나 인상에 안 남게 생겼기에 그래?"

아소가 두 사람 앞에서 분통을 터뜨렸다.

"목격 정보를 그럭저럭 모았는데도 몽타주 하나 못 만들잖아."

아소가 화가 난 이유가 있었다. 처음에 마고메 다이치와 마고메 사에코를 수사본부로 불러서 몽타주를 만들기 시작했을 때까지만 해도 순조로웠지만 두 사람의 목격 정보가 매우 달라 완성된 몽타주 두 장은 서로 전혀 닮지 않았던 것이다.

"인상이 옅은 사람이 실제로 존재하기도 하니까요."

아스카가 달래듯 비위를 맞췄다.

"다이치의 이야기를 들어 보면 시선이 거의 머리에 집중된 것 같아서…… 그렇게 눈에 띄는 부분이 있으면 다른 특징이 묻히게 되거든요."

"허, 아무리 그래도 공통점이 대머리와 덩치가 작은 남자라는 점 두 가지뿐이라고? 사람 기억력이 이렇게나 모호하다는 게 말이 되나."

비아냥대는 말투에서 아소의 생각을 쉽게 짐작할 수 있었다.

"반장님은 목격자들의 증언이 작위적이라고 생각하시는군요."

"응, 그래."

아소는 웃음기 없이 말했다.

"닥터 데스를 목격한 사람은 마고메 다이치를 제외하고 모두 놈에게 안락사를 의뢰한 사람들이야. 놈이 체포되면 결국 본인도 자살방조로 잡히는 셈이니 똑바로 증언하지 않는 것도 당연해. 아니, 오히려 닥터 데스가 붙잡히지 않기를 바라서 거짓 증언을 하는 거야."

그 점은 이누카이도 같은 생각이었다. 하지만 그렇다고 다이치의 증언만을 토대로 몽타주를 만드는 것은 매우 위험했다. 만약 다이치의 증언 자체에 문제가 생긴다면 앞으로 수사본부도 시민도 잘못된 정보에 놀아나게 되기 때문이다.

"정말 짜증 나는 사건에 짜증 나는 범인에 짜증 나는 관계자들이로군. 안 그래, 아스카?"

"전부 싫으시다고요?"

"닥터 데스는 당연하고 안락사에 가담했다는 이유로 놈을 옹호하는 분위기가 형성되는 게 마음에 안 들어. 개인의 죽을 권리를 존중한다고? 그게 무슨 개소리야. 결국 본인의 살인 충동을 충족시키려는 것뿐이잖아."

"그렇다고 딱히 범인을 옹호하는 건 아니……."

"적극적으로 협조 의사를 밝히지 않는다. 증언하기 싫어한다. 그게 옹호가 아니면 뭐야?"

아소는 오른손 주먹으로 자신의 왼 손바닥을 때렸다.

"병으로 고통받는 환자에게 안식을 주고 싶은 심정도 모르는 건 아니야. 하지만 닥터 데스가 하는 짓거리는 그저 자살방조에 불과해. 피해자가 없으니 비난의 목소리가 나오지 않을 뿐이지. 그런데 마치 의적처럼 여기잖아."

"그건 법으로 인정하지 않을 뿐……."

말을 꺼낸 아스카가 웅얼거렸다. 이대로 계속 가다가는 이누카이와 주고받았던 문답이 반복될 뿐이라고 생각한 듯했다.

"닥터 데스가 의사로서의 양심에 따라 안락사 희망자를 모집하고 있다는 주장이라도 할 셈이야? 의사라면 환자를 죽이기 전에 치료하는 데 전념해야 옳을 거야. 이 검은 의사는 환자를 치료하는 시늉조차 안 하잖아. 가족과 메일만 주고받다가 느닷없이 염화칼륨제제를 들고 환자를 찾아간다고. 세상천지 어디에 환자를 죽일 궁리만 하는 의사가 있느냐 말이야."

아소는 한바탕 욕을 퍼붓고 나서 이누카이에게 고개를 돌렸다.

"기시다 사토코는 닥터 데스에게 사례금을 어떻게 건넸지? 송금했다면 상대의 연락처를 추적할 수 있을 텐데……."

"마고메 겐이치 때처럼 그 자리에서 현금으로 건넸다는 듯합니다. 안 됩니다. 그렇게는 못 쫓아가요. 그러고 보면 20만 엔이라는 돈은 절묘한 액수예요. 푼돈도 아니지만 은행에서 송금할 정도로 큰돈도 아니죠. 직접 건네기 딱 좋은 데다 의뢰인도 의심하지 않을 만하며 돈을 받았을 때 아무런 증거도 안 남아요."

아소는 빌어먹을 새끼라며 저주의 말을 중얼거린 뒤 이

누카이에게 의미심장한 시선을 보냈다.

"요전에 네가 제안한 그거, 한번 해 보겠어?"

역시, 올 것이 왔구나.

아소의 말은 '닥터 데스의 왕진실' 사이트를 통해 경찰이 닥터 데스에게 접근을 시도하는 방법이었다. 목격 증언이 부실하다는 사실이 드러났을 때 아소의 입에서 그 이야기가 나오리라 당연히 예상했다.

"닥터 데스를 속일 자신 있어?"

"속일 수 있을지 없을지는 몰라도 지금까지의 놈의 행적을 보면 적어도 어떤 반응을 보이기는 할 겁니다."

"언제 실행할까?"

"내일까지 기다려 주세요. 준비해 둘 것도 있으니까요."

순간 아소가 의아한 표정을 지었지만 이내 승낙의 의미로 고개를 끄덕여 보였다.

본부를 나선 이누카이는 홀로 데이토대학교 부속병원을 방문했다. 사야카에게 사건의 자초지종을 설명하기 위해서였다.

본래 수사 정보를 외부로 유출하는 것은 엄격하게 금지하지만 이번만큼은 규정을 어길 수밖에 없었다. 상황에 따라서는 상대가 자신의 딸에게 위해를 가할 수도 있으므로 기밀을 누출하지 않을 정도로 털어놓아야 했다. 일반시민을 향한 배려 차원에서 이 정도는 허용범위이리라.

여러 번 병문안을 왔기에 병원 내부가 집 앞마당 같았다. 오가는 간호사와 환자들과 목례를 나누며 병실로 향했다.

이 순간만 되면 언제나 긴장이 풀리는데 오늘은 마음이 무겁게 짓눌렸다. 이누카이의 무책임한 행동 탓에 헤어졌기에 한동안 아버지를 몹시 싫어했던 사야카도 최근에는 조금씩 마음을 열기 시작했다. 그런데 지금 이누카이가 사정을 설명하면 또다시 미움을 사게 될지도 몰랐다.

사야카는 평소처럼 침대 위에서 책을 읽고 있었다. 이누카이를 발견한 사야카의 표정이 순식간에 부드러워졌다. 오늘만큼은 그 모습에 마음이 괴로웠다.

"뭐 읽어?"

"동인녀의 취향."

웃으며 보여 준 표지에는 순정만화에 나올 법한 예쁘장한 남자 두 명이 카운터 바를 사이에 두고 그려져 있었다.

"미스터리 장르나, 뭐 그런 거야?"

"두 주인공이 우정으로 붙었다 떨어졌다, 싸웠다 착 붙었다 반복하는 이야기야. 그게 다야."

"그런 게 재밌어? 저기, 살인사건이나 액션신 같은 건 없어?"

"사람이 죽는 이야기는 좀 별로라……."

별 생각 없이 한 말이겠지만 지금의 이누카이에게는 묵직한 한마디였다.

"아빠는 어릴 적부터 이상할 정도로 튼튼해서 치료받거나 입원한 경험이 없어."

"흐음. 다행이네."

"듣기 불편한 질문이겠지만 투석하는 거 힘들지?"

사야카의 기분이 삽시간에 나빠졌다.

"……그럼 안 힘들 것 같아? 투석하고 나서 어떤지 여러 번 봤잖아."

"아빠가 바보 같은 걸 물었네. 미안해."

황급히 사과했다. 아무래도 단번에 지뢰를 밟은 듯했다.

"그런데 그건 왜 물어?"

"아빠가 지금 닥터 데스라는 놈을 쫓고 있는데. 혹시 아니?"

사야카는 기분 상한 얼굴로 고개를 끄덕였다.

"안락사를 도와주고 돈을 받는다면서."

"세간에는 옹호하는 사람도 있지만 아빠는 경찰이니까 그 사람을 잡아야 해. 선의든 악의든 사람을 죽이는 건 사실이니까. 놈이 하는 짓이 옳은 일인가는 법원에서 판단할 거야."

"그렇게 말할 줄 알았어."

"하지만 일반인들은 그렇게 담백하게 이해하지 못해. 특히 안락사를 의뢰한 유족 중에는 닥터 데스에게 고마워하는 사람도 많겠지. 불법이지만 환자에게 안식을, 유족에게는 평온을 주는 은인이니까. 그리고 은인이니까 경찰에 정보를 안 넘기려는 거야."

"협조 안 하려고 하는구나."

"그러는 바람에 좀처럼 수사에 진전이 없어. 그래서 아빠가 한 가지 방법을 생각했는데 말이야. 아빠가 직접 의뢰인이 되어서 닥터 데스에게 접근하려고 해."

역시 사야카도 놀란 듯했다.

"함정 수사를 하려고?"

"응. 닥터 데스도 그런 상황에 처한 사람만 만나려고 할 테니까."

눈치 빠른 사야카는 일찌감치 이누카이의 생각을 읽은 듯했다.

"그러니까 안락사시키고 싶은 가족이 있다는 설정이구나?"

사야카의 말투가 빈정대듯 변했지만 이누카이는 마음을 돌릴 생각이 없었다.

"맞아. 이번 상대는 꽤 주도면밀한 놈이야. 적당히 꾸며 낸 거짓 따위는 금방 꿰뚫어 볼 거야."

"경찰의 개인정보를 그렇게 쉽게 알아낼 수 있어?"

"순진한 일반인들만 공무원의 개인정보는 완벽하게 보호된다고 생각하지. 매일 사이버 범죄를 상대하는 사람에게 보안 같은 건 그냥 구멍투성이거든."

"흐음, 그래서 날 범인을 체포할 미끼로 사용하는구나."

"네 이름은 안 나오게 할게. 일정 기간 경찰청에 저장된 데이터를 수정해서 네 이름과 입원한 병원명을 다르게 바꾸려고 해. 네게 피해 가는 일은 절대 없을 거야."

"데이터를 바꿀 수 있어?"

"범인을 잡기 위한 긴급 수단이야. 타협 가능한 부분이야."

"가상의 딸을 만들 건데 왜 나한테 말하는 거야? 경찰 내부의 기밀 사항이잖아."

"가상이라고는 해도 딸을 미끼로 이용하는 거잖아. 미리 말하지 않으면 사야카 너도 기분이 나쁠 테니까."

"그게 문제가 아니야. 아빠는 그런 것도 몰라?"

결국 사야카는 등을 돌리고 말았다.

"데이터 수정인지 뭔지는 내가 알 바 아니고, 수사에 딸을 이용하려고 생각한 순간에 이미 부모로서 너무하다는 생각 안 들어?"

"몇 번이나 강조하지만 네게는 손가락 하나 대지 못하게 할 거야."

"내 말은 그게 아니라고!"

사야카가 갑자기 소리를 질렀다.

"어떻게 가족을 일에 끌어들일 생각을 할 수 있냐고. 말도 안 돼."

할 말이 없었다. 그리고 새삼 자신이 아버지보다 형사를 선택했다는 사실을 실감했다. 그렇다면 마지막으로 이 말만은 해야 한다.

"힘들게 투석 받으면서 죽는 게 더 낫다고 생각한 적 없어?"

대답은 돌아오지 않았다.

"아까도 말했듯이 아빠는 병 때문에 고생한 적이 없으니까 안락사를 바라는 환자의 심정을 이해할 수도, 납득할 수도 없어. 지금은 아무리 힘들어도 살다 보면 분명 좋은 일이 있으리라 생각하니까. 환자가 들으면 고통을 모르는 인간의 속 편한 사고방식이라고 생각하겠지만 모르는 걸 안다는 얼굴로 말하는 것보다는 솔직할 거야. 그리고 이 또한 비겁한 것 같지만 만약 네가 죽음을 원하는 상황에 놓인다 하더라도 아빠는 마지막의 마지막 순간까지 네 안락사를 허락하지 않을 거야. 아빠의 일방적인 생각인 건 충분히 알지만 그래도 네가 살았으면 좋겠으니까. 살려는 노력을 포기하지 않길 바라니까. 죽을 권리를 주장하는 사람들 눈에는 분명 강압적이고 옹졸하고 시대의 흐름을 못 따라가는 사람으로 보이겠지. 하지만 그래도 네가 살기를 바라. 힘들든 고통스럽든 네가 살아 있다는 것만으로도 아빠는 구원받는 기분이야."

돌아선 등이 조금 떨렸다.

"물론 이건 아빠만의 생각이고, 세상에는 가족의 안락사를 바라는 게 애정이라고 생각하는 사람도 있어. 누가 옳고 틀렸느냐의 문제가 아니야. 아마 저마다 애정의 형태가 다르기 때문이겠지. 그래서 아빠로서는 닥터 데스의 행동을 완전히 부정할 수 없지만 형사로서는 또 다른 이야기야. 닥터 데스의 존재는 적어도 세상을 혼란스럽게 만들고 있어. 사회 불안을 없애는 것도 경찰의 일이야."

"……그 사람이 하는 일에 찬성하는 사람이 많아도?"

"경찰은 인정이나 도리로 움직이는 사람이 아니야."

이것으로 딸에게 설명할 책임은 다했다. 이번 일로 다시 미움을 사도 자업자득이라고 자조했다.

"어쨌든 일이 어떻게 흘러가든 넌 안전할 거야. 안심하렴."

이누카이는 그렇게 말하고는 문으로 향했다.

문을 연 그때, 등 뒤에서 목소리가 들렸다.

"……옛날부터 말이야."

"응?"

"맨날 입버릇처럼 아빠를 믿으라는 둥 걱정 말라는 둥 말로만 그랬지, 정작 옆에 있어 준 적은 없잖아."

대답할 말을 찾지 못하는데 결정타가 날아왔다.

"그렇게나 호언장담한다면 제대로 책임을 지고 끝까지 지켜 줘."

"……알겠어."

긴장감 때문인지 본부로 향하는 걸음은 병원에 왔을 때보다 더 무거웠다.

아소와 아스카가 형사부실에서 만반의 준비를 마치고 이누카이를 기다리고 있었다.

"오래 기다리셨습니다. 저는 준비 다 됐습니다. 빨리 검은 의사와 접촉하죠."

"정말 괜찮겠어?"

아소가 드물게도 염려하는 기색이었다.

"네 묘안에 두말없이 찬성했지만 상대를 낚으려면 그에 상응하는 정보를 공개해야 할 거야. 너한테 지장은 없는 거지?"

아소에게는 이미 자신의 데이터 중 가족 사항만 일시적으로 수정하도록 전달해 달라고 요청했다.

"현역 경찰관으로 현재 친권은 없지만 신부전을 앓는 딸이 있다. 딸의 이름은 아직 밝힐 수 없지만 도쿄 내 경찰병원에 입원해 있다…… 현실과 한없이 오버랩된 설정이군. 현역 경찰관이라는 설정이 꼭 필요한 거야?"

"맞아요. 대놓고 함정이라고 광고하는 것 같잖아요."

"그래서 오히려 신빙성이 있어."

이누카이는 아스카의 의문에 대답하는 형태로 설명했다.

"자기 이름이 언론에 이렇게나 시끄럽게 오르내리는 판에 어떤 바보가 경찰이라면서 접근하겠어?"

"하지만 굳이 경찰이라는 신분을 밝힐 필요가 있을까요? 게다가 형사님의 본명까지 노출하면서."

아스카는 몹시 걱정스러운 듯했다.

"의뢰인과의 접촉을 최대한 줄이는 걸 보면 상당히 신중한 성격이라는 걸 알 수 있어. 그 정도로 신중하다면 당연히 의뢰인에 대해서도 철저하게 조사하겠지. 까딱 잘못하면 금방 탄로 날 사칭은 도리어 위험해."

"설마 닥터 데스가 경찰 호스트 컴퓨터에 침입할 거라는 말이에요? 아무래 그래도 과대평가 아닌지……."

"상대의 정체를 모를 때는 거기까지 고려해야 뒤탈이 없어."

다만 어떻게든 사야카의 정보만은 지키고 싶었다. 형사 이누카이가 우선이지만 여전히 마지막 순간에는 아버지로서의 얼굴이 고개를 내밀었다. 그것이 형사 이누카이의 한계일지도 몰랐다.

닥터 데스에게 놓을 덫은 이러했다.

우선 이누카이가 실명으로 '닥터 데스의 왕진실'에 접속해 연락 양식을 작성한다. 신부전에 고통받는 딸을 도저히 지켜볼 수 없어서 사건 보도로 알게 된 닥터 데스에게 안락사를 의뢰한다. 이때 이누카이의 딸은 경찰병원에 입원해 있다는 설정이다. 경찰병원이기 때문에 입원 환자의 데이터도 미리 작업해 놓을 수 있다. 닥터 데스가 경찰병원 호스트 컴퓨터에 침입한다고 해도 함정이라는 사실이 드러나지 않는다.

166

닥터 데스는 더욱 자세한 정보를 요구할 것이다. 사야카의 투병 이력을 속속들이 아는 이누카이라면 얼마든지 자세하게 이야기할 수 있다.

그렇게 안락사 계약이 성립되면 이제는 경찰 손바닥 안이다. 병원에 경찰대를 배치하고 닥터 데스가 병실에 들어서는 순간 체포한다. 아마 염화칼륨제제를 숨기고 있을 테니 그 사실만으로도 신병을 구속할 수 있으리라. 나머지는 구류기간에 차근차근 심문하면 된다.

"병원 쪽에는 형사부장을 통해 말을 넣어 놨어. 개인실을 하나 비우고 거기에 '이누카이 유이'라는 신부전을 앓는 여자아이가 입원해 있는 것으로 꾸몄지. 언제든 OK라더군."

아소는 언짢은 와중에도 기대감을 감추지 않았다. 부하의 개인사정과 범인 체포를 저울질했으니 상사로서 복잡한 심경일 터였다.

이누카이는 직접 가져온 개인용 노트북을 열었다. 경시청에서 대여한 것이 아니므로 닥터 데스에게 들킬 염려도 없었다. 젊은 사람이라면 휴대용 단말기를 사용하겠지만 이누카이 연배라면 컴퓨터를 이용하는 편이 더 현실감 있었다.

인터넷에서 '닥터 데스의 왕진실'을 검색해 접속했다. 얼마 전까지만 해도 접속자가 몰려 다운됐던 사이트도 최근에는 분위기가 진정되며 접속이 수월해졌다.

방문자 수를 보고 깜짝 놀랐다. 무려 만 명을 훌쩍 넘는 수였다. 사건이 막 터졌을 당시에는 2천 명 정도였으니 그 짧은 기간에 다섯 배 넘게 늘어난 셈이다.

즉시 연락 양식에 글을 적었다.

처음 뵙겠습니다. 이누카이 하야토입니다. 뉴스에서 접하기도 했고, 또 직업 특성상 선생님의 존재를 알게 되어 메일을 보냅니다.

제게는 올해 열여섯 살이 된 딸이 있는데 몇 년 전부터 계속 신부전을 앓고 지금은 요독증으로 고통받고 있습니다. 아시다시피 요독증을 억제하려면 계속 투석을 받아야 하는데 참을성 강한 딸의 체력과 인내심에도 슬슬 한계가 왔습니다. 요즘은 차라리 죽고 싶다는 말을 하기에 처음에는 화를 내기도 하고 달래며 격려도 했지만 딸의 넋두리를 들으면서 차라리 편안하게 잠들 수 있게 해 줄 수는 없을까 생각이 들었습니다.

말씀이 늦었습니다만 저는 현역 경찰관입니다. 따라서 제가 생각하는 행위가 불법이라는 사실을 분명하게 인지하면서 선생님께 부탁드리는 겁니다.

딸을 편안하게 보내주실 수 있을까요?

경찰 된 몸으로 위법행위를 간청하다니 당연히 양심의 가책을 느끼지만 그보다도 딸의 평온을 바라는 부모의 마음이 더 큽니다.

키보드를 두드리던 이누카이는 묘한 느낌이 들었다. 물론 상대의 관심을 끌어내기 위해 지어낸 글을 입력하고 있지만 타이핑을 하다 보니 어쩐지 또 다른 자신이 글을 쓰고 있는 듯한 착각에 빠졌다.

아무리 고상한 직업이라도 결국은 직업입니다. 가족의 연을 이길 수 없죠. 딸을 위해서라면 저는 기꺼이 배신자가 될 각오를 했습니다.

선생님. 저와 딸의 바람을 부디 들어주세요. 간곡히 부탁드립니다.

글을 작성하고 캡차*를 입력하니 모든 작업이 끝났다. 이로써 이누카이의 의뢰가 닥터 데스에게 무사히 도달했을 것이다.

---

* 접속자가 사람인지 컴퓨터 프로그램인지 판별하는 테스트.

의뢰글을 어깨너머로 지켜보던 아소는 흥 하고 콧방귀를 끼며 자신의 자리로 돌아갔다.

"작가가 따로 없네. 연기학원 다니면서 각본 쓰는 법도 배웠어?"

"식상한 내용이라고 생각하는데요."

"아니, 잘 지어낸 거짓말이야. 열 가지 중 아홉 가지는 진실이니까. 이런 거짓말이 가장 알아채기 어려워. 신부전을 그대로 사용한 건 역시 잘 아는 병이라서인가?"

"그렇기도 하지만 신부전으로 칼륨이 원활하게 배출되지 않으면 고칼륨혈증이 일어나기 쉽거든요. 고칼륨혈증 증상이 나타나면 닥터 데스도 병사로 위장하기 수월해지지 않습니까."

아소는 무어라 말을 꺼내려고 했지만 단념한 듯 그만두었다. 다행이었다. 더 파고들면 하지 않아도 될 말까지 해버릴 것 같았다. 아스카는 복잡한 얼굴로 이누카이가 적은 글만 뚫어지게 쳐다봤다.

연락 양식을 적으면서 스스로 깨달은 사실이 있었다. 자신은 여전히 형사와 아버지 사이에서 우왕좌왕할 뿐이었다.

"이누카이, 놈이 이걸 물까?"

"놈이 제가 상상하는 부류라면 반드시 물 겁니다."

"네가 그린 범인상은 어떤데?"

"자신감은 있지만 신중한 종자, 자신의 행동을 정의라고 믿어 의심치 않으며 타인의 슬픔을 귀신같이 감지하는 남자. 눈에 띄지 않는 외모 속에 메피스토펠레스 같은 악마성을 숨긴 남자. 그런 인간이라면 직업윤리를 포기하고 싶어 하는 경찰관에게 반드시 흥미를 보일 겁니다."

"나도 같은 생각이다. 뭐랄까, 이놈은 올곧으면서 비뚤어졌어. 신념을 가지고 범행을 이어가는데 그 행위를 정의라고 굳게 믿는 경향이 있어. 그런 놈일수록 더 큰 거짓말에 걸려들지."

"어째서인가요?"

옆에서 아스카가 끼어들었다.

"자기가 하는 짓이 정의라고 믿는 놈은 대부분 바보니까."

아소는 울컥한 아스카에게 반론의 여지를 주지 않았다.

"아스카. 잠깐 자리 좀 비켜 줘."

"네?"

"어서."

아스카가 마지못해 형사부실에서 나가자 아소가 이누카이를 곁으로 불렀다.

"무슨 일 있으십니까?"

"이번 건, 딸한테 말했어?"

"네."

"반응은?"

"아예 등을 돌리더라고요."

"네 발상과 집념은 늘 감탄스럽지만……, 정말 괜찮겠어? 너야 그렇다 쳐도 딸까지 위험에 빠지면 어떡하려고 그래."

"반장님, 혹시 마음에 걸리신다면……."

"그런 게 아니야. 만약 이번 일로 평범한 시민인 네 딸에게 무슨 일이라도 생겼다가는 수사본부에 쏟아지는 비난이 말도 못 할 거라고 형사부장님이 말씀하시더라고."

그랬군. 머리가 순식간에 차갑게 식었지만 그만큼 마음도 차분해졌다.

아무런 일도 일어나지 않을 것이다. 무슨 일이 있어도 닥터 데스가 사야카에게 손을 뻗기 전에 잡기만 하면 된다.

일부 네티즌의 악성 글도 많았을 텐데 닥터 데스가 이누카이의 의뢰를 발견하는 데 그리 오래 걸리지 않은 듯했다. 다음 날이 되자 곧바로 이누카이의 컴퓨터에 답장이 도착했다.

"빨리 열어 봐."

등 뒤로 쏟아지는 아소의 조급한 목소리를 들으며 댓글창을 열었다. 댓글창에는 이렇게 적혀 있었다.

이누카이 씨, 처음 뵙겠습니다. 닥터 데스입니다. 연락 주셔서 감사합니다.

의뢰 내용은 잘 받았습니다. 안건을 검토하고자 하오니 최근 환자의 증상과 알고 계신다면 정기적으로 투여하는 약물명 및 한 회당 투여량을 알려 주십시오. 검토 결과는 추후 연락드리겠습니다.

"월척이네."

아소의 목소리는 뜻밖의 손맛을 본 낚시꾼처럼 들떴다. 바로 옆에서 화면을 들여다보는 아스카도 기대심에 눈을 빛냈다.

"바로 답장할 수 있어?"

"예전에 주치의 선생님께 약에 대해 들은 적이 있습니다."

이누카이는 사야카의 병세가 가장 심했을 때 보인 증상을 기억의 서랍 속에서 끄집어냈다. 당시 주치의였던 마지키나 교수에게 투석으로 통제할 수 없는 반응을 억제하는 약과 신부전 때문에 부족한 체내 성분을 보충하는 약에 대한 설명을 들었다.

그 내용을 조목별로 정리해 보냈더니 또다시 곧장 답변이 왔다.

빠른 회신 감사합니다. 상세 증상과 사용 약물을 적어 주신 것을 보니 이누카이 씨가 따님과 함께 얼마나 치열하게 병과 싸우고 있는지 뼈저리게 느낄 수 있습니다.

증상을 보면 온종일 지독한 통증에 시달려서 체력과 정신력이 소모되는 것이 당연합니다. 해당 약물은 증상을 기반으로 처방한 대증 요법*에 불과합니다. 따님의 경우는 신장 이식 수술이 최선이지만 장기 이식의 장벽이 높은 이 나라에서는 이마저도 쉽지 않습니다.

가슴 아프지만 이누카이 씨와 따님은 안락사를 고려해야 할 상황에 해당한다고 판단했습니다.

의뢰를 받아들이겠습니다.

준비를 마치는 대로 실행 일을 안내하겠사오니 실행 당일까지 실비 20만 엔을 현금으로 준비하시기 바랍니다. 또한 따님의 이

---

* 병의 원인이 아니라 증세에 대응하여 치료하는 치료법.

름과 입원 장소, 병실 호수도 알려 주시기 바랍니다.

"흥, 현금으로 받아가시겠다고."

아소가 멸시하듯 비웃었다.

"자살 장치에 치사량이 넘는 염화칼륨제제, 그리고 교통비까지 포함해 전부 20만 엔이라는 소리군. 하기야 사람 한 명 안락사시키는 데 그 정도 실비는 들겠지. 이누카이, 그 답장을 인쇄해 줘."

곧바로 출력한 인쇄물을 손에 든 아소는 득의양양하게 웃었다.

"형사부장이 이걸 보면 일단 마음을 놓을 거야. 표적이 그물을 향해 일직선으로 뛰어들다니. 이제 그물을 끌어당겨 어롱에 던져 넣기만 하면 끝이겠지. 이누카이, 꼼꼼하게 그물을 치도록 해."

이누카이는 연락 양식에 다시 글을 적기 시작했다.

선생님, 감사합니다. 그러면 딸이 입원한 병원과 기타 내용을 아래에 적겠습니다.

이름: 이누카이 유이

입원 장소: 도쿄경찰병원(도쿄도 나카노구 나카노 4번가 22번 1호)

병실: 4층 405호실

그럼 연락을 기다리겠습니다.

이로써 그물은 다 쳤다. 이제 상대가 실행일을 알려오길 기다릴 뿐이다.

"마지막까지 방심은 금물이지만 일이 의외로 싱겁게 풀리네."

아소의 어투는 한층 누그러져 있었다.

그와 반대로 멀리서 들려오는 경보음이 이누카이의 가슴을 울렸다. 어떤 사건이든 범인을 체포하는 순간이 가장 위험하다는 것을 안다.

까닭 없이 마음이 심란했다.

다음 날, 닥터 데스가 실행일을 통보했다.

10월 23일 오전 11시 30분에 경찰병원으로 가겠습니다.

이누카이 씨는 병실 안에서 기다려 주십시오. 또한 그 시간에는 이누카이 씨와 따님 외에 다른 사람은 없도록 조치 바랍니다.

작업에 필요한 시간은 약 20분입니다. 저는 장치를 설치하는 대로 병실을 떠날 예정이오니 그렇게 알고 계십시오.

그렇게 눈 깜짝할 사이에 23일이 다가왔다. 입원 환자로 변장한 경찰이 병원 부지 내에 열다섯 명, 4층 각 병실에서 대기하는 사복경찰이 열여섯 명으로 총 서른한 명이 숨을 죽이고 그 순간을 이제나저제나 기다렸다.

한편 이누카이는 405호 병실에서 홀로 초조하게 시간을 보내고 있었다. 약속 시간까지 앞으로 5분. 그런데도 병원 내에 대기하고 있는 아스카에게 아직 아무런 연락이 없다. 무슨 일이 있으면 귀에 꽂고 있는 이어폰으로 보고가 들어올 텐데 아직 닥터 데스로 보이는 인물은 나타나지 않은 것일까.

불안에 사로잡힌 채 병실 문의 명패에 적힌 '405'라는 숫자를 다시금 확인했다. 병실 호수를 착각한 것은 아니었다. 이제 3분 남았다. 긴장감이 높아졌다.

범인 체포 순서는 지극히 단순했다. 405호 병실 앞 복도를 천장에 설치된 CCTV로 종일 촬영한다. 누군가 병실로 들어가면 현장 지휘 본부에서 모니터로 감시하는 아소가 움직이라는 신호를 보낸 뒤, 4층에 잠복한 수사관 전원이해당 인물을 체포하는 계획이었다.

그런데 해당 인물이 아직 병원 내 어디에도 모습을 나타내지 않았다. 1층에서 이 병실까지 5분 넘게 걸리는데도.

남은 시간 1분.

이쯤 되자 이누카이는 자신이 닥터 데스에게 보낸 글에 무슨 문제가 있었는지 되새겼다. 거짓 티가 나는 표현은 없었나? 신부전 환자 증상을 적을 때 불필요하게 과장하지는 않았나? 약을 잘못 적었나?

그리고 11시 30분.

여전히 아무런 움직임도 없었다.

불안이 온몸을 휘감았다.

이런 젠장, 경찰 쪽 대응에 무언가 실수가 있었나.

병실 앞에서 느껴지는 인기척은 없었고 아스카에게서도 아무런 연락이 없었다.

1분 경과. 도대체 어떻게 된 일이지.

3분 경과. 닥터 데스가 예기치 못한 사고를 당했나.

5분 경과. 제길, 망했다.

그 순간 휴대폰 벨소리가 울렸다. 아소의 전화였다.

"반장님. 아무래도 놈이 우리 계획을……."

―당했어.

"네?"

—방금 데이토대학교 부속병원에서 연락이 왔다. 사야카 앞으로 선물이 도착했다고.

"선물이요?"

—겉보기에는 평범한 링거팩이지만 내용물은 염화칼륨 제제였어.

순간 머릿속이 새하얘졌다.

"사야카는, 사야카는 어떻습니까?"

—안심해. 아무리 그래도 수상한 인물이 보내온 링거팩 을 그대로 사용하는 멍청이는 없으니까. 곧장 내용물을 검 사한 뒤 수사본부에 연락했다. 사야카는 아무 일도 없어. 우려라고 해야 하나, 공포는 다른 곳에서 터졌지.

"우리 계획을 전부 읽고 있는 데다 저뿐 아니라 병원 내 개인정보까지 모조리 유출됐다는……."

—그래. 그물을 친 건 우리였지. 하지만 놈은 인터넷이라 는 더 거대한 그물로 우리를 꼼짝 못 하게 묶어 뒀어.

긴장의 끈이 끊어지는 동시에 온몸의 힘이 쭉 빠졌다. 이 누카이는 휘청거리며 벽에 상체를 기댔다.

뒤늦게 온몸에서 땀이 비 오듯 쏟아졌다. 만약 링거팩이 그대로 사야카에게 전달됐을 수도 있다고 생각하니 등줄기에 소름이 돋았다.

완패였다. 이누카이뿐 아니라 수사본부 전체가 닥터 데스의 손아귀에서 놀아난 것이다.

그런데 도대체 어떻게 계획을 눈치챘을까.

실의에 빠진 본부로 돌아가자 컴퓨터에 닥터 데스의 메시지가 남겨져 있었다.

이누카이 씨, 약속 시간에 방문하지 못해 죄송합니다. 사과의 뜻으로 사야카 씨에게 작은 선물을 보냈는데 마음에 드셨습니까?

딸을 이용하면서까지 저를 체포하려는 결의는 참으로 감탄스럽습니다. 지금 같은 시대에도 당신 같은 파멸형 경찰관이 남아 있다니 하늘이 아직 이 나라를 버린 건 아닌가 봅니다.

하지만 당신은 실행력은 좋아도 위기관리 능력이 부족하군요. 개인 컴퓨터를 사용한 순간 과거 기록이나 개인정보를 해킹당할 수 있다는 점까지는 생각하지 못했습니까?

당신 딸의 본명과 입원 장소를 알아내는 것은 제게 식은 죽 먹기입니다. 그 병원은 보안이 매우 허술해서 마음만 먹으면 사야카 씨가 꽂고 있는 링거팩을 그대로 염화칼륨제제로 쉽게 바꿔치기할 수도 있었습니다. 물론 원하지 않는 환자를 안락사시키는 것은 제 룰에 어긋나는 행위이므로 실행에 옮기지는 않았지만 말입니다.

하지만 경고하겠습니다. 더는 제 뒤를 쫓지 마십시오. 제 정의는 당신들의 기준으로는 이해할 수 없다는 것을 압니다. 그러나 스스로 이해하지 못한다고 해 배제하려는 마음은 악이며 그것은 역사가 증명합니다.

사야카 앞으로 배달된 링거팩은 너스 스테이션 앞 긴 의자에 놓여 있었다. 문제의 링거팩은 병원에 의료용품을 납품하는 업체의 물건이었고 병실 호수와 사야카의 이름이 붙어 있어서 병원 내부 규정을 모르는 사람이 발견했다면 그대로 병실로 들고 갈 수 있는 상황이었다고 한다.

"너스 스테이션 주변에 설치된 CCTV는 없었어. 심지어 근무 교대를 하는 사이를 노려 놓고 간 것 같아. 그래서 목격 정보가 없어."

아소는 분한 듯 이를 갈았다.

"입원 환자 정보도 그렇지만 병원 규정을 알아야 할 수 있는 짓이야. 도대체 어느 틈에 알아냈지? 빌어먹을!"

아소가 평소보다 더욱 격하게 감정을 드러내는 이유가 있었다. 본인의 행동으로 이누카이의 평상심을 깨우려는 것이다. 그 사실을 알 정도로 아소와는 오래된 사이이기도 했지만 한편으로는 너무 뻔한 방식이었다.

닥터 데스의 메시지를 받은 지 하루. 처음 받은 충격은 가셨지만 가슴이 순식간에 서늘해지던 느낌은 여전히 생생했다. 지금까지 교활한 범죄자를 여럿 상대해 봤지만 가족에게 손을 뻗은 범인은 이번이 처음이었다. 이누카이 본인이라면 몰라도 딸의 목숨이 위험에 노출되는 것이 이렇게나 공포스러울 줄은 상상도 못 했다.

솔직히 마음이 주춤했다. 아소의 배려는 고맙지만 마음속 공포를 지워낼 정도의 효과는 없었다. 늘 가슴속에 품고 있던 범죄에 대한 투쟁심도 꺾였다. 사야카가 표적이 된 사건은 그만큼이나 타격이 컸다.

"적당히 해, 이누카이."

아소의 목소리가 한층 낮아졌다.

"겁이 나는 마음도 이해 못 하는 건 아니지만 그런 상대야말로 저대로 날뛰게 두어서는 안 된다고. 안 그래?"

이런 순간에 정론을 늘어놓지 말라고 생각했지만 물론 입 밖으로 내지는 않았다.

"내버려 둘 생각 없습니다."

"그런데 왜 이렇게 기가 죽었어."

"설마요. 기분 탓이겠죠."

아소는 이누카이를 한번 쩨려보고는 혀를 찼다.

"너를 사건 담당에서 제외하자는 소리도 나왔지만 사야카가 실제로 피해를 입은 게 아니니 거절했어. 지금 데이토 대학교 부속병원에 다녀와."

"왜 그런 지시를……."

"정신 똑바로 안 차려? 미수에 그쳤다지만 당연히 피해자에게 이야기를 들어야지. 아스카가 그쪽 직원을 사정 청취하고 있으니 합류해."

냉큼 사라지라는 듯 손짓했다. 말주변 없는 무뚝뚝한 상사라서 별수 없다고 속으로 투덜거리며 이누카이는 병원으로 향했다.

감식과 요원들이 병원 너스 스테이션 앞 바닥을 이 잡듯이 뒤지고 있었다. 사복 경찰도 몇 명 보였다. 아소의 말로는 당일 정면 현관을 드나든 모든 사람의 모습이 찍힌 영상을 분석하고 있다는데 닥터 데스와 인상착의가 비슷한 인물은 아직 발견하지 못했다고 한다. 만약 변장이라도 했다면 그야말로 신출귀몰한 인물이라고 할 만했다.

병실 앞에는 제복 경찰이 서 있었다. 사정을 아는지 이누카이의 얼굴을 보고는 복잡한 표정을 지었다.

침대에 누운 사야카는 고개를 반대쪽으로 돌리고 있었다.

"괜찮아?"

스스로도 멍청한 소리라고 생각했지만 떠오르는 질문이 그뿐이었다.

"아무튼 가짜 링거팩이 병실로 오기 전에 발견돼서 다행이야."

"다행은 뭐가 다행이야."

오랜만에 듣는 사야카의 날카로운 목소리였다.

"다른 형사님한테 다 들었어. 난 안락사 같은 거 부탁한 적 없거든?"

대답할 말이 없었다.

사야카가 매번 투석으로 괴로워한다는 이야기는 오래전부터 들었다. 요독증이 이대로 악화되면 어쩌나 공포에 잠식된 적이 한두 번이 아니다. 심지어 사야카의 장례식에서 인사하는 악몽을 꾼 적도 있다.

안락사는 투병 환자를 가족으로 둔 사람에게는 감미로운 유혹이다. 머리를 흔들어 뿌리쳐내도 불쑥불쑥 고개를 치켜드는 사위스러운 유혹.

"나는 아직 포기하지 않았고 병도 나을 거라고 믿어."

"당연하고말고."

이누카이가 황급히 맞장구쳤다.

"반드시 나을 거야. 이식 기증자도 꼭 나타날 거고."

"마음대로 쉽게 단정 짓지 마, 의사 선생님도 장기 이식 코디네이터도 아니면서."

"그건……."

"아빠 형사잖아. 그럼 닥터 데스를 잡아 줘. 내가 안심할 수 있게."

갑자기 뺨을 맞은 기분이었다.

그래, 자신은 무엇을 망설이고 있던 것일까. 의사도 아닌 자신이 사야카에게 해 줄 수 있는 일은 그것뿐이지 않은가.

"닥터 데스가 잡히기 전까지 안심하고 잠들 수도 없어."

"……그렇겠지."

"잡기 전까지는 여기 오지 마."

"알겠어."

본심을 표현하는 데 서툰 말주변 없는 녀석이 여기에도 있었다.

"얌전히 기다리고 있어."

이누카이는 그 말을 남기고 병실을 나왔다. 더는 돌아보지 않았다.

복도를 걷는데 맞은편에서 아스카가 다가왔다.

"아, 형사님. 마침 찾던 중이에요."

"왜?"

"감식에서 보고가 왔습니다. 아쉽게도 링거팩에서 데이토대학교 부속병원 관계자 외의 지문은 나오지 않았어요. 그리고 너스 스테이션도 샅샅이 조사했지만 역시 병원 관계자의 것밖에 나오지 않아서……."

이번만큼은 아버지로서의 이누카이를 배려해서인지 아스카가 미안한 듯 변명조로 말했다. 그러나 이누카이는 애초에 닥터 데스가 그런 단서를 남겼으리라 기대조차 하지 않았다.

"자, 출발."

"네?"

"네, 는 무슨 네야. 여기 있어 봤자 놈의 꼬리를 잡을 수 없다면 우리가 몰아붙이면 돼."

"어디 가는데요?"

"사용된 링거팩을 판매하는 의료 브랜드. 의료전용이라면 유통 경로도 한정되어 있을 테니 제조번호를 추적하면 반드시 놈을 추적할 수 있을 거야. 납품처가 병원이라면 관계자겠지. 개인이면 더할 나위 없이 고맙고."

3

당겨진 죽음

1

10월 28일 오전 1시 35분.

호조 마사무네는 가족이 지켜보는 가운데 조용히 눈을 감았다. 향년 90세. 구순을 바로 이틀 앞둔 호상이었다.

에이스케는 숨을 거둔 아버지의 얼굴을 감회 깊게 바라봤다. 이곳저곳에 검버섯이 피었고 볼은 홀쭉하게 패였지만 그래도 치열했던 왕년을 떠올리게 하는 얼굴이었다. 최근 몇 달은 고통에 물든 자줏빛 얼굴만 봤으니 가족들도 왜인지 안도하는 기색이었다. 병상에 누운 몸이었다고는 해도 마지막 순간에는 잠자듯 세상을 떠났다. 파란만장했던 90년 인생을 돌이켜보면 이 또한 남자에게 어울리는 죽음이었을지도 모른다.

그러나 아버지의 침대 주변을 둘러싼 가족들의 얼굴을 둘러본 에이스케는 우울해졌다. 지금은 이렇게 마사무네의 서거에 고개를 숙이고 있지만 다음 날 아침이면 다들 욕심 그득그득한 얼굴을 쳐들고 다가올 것이다. 아니, 이미 몇몇 사람은 벌써부터 마음속 깊은 곳에서 칼을 갈고 있을 것이 뻔했다.

총자산 4백억 엔, 산하에 기업 스물세 개사를 거느린 호조그룹 총수의 죽음은 단순히 개인의 죽음이 아니었다. 자리보전한 상태에서도 그룹의 정점에서 군림하며 세세한 지시를 내리던 마사무네. 그 죽음이 정재계에 주는 충격은 결코 작지 않았다. 공식 발표될 인사 발령 내용에 따라 주식시장에도 영향을 미치리라.

유산 상속을 비롯한 경영권의 행방까지 언론에 오르내릴 것은 자명한 이치였다. 유언장을 작성해 두어서 정말로 다행이었다. 만약 마사무네가 본인의 건강을 과신해 유언장을 작성하지 않았다면 내일부터는 피 튀기는 가족 다툼이 벌어졌을 것이다. 그런 의미에서 천천히 찾아온 저승사자에게 감사해야 했다.

실제로 마사무네가 아무런 예고 없이 쓰러진 뒤 대장암

189

이 간과 폐까지 전이됐다는 판정을 받자 친족 상당수는 누가 마사무네의 자리를 물려받을지에 지대한 관심을 보였다. 대장암 4기면 현장 복귀도 어려우니 마사무네의 위기를 자신의 권력 확대에 이용하려는 무리가 암암리에 날뛰는 사태를 불러왔다.

그중 핵심 인물이 지금 마사무네의 시신에 매달려 우는 야마기시 가즈코였다. 에이스케의 어머니가 사망한 틈을 타 호조가에 들어앉을 때까지는 좋았지만 에이스케라는 존재에 가로막혀 자신의 아이를 후계자로 만드는 데 번번이 애를 먹었다.

가즈코의 외아들인 소이치는 첩의 자식이지만 경영수완이 뛰어났다. 마사무네가 야마기시 모자를 호조가에 받아들인 이유도 전적으로 그 재능을 높이 샀기 때문이었지만 그렇다고 해서 적자인 에이스케를 괄시한 것은 아니었다. 오히려 소이치에게 에이스케를 보좌하는 역할을 맡겨서 에이스케와 둘이서 함께 그룹을 이끌어 나가게 할 생각이었던 듯했다.

가즈코는 그 점이 마음에 들지 않았다. 기회만 잡으면 마사무네가 없는 사이에 소이치가 총수 자리를 물려받도록 계획을 꾸몄다.

그 눈물이 말랐을 때 도대체 어떤 얼굴을 보일까. 에이스케는 내심 흥미가 일었다. 엄니를 드러내며 에이스케에게 덤빌 것인가, 아니면 온순하게 의사를 표시하며 꼬리를 흔들 것인가.

그런 생각에 잠겨 있는데 주치의인 한무라가 헐레벌떡 침실로 뛰어들어 왔다.

"용태가 급변했다는 소식을 듣고 달려왔습니다."

사람들에게 인사하는 대신 그렇게 말하고는 곧바로 마사무네의 몸을 살피기 시작했다.

맥박, 심박동, 동공.

죽 늘어서 있는 가족들에게는 뒷북 세레모니에 불과한 행동이었다. 미간에 깊게 주름을 잡은 한무라는 이윽고 가족들을 향해 고개를 숙였다.

"운명하셨습니다. 죄송합니다. 제가 조금 더 일찍 왔어야 했는데……."

그러나 아무도 한무라를 탓하지 않았다. 무엇보다 마사무네의 용태가 급변한 시간이 오전 1시경이었고 10분 뒤에 한무라에게 연락했다. 늦은 밤이기까지 하니 늦게 도착한 것도 어쩔 수 없으리라.

"그럼 선생님. 사망진단서 작성을 잘 부탁드립니다."

에이스케가 입을 열자 한무라를 포함한 모든 사람이 꿈에서 깬 듯한 눈으로 에이스케를 바라봤다.

"사망진단서를 관공서에 제출하시고 장례 준비와 가계 인사들에게 장례식 참석 요청을 부탁드립니다. 상주는 당연히 장남인 제가 맡겠습니다. 다들 이의 없으시죠?"

"잠깐."

재빨리 목소리를 높인 사람은 역시나 가즈코였다.

"그야 에이스케 씨는 장남이니 상주를 맡는 건 이해하지만 독단적으로 결정하는 건 좀 그렇지 않나? 회장님은 그룹 총수니까 일단 우리와도 상의해야 하지 않나 싶은데…… 앞으로 유산 상속 협의도 해야 하고."

"가즈코 씨. 특별히 협의할 필요는 없을 것 같습니다. 아버지가 이미 유서를 남기셨으니까요."

아니나 다를까 가즈코와 소이치가 눈을 부릅떴다.

"금시초문인데?"

"그러시겠죠. 저도 금시초문이었거든요."

"도, 도대체 그런 게 어디 있다고."

"집안 고문 변호사인 후루타치 씨가 유서를 보관하고 있습니다. 아버지는 이런 면에서 용의주도하시지 않습니까. 가즈코 씨와 소이치가 이 집에 들어오기 전에 작성하신 듯

하더군요. 이렇게 말하는 저도 후루타치 씨가 말씀해 주셔서 알았지만 말입니다."

"……어떤 내용이지?"

"글쎄, 그건 저도 뭐라 대답할 수 없군요. 하지만 작성 시기가 시기인 만큼 예전 가족 구성을 기준으로 작성하지 않았을까요. 아버지는 급진적인 분 같아 보여도 무척 가부장적이셨으니까요."

자각하지 못했지만 아마도 슬쩍 웃은 모양이다.

가즈코가 야차 같은 얼굴로 에이스케를 찌를 기세로 노려봤다.

*　*　*

"두 번째 밀고다."

기분 탓인지 아소가 긴장한 듯했다. 밀고면 범죄 발각으로 직결될 수도 있기 때문에 어느 정도 의욕이 생기기 마련인데 아소의 긴장은 특이한 경우라고 할 수 있었다.

"오늘 새벽에 호조 마사무네 씨가 사망했다. 이름 정도는 두 사람도 알고 있겠지?"

이누카이와 아스카는 거의 동시에 고개를 끄덕였다. 호

조그룹의 총수로, 누가 이름 붙였는지 '쇼와*의 요괴'라는 별명으로 불리는 인물이었다. 전쟁 후 잿더미 위에 건설기계 회사를 설립해 한국전쟁 특수를 계기로 거대 기업을 구축한 입지전적 인물이었고, 쇼와 시대 정계를 뒤에서 조종했다는 그럴듯한 소문까지 돌았다. 헤이세이** 시대에 이르러서도 그 존재감은 조금도 흐려지지 않았고 내각이 바뀔 때마다 그 이름이 거론됐다.

"오전 10시 14분에 통신지령센터로 신고가 들어왔다. 남자 목소리였는데 마사무네 씨가 안락사당했다는 밀고였어. 평소 같으면 허위 신고로 의심했겠지만 닥터 데스가 데이토대학교 부속병원에 그런 선물을 보낸 직후였고, 전화 발신지가 문제의 호조가 저택이라 수사1과로 넘어왔다."

"마사무네 씨는 집에서 치료를 받았습니까?"

아스카가 소박한 질문을 던졌다. 재벌 총수라면 국내 최고의 설비를 자랑하는 병원에 입원하는 것이 당연하다고 생각한 듯했다.

"검사를 받으려고 대학병원에 입원해 진료를 받은 적은

---

* 일본 연호의 하나로 1926년부터 1989년까지 시대.
** 쇼와 다음 연호로 1989년부터 2019년까지 시대.

한 번 있지만 병원에 있으면 빨리 죽는다면서 자택 치료를 받았다더군. 뭐 고집이 센 할아버지였던 것 같고, 암도 4기까지 진행돼서 자택 치료를 하나 입원 치료를 하나 별 차이가 없다고 주치의도 판단했겠지."

확실히 최근에는 이왕 죽을 바에야 집에서 죽고 싶다는 노인이 늘고 있다고 한다. 그러고 보면 고집을 피워서 자택 치료로 전환한 것도 막무가내인 성격 탓이 아니라 시대의 추세인지도 몰랐다.

다만 안락사 장소가 집이라면 이야기가 달라진다. 병원처럼 보안 관리가 체계적이지 않은 가정집은 닥터 데스의 앞마당이나 마찬가지다.

"신고에 닥터 데스의 이름은 나오지 않았지만 내용이 내용이잖아. 당장 호조 저택으로 출동해."

아소의 명령이 아니어도 움직여야 했다.

닥터 데스가 보내온 링거팩의 유통 경로는 아직 수사 중이다. 의료 브랜드에서 받은 답변에 따르면 같은 종류의 제품은 외국에도 수출하고 있고, 도매업자 일부는 인터넷에서도 판매한다고 한다. 그러므로 대량생산품이 아니더라도 최종 소비자를 추리기까지 아직 상당한 시간이 필요했다. 이 밀고가 허탕이 아니라 새로운 전개로 이어지기를 바랄

뿐이었다.

"서둘러. 호조가 주치의가 벌써 사망진단서를 제출했대."

이누카이는 제대로 대답하지도 않고 형사부실을 나섰다. 아스카도 그 뒤를 따랐다.

호조 저택은 세이조의 고급 주택가에 있어서 한층 더 돋보이는 위용을 자랑했다. 부지가 매우 넓어 이곳이라면 정재계 인사를 수용할 만한 대규모 장례식을 치를 수 있겠다는 생각이 들었다.

저택은 드나드는 사람들로 어수선했다. 그럴 만했다. 거대 그룹의 총수가 서거했다. 일반 서민의 장례식과 비교할 수 없을 정도로 많은 사람과 물건과 돈이 움직인다. 관계자들이 분주한 것도 당연했다.

현관에서 방문 목적을 알리자 곧바로 응접실로 안내받았다. 두 사람을 맞이한 사람은 장남인 에이스케라는 인물이었다. 지나치게 마른 50대 중반 남성으로 머리색은 아직 까맣지만 벌써부터 차기 총수의 분위기를 풍겼다.

"경시청 수사1과시라고요?"

다시 한번 이누카이 일행의 신분을 물은 에이스케는 의아하다는 기색으로 두 사람을 살폈다.

"자택 치료 중에 병사했으니 관할서인 세이조 경찰서에

서 처리하면 될 일 아닙니까?"

"병사라고 단정하기는 시기상조죠. 곧 검시관이 도착할 겁니다. 검시가 끝난 뒤에 판단하겠습니다."

"하지만 주치의인 한무라 선생님이 사망진단서를 작성해 주셨습니다. 이제 와서 왜 이러시는 겁니까."

"익명의 신고가 들어왔거든요. 마사무네 씨가 불법으로 안락사당했다고 말입니다."

"경시청이 그런 장난 전화에 움직입니까?"

"카드는 뒤집어보기 전까지 모르는 법이지요."

조금 늦게 미쿠리야 검시관이 도착했다.

"시신은 어디 있어?"

미쿠리야도 닥터 데스가 관련된 사건이라는 소식을 들었는지 평소보다 거친 말투였다. 아니면 처음부터 환영받지 못하는 분위기를 단번에 느꼈을까.

아무리 자산가의 가족이라도 불의의 습격을 당하니 은연한 권력을 행사하지 못한 채 미쿠리야의 침입까지 허용하고 말았다. 하기야 이번에도 아소가 손을 써서 상부가 개입하기 전에 선수를 쳤다고 하는 편이 옳았다.

마사무네의 시신은 아직 방에 안치되어 있었다. 링거팩이 매달린 링거 스탠드가 덩그러니 놓인 자리 옆에 시트를 덮어놓은 채였다.

미쿠리야에게 고인의 생전 지위는 의미 없는 듯했다. 잠시 합장한 뒤 주저 없이 시트를 걷어내고는 시신의 옷을 벗겼다. 익숙한 손놀림으로 시신의 옷을 전부 벗기기까지 2분이 채 걸리지 않았다.

이누카이와 아스카 외에 입회인으로 에이스케도 곁에 서 있었는데 아버지의 시신에서 시선을 돌리지 않았다.

여자처럼 곱고 가느다란 미쿠리야의 손가락이 시신을 훑었다.

"환자는 링거를 정기적으로 맞았습니까?"

미쿠리야의 갑작스런 질문에 에이스케가 언짢은 기색으로 대답했다.

"네. 한무라 선생님이 아침 점심 저녁 왕진하며 주사를 놓아줬습니다. 음식물을 씹는 데도 힘에 부쳐서 링거로 영양을 공급할 수밖에 없었습니다."

"마지막 링거는 언제 맞았습니까?"

"27일…… 분명 오후 6시 넘어서였습니다."

"용태가 급변한 시간은?"

"새벽 1시경입니다. 가정부가 주기적으로 살피는데 갑자기 호흡이 약해졌다며 소란을 피웠습니다."

미쿠리야는 고개를 끄덕이지 않고 시신의 어깨에 손을 얹었다.

"등을 볼 거야. 손 좀 빌려줘."

이누카이가 옆에 나란히 서서 미쿠리야의 신호에 맞춰 시신을 일으켰다.

"시반 이동은 확인되지 않는군."

시신을 원래대로 되돌린 미쿠리야는 혈액을 채취하기 시작했다.

"검시관님. 여기서 혈액검사를 하시는 겁니까?"

그러자 미쿠리야가 가방에서 낯선 측정기를 꺼냈다.

"전해질 Na, K 전용 측정기야. 닥터 데스한테 하도 휘둘려서. 칼륨 농도를 측정하려고 가져왔지."

미쿠리야는 채취한 혈액을 센서 카드에 도포한 다음 카드째로 측정기에 넣었다. 1분이 지나자 액정 부분에 나트륨과 칼륨 농도가 표시됐다.

수치를 확인한 미쿠리야의 입꼬리가 슬쩍 올라갔다.

"빙고. 혈중 칼륨 농도가 비정상적으로 높아. 검시관으로서 사법해부를 요청한다."

"사법해부라니!"

에이스케의 낯이 순식간에 변했다.

"가족으로서 단호히 반대합니다. 투병 끝에 돌아가신 아버지의 몸에 다시 메스를 들이대다니."

이제 이누카이가 정리할 차례였다.

"아무리 가족이 반대해도 검시관이 사건성을 인정하면 부검해야 합니다. 깨끗하게 포기하세요. 아스카, 도쿄대 구라마 준 교수에게 연락해."

상부가 개입하기 전에 필요한 일은 전부 끝내 버린다. 분위기를 파악한 듯 아스카도 신속히 휴대폰으로 구라마에게 연락했다.

지금부터는 시간과의 싸움이다. 미쿠리야는 처음부터 용의주도하게 시신 이송차를 타고 왔다. 가족과 그룹 관계자들이 소란을 피우기 전에 시신을 구라마가 있는 곳으로 이송해야 한다.

"경찰의 횡포요."

분을 삭이지 못하는 에이스케를 진정시키던 이누카이에게 감식과가 도착했다는 소식이 들어왔다. 이제 됐다. 장례식이 시작되기 전까지 차근차근 파헤치면 시간을 벌 수 있다.

"에이스케 씨는 호조 마사무네 씨의 장남이시죠? 꼭 여쭈고 싶은 질문이 있습니다. 저와 다른 방으로 가실까요?"

반강제로 에이스케를 이끌고 응접실로 돌아왔다. 흥분했던 에이스케도 일대일로 대화하는 사이에 침착을 되찾았다.

"갑자기 부검 소리에 당황스러우시겠지만 돌아가신 분은 정재계 저명인사입니다. 수상한 의혹을 그대로 방치하면 반드시 언론이 물어뜯기 좋은 미끼가 될 겁니다. 지금은 우선 경찰에 협조 부탁드립니다."

"하, 하지만."

"경찰에 신고한 인물이 누군지 궁금하지 않으십니까? 가만히 생각해 보면 호조가에 반감을 품은 인물일 가능성도 있습니다. 신고자가 이 저택의 유선전화로 전화를 걸었거든요."

역시 에이스케는 입을 다물었다.

"에이스케 씨가 호조가의 사업을 물려받으십니까?"

"네. 유언장에 아마 그렇게 되어 있을 겁니다. 조만간 정식으로 공개되겠지만요."

"머지않아 밀고자가 사업 추진에 걸림돌이 되리라 생각하지 않으십니까?"

에이스케는 팔짱을 끼고 소파에 몸을 묻었다. 이누카이의 이야기를 들은 마음이 생겼다는 표시였다.

"묻고 싶은 게 뭡니까?"

"유산 상속을 둘러싼 가족 구성이죠. 어머님은 일찍 돌아가셨고 지금 계신 사모님이 후처로 들어오셨다던데요."

"경제 기자들 사이에서 유명한 이야기라더군요. 하지만 후처는 잘못된 표현입니다. 아버지는 소이치는 친자식으로 인정했지만 가즈코 씨를 후처로 들인 건 아니거든요. 그래서 가즈코 씨의 성이 호조가 아니라 야마기시인 겁니다."

"왜 재혼하지 않으셨습니까?"

"그건 아버지에게도 최소한의 자제심이 있어서였죠."

에이스케는 빈정거리는 웃음을 머금었다.

"소이치는 경영 재능도 있고 성격도 온화해서 아버지 마음에 들었던 모양입니다. 하지만 가즈코 씨는 말하자면 독사 같은 여자거든요. 호조가를 빼앗으려는 속셈이 시시때때로 얼굴에 드러났습니다. 소이치의 장래를 생각한 행동일지도 모르지만 그렇다고 해도 너무 뻔뻔하고 비열했죠. 아버지도 그런 가즈코 씨가 위험하다는 걸 느꼈으니 끝까지 혼인신고를 하지 않으셨습니다."

"마사무네 씨의 유언장이 있는데도 그런 계획을 꾸민 겁니까?"

"생전에 유언장을 작성하셨다는 사실은 아버지 당신과

고문 변호사인 후루타치 씨 말고는 아무도 몰랐습니다."

"마지막 순간까지 그 사실을 밝히지 않은 이유는 무엇입니까?"

"간단합니다. 쓰러져서 자리보전하기 전까지 본인이 그런 일을 당하리라고는 상상도 못 하셨으니까요. 아무래도 아버지 세대는 본인의 건강을 과신하는 경향이 있지 않습니까."

"유언장의 존재를 몰랐던 가즈코 씨의 반응이 참으로 볼 만했겠군요."

"분명히 말하지만 남에게 내보일 만한 인간이 아닙니다. 태생이 천박한 인간은 큰돈을 눈앞에 두면 단번에 정체를 드러내지요."

"다른 가족은 어떻게 됩니까?"

"제 아내인 시즈에, 그리고 집사와 가정부가 세 명입니다. 다카유키라는 아들이 있습니다만 학생이고 다른 곳에 살고 있습니다. 안채에 거주하는 사람은 이게 답니다."

"이런, 가즈코 씨와 소이치 씨는 포함되지 않는군요."

"아아, 그 두 사람은 별채에서 지냅니다."

친자식으로 인정해도 첩의 소생은 어머니와 함께 별채살이 한다는 말인가. 첩의 자식이라도 정이 깊다고 생각했는데 결국 적자와 서자 사이에 선을 그은 것은 구세대의 사고방식인가 심술궂은 생각이 들었다. 그러자 이누카이의 안색을 읽었는지 에이스케는 조금 난처한 얼굴로 변명했다.

"집이 꽤 넓으니까요. 안채에만 모여 살면 아깝지 않습니까. 사람이 살지 않는 건물은 금방 노후화된다는 말도 있고요."

이누카이는 적당히 맞장구쳤다.

"이만한 대저택이면 분명 보안도 철저하겠군요?"

"경비업체와 계약했습니다. 누가 담을 넘으려거나 잠긴 문을 열려고 하면 경비업체에 신고가 들어가서 출동하게끔 되어 있습니다."

"CCTV도 설치되어 있습니까?"

"네. 정면 현관과 뒷문에 한 대씩 있습니다."

"나중에 영상 제출을 부탁드릴지도 모르니 잘 부탁드립니다."

"그보다 경찰에 신고한 사람은 남자였습니까, 여자였습니까?"

"목소리 분석만으로 단정 짓기는 이르지만 담당자 말로는 남자 목소리 같다고 합니다."

"남자라고요……. 그렇다면 잘 모르겠군요."

예상을 빗나갔다는 듯한 말투에 직감했다.

"여자 목소리라면 짐작 가는 사람이 있다는 말씀입니까?"

"그야 그런 짓을 할 만한 사람은 딱 한 사람이니까 말입니다."

"밀고하면 가즈코 씨에게 무슨 이득이 있습니까?"

"분풀이. 그것만으로 충분하죠."

에이스케가 짓씹듯 내뱉었다.

"제가 유언장의 존재를 밝힌 곳은 아버지의 임종 자리였습니다. 그때까지 이리저리 바쁘게 돌아다니던 가즈코 씨 입장에서는 모든 노력이 헛수고였다고 선고받은 것이나 마찬가지였죠. 상황을 혼란스럽게 만들겠다, 기회만 있으면 누구든 모함하겠다고 생각한 게 자연스러운 흐름일지 모르겠네요."

신고한 사람이 누구인가는 이후 싱겁게 밝혀졌다. 에이스케 다음으로 가즈코를 사정 청취했더니 순순히 자백한 것이다.

"제가 소이치를 시켜서 경찰에 신고했습니다."

나이는 예순 즈음 됐을까. 고상한 화장으로 꾸며도 깊게 팬 주름은 가리기 어려웠다. 그 주름 사이로 보이는 눈이 기이한 빛을 띠었다.

"왜 그러셨습니까."

"그 사람들이 마사무네를 죽였다는 걸 세상에 알리고 싶었기 때문이죠. 맞죠? 죽인 게 맞죠? 그러니까 시신을 부검하는 거죠?"

"그건 결과론이고, 아직 부검 결과는 나오지 않았습니다. 가즈코 씨도 무슨 증거가 있어서 신고한 건 아니지 않습니까."

이누카이는 무심한 척 가즈코의 대답을 신중하게 기다렸다. 만약 가즈코가 어떤 증거가 있어서 신고하기로 마음먹었다면 사건 해결의 중대한 열쇠가 될 것이다.

그러나 가즈코의 대답은 썩 만족스럽지 않았다.

"증거 같은 게 없어도 에이스케의 평소 행동거지를 보면 압니다. 그 인간은 마사무네의 총애가 소이치에게 옮겨갈까 봐 무서워서 마사무네를 한시라도 빨리 망자로 만들려고 했어요. 유언장을 수정하지 않은 지금 마사무네가 죽어서 가장 이득을 보는 사람은 에이스케니까요."

피해망상 기미가 있는지는 몰라도 가장 이득을 보는 자가 범인이라는 주장은 지극히 타당했다.

다음 날 곧바로 구라마 준 교수가 제출한 호조 마사무네 부검 보고서가 도착했다.

아소와 이누카이가 주목한 부분은 보고서에 적힌 소견 한 줄이었다.

─검체에서 혈중 농도 10.0mEq/l의 칼륨 및 티오펜탈이 검출

마고메 겐이치의 부검 보고서에 적힌 소견과 일치했다. 이누카이는 자신도 모르게 아소와 마주 봤다.

"그날 밤에 왔구나. 닥터 데스가."

아소는 흥분을 숨기지 못했다.

"CCTV에 분명 놈이 찍혔을 거야."

호조가에서 빌려온 CCTV의 하드디스크는 현재 과학수사연구원에서 분석하고 있다. 늦어도 오후에는 분석이 끝날 예정이라고 한다.

"그날 밤 안채에는 마사무네를 포함해 에이스케와 아내 시즈에, 집사와 가정부 총 일곱 명이 있었는데 자정이 지나고서 깨어있던 사람은 당직을 서던 가정부뿐이었습니다. 저택이 그렇게나 넓으니 당직 가정부의 동선만 파악하면 식구들 모르게 마사무네의 방으로 숨어 들어갈 수 있습니다."

이누카이의 머릿속에 그날 밤 일이 시간 순서대로 재현됐다.

밤 12시 30분, 누가 안내했는지는 몰라도 닥터 데스가 저택 안으로 잠입해 마사무네의 방으로 들어간다. 닥터 데스는 약 여섯 시간 전에 링거 정맥주사를 놓은 자리에 주삿바늘을 꽂아 티오펜탈을 주입한다. 원래 주삿바늘 자국이 있던 자리에 주사를 놓으면 들킬 위험이 낮아진다. 마사무네가 의식을 잃은 뒤 이번에는 염화칼륨제제를 주사하고서 몰래 저택을 빠져나간다.

그리고 30분 뒤, 가정부가 마사무네의 상태가 이상하다는 것을 알아차리고 식구들을 깨운다. 그러나 때는 이미 늦었고 뒤늦게 찾아온 주치의 한무라는 자신이 놓은 링거 주사 자국 외에 외상이 보이지 않으므로 돌연사라고 확신한다.

이누카이가 자신의 의견을 이야기하자 아소와 아스카도 동의하는 얼굴로 고개를 끄덕였다.

"거의 그럴 거야. 문제는 닥터 데스를 저택 안으로 끌어들인 자, 그러니까 안락사를 의뢰한 자가 누구냐는 것이지. 감식이 마사무네의 방에서 뭐라도 찾았나?"

이번에는 아스카가 대답했다.

"저택 거주자를 제외한 정체불명의 모발이 몇 가닥 나왔습니다. 모근이 남아 있어서 DNA 감정을 할 수 있습니다."

"그래. 좋아, 좋아."

아소는 두 손을 비비며 득의양양한 미소를 지었다.

"이 새끼. 이번에는 증거를 잔뜩 남겼군. 저택이라고는 해도 가정집이니 방심한 거야."

그 순간 이누카이는 문득 불안에 사로잡혔다.

닥터 데스가 정말 방심한 것일까? 설마 놈이 쳐 놓은 함정 아닐까.

사야카 사건으로 곤욕을 치른 이누카이는 아무래도 용의주도한 적의 움직임을 가볍게 여길 수 없었다.

"가족 중에 안락사를 의뢰한 사람이 있다면 반드시 닥터 데스에게 연락했을 거야. 개인 소유 컴퓨터나 휴대폰류 전자기기를 압수하도록 해. 오늘이라도 호조가를 다시 방문하도록."

당연한 지시였다. 아직 호조가의 노골적인 수사 방해는 없다. 호조가에서 항의하기 전에 부검을 마쳤고 시신에서 약물이 검출됐다는 사실도 밝혀졌지만 어쨌든 상대가 손을 놓고 있는 사이에 경찰의 페이스대로 수사를 진행해야 한다.

셋이서 수사 방침을 점검하는 사이에 과학수사연구원에서 보낸 영상 분석 결과가 도착했다.

빛이 부족한 상태에서 찍힌 화면을 캡처한 사진인데 두 사람이 뒷문을 여는 장면이었다. 한 사람은 풍채로 짐작건대 닥터 데스 같았다. 그늘에 몸을 숨기듯 붙어 있는 사람은 간호사이리라.

모자를 깊숙이 쓰고 있어서 과학수사연구원 쪽에서 해상도를 높여도 얼굴 생김새는 파악할 수 없었다.

젠장, 아소가 욕을 짓씹었다.

"정면 현관에는 조명이 환하게 비추고 있어. 그걸 피하려고 뒷문을 이용했군."

"두 사람이 드나들 때만 CCTV를 끄면 됐을 텐데요."

아스카는 간단한 일이라는 듯 말했지만 현실은 그리 만만하지 않았다.

"사전 통보 없이 CCTV를 끄면 경비업체에서 이상을 감지하고 출동할 거야. 그런 위험한 도박을 할 수 있겠어?"

"그렇겠지. 아마 뒷문이라면 조명이 약해서 해상도가 그리 좋지 않으리라는 사실을 경험으로 알고 있었을 거야. 주의 깊게 모자를 눌러 쓴 점도 그러한 사정을 알기 때문이고."

조금 전에 비비던 아소의 두 손은 주먹으로 바뀌었다.

"뭐, 됐어. 이제 호조가 사람 중 누군가가 안락사에 관여했다는 사실이 확실해졌다. 관계자도 한정되어 있어. 시간을 두고 충분히 물어보자고."

"수사를 방해받을 우려는 없습니까?"

"관리관에게 보고해서 긴급 기자회견을 열 거야. 재계 중진이 안락사당했다고 발표하면 언론도 한바탕 뒤집어지겠지. 거대 그룹이고 나발이고 그렇게까지 난리가 나면 섣불리 개입하기 어려워져. 장례가 한창이라 아직 권한을 계승하지 못한 시점에 불구덩이로 뛰어들려는 놈은 거의 없을 거야."

아소의 판단을 들은 이누카이는 어느 정도 동의했지만 일말의 불안을 떨칠 수 없었다.

자진해서 불구덩이로 뛰어들려는 사람은 분명 적을 것이다. 그러나 발등에 불이 떨어지면 상식 밖의 행동을 보이는 것 또한 사람이다. 그리고 사람은 욕심이 얽히면 대개 상식을 포기하기 마련이다.

2

호조가에서는 오늘 경야를 진행할 예정이다. 이누카이와 아스카는 부검을 마친 마사무네의 시신을 돌려주기 위해 호조가를 다시 방문했다. 물론 두 번째 사정 청취를 겸한 방문이었다.

"뭐, 경야 전에 돌려보내 주신 것만으로도 다행입니다."

마사무네의 시신을 수습한 에이스케는 잊지 않고 비꼬아 말했다.

"시신도 없이 경야를 치르면 조문객들을 뵐 낯이 없으니까요."

"그런데 부검을 한 보람이 있었습니다. 마사무네 씨는 약물에 의해 살해당한 것으로 밝혀졌습니다."

에이스케가 한쪽 눈썹을 치켜들고 이누카이를 바라봤다.

"그 말인즉슨 신고대로 아버지가 안락사당했다는 뜻입니까?"

"먼저 의식을 잃은 뒤 온몸에 약물이 돕니다. 검시관 말로는 고통 없이 숨을 거둔다더군요."

"고통 없이 가셨다는 점만은 범인에게 고마워해야겠군요."

"안락사를 의뢰할 인물로 짚이는 사람 없습니까?"

"형사님은 저택 사람을 의심하시는가 본데 아버지의 고통을 덜어주고 싶어 한 사람은 많습니다. 하기야 고통스럽게 죽이고 싶다고 생각한 사람은 열 배는 더 많겠지만 말입니다."

"의뢰인이 누구인지는 몰라도 실행범은 몇 수 앞까지 내다봤습니다. 그리고 안락사 사실을 신고한 사람이 누구인지도 밝혀졌습니다."

"호오, 이렇게 빨리 말입니까. 역시 세계에서 알아주는 일본 경찰이군요."

"선량한 시민의 협조와 수사 기술 발달 덕분입니다. 그래서 오늘은 에이스케 씨에게 보여드리고 싶은 영상이 있습니다."

이누카이는 정지화면을 출력한 인쇄물을 에이스케에게 내밀었다. 뒷문 CCTV로 찍은 장면으로 닥터 데스가 막 문을 열고 저택 안으로 들어가려는 순간을 포착한 것이었다.

"마사무네 씨의 안락사를 실행한 인물은 항간에서 떠드는 '닥터 데스'라는 의사로 추측됩니다. 이 정지화면에 찍힌 인물이 바로 그 사람이 아닐까 수사본부는 추측합니다."

"아주 평범하게 문을 열고 들어가는군요. 열쇠 같은 걸 썼을까요?"

"열쇠가 있었는지는 차치하고 내부에 협력자가 있을 가능성이 농후합니다. 이렇게 넓은 저택에서 집안 사람들에게 들키기 전에 마사무네 씨의 방으로 갔으니 안내원이 있었다고 보는 게 타당하겠죠."

"시간대를 생각하면 그렇겠죠. 그런데 새삼 그런 지적을 받으니 조금 따끔하네요. 집 안에 범죄자가 있을 줄이야……. 그래서 그 밀고자는 누구입니까?"

"수사상 기밀 사항이므로 아직은 밝힐 수 없으니 양해 바랍니다. 그보다도 이 사진을 보고 뭔가 눈치채신 점 없습니까?"

에이스케가 잠시 사진을 응시하더니 이내 천천히 고개를 저었다.

"모자를 깊게 눌러쓰고 있어서 얼굴이 안 보이는군요. 주위 사물과 비교해서 보면 덩치가 작은 남자라는 건 알겠습니다만…… 원래 뒷문은 낮에만 이용하기 때문에 조명에 별로 신경 쓰지 않습니다. 그게 이번에는 화근이 됐군요."

"다른 건요?"

"아아, 모자를 쓴 인물 뒤에 있는 사람 말입니까? 으음, 모습이 거의 보이지 않아 남자인지 여자인지도 구분할 수 없군요."

"아뇨, 그 인물 말고 좀 더 다른 부분 말입니다."

이누카이의 재촉에 에이스케는 다시 사진으로 시선을 옮겼다. 하지만 새로 발견한 점은 없는 듯 다시 고개를 저었다.

"모르겠습니다. 우리 집이지만 저 같은 아마추어가 보기에 더 이상은……. 경찰에서는 해상도가 떨어지는 이 사진에서 무슨 유력한 단서를 얻었습니까?"

"그렇군요. 구체적으로 말씀드리면 이 부근을 보시라는 겁니다."

이누카이가 손가락으로 가리킨 부분에는 열린 문 안쪽으로 살짝 들여다보이는 누군가의 손이었다.

"안에서 밖으로 여는 문이라서 집 안에서 누군가가 잠금

215

장치를 풀고 문을 밀었습니다. 그리고 방문자가 문을 여는데 정체 모를 자의 손이 밖에서 안으로 들어가기 전에 찍혔습니다."

"그런데 손만 봐서는 누군지…… 어두운 데다 화질이 나빠서 손가락 윤곽도 흐릿하지 않습니까."

"아까도 말씀드렸지만 수사 기술이라는 게 날로 발전하거든요. 일 년 전에는 꿈같았던 이야기가 최근에는 현실로 이루어집니다. 요즘 기술로는 이 부분만 확대해서 분석할 수 있죠. 그렇게 분석한 결과가 이겁니다."

이누카이가 또 다른 사진 한 장을 에이스케 앞에 내밀었다. 집 안에서 뻗어 나온 손은 손가락 다섯 개의 윤곽까지 선명한 사진이었다. 그 손의 약지에는 반지가 끼워져 있었다.

"그리고 그 반지를 확대한 사진이 이거."

세 번째로 내민 사진은 반지 무늬가 선명하게 보이는 확대 사진이었다.

"자, 에이스케 씨. 지금 당신이 약지에 끼고 있는 반지를 보여 주시겠습니까?"

에이스케가 왼손을 감추기 전에 이누카이가 재빨리 그 팔을 붙잡았다.

"처음 뵈었을 때부터 이 반지 무늬를 또렷이 기억하거든요. 아무리 결혼반지라고는 해도 상당히 공을 들인 디자인 아닙니까."

억지로 끌어당긴 왼손에는 영상 분석 사진에 나온 것과 같은 반지가 끼워져 있었다.

"독특한 디자인이군요. 세상에서 단 하나까지는 아니더라도 적어도 이 집에서 같은 반지를 낀 사람은 아내뿐일 겁니다. 즉 CCTV에 찍힌 손은 에이스케 씨나 아내분의 손이라는 뜻입니다."

에이스케는 고개를 돌리려고 했지만 이누카이가 왼손을 홱 잡아챘기 때문에 얼굴이 점점 가까워졌다.

"이 자리에 아내분을 불러 누가 닥터 데스를 불러들였는지 결판낼까요?"

"집사람은…… 관계없습니다."

지금까지와는 완전히 다른 나약한 목소리였다.

"사진에 찍힌 사람이 당신이라고 인정하시는 거죠?"

"손을 놓아주시겠습니까. 이 자세로는 차분히 이야기할 수 없군요."

이누카이가 손을 놓자 에이스케는 자신의 왼손을 뚫어지게 바라봤다.

"비싼 반지가 발목을 잡았군……. 아니, 손이 찍힌 시점

217

에서 머지않아 이렇게 됐겠죠. 멍청한 짓을 했어."

"닥터 데스에게 모자를 깊숙이 쓰라고 지시한 사람도 에이스케 씨입니까?"

"네. 그 순간에 CCTV를 끄면 경비업체에서 출동할 테니까요. 경험상 뒷문 쪽 CCTV는 밤중에는 제 역할을 못 한다는 것을 알기 때문에 얼굴만 가리면 족하다고 쉽게 생각했습니다. 신중을 기했다고 생각했는데 역시 안 하던 짓은 하는 게 아닌가 봅니다."

에이스케는 완전히 체념한 듯 짧은 한숨을 내쉬었다.

"닥터 데스가 왔었죠?"

"문제의 사이트에 접속해 연락했습니다. 행동이 빠른 남자더군요. 진단서 사본을 첨부했더니 눈 깜짝할 사이에 답장이 왔습니다. 안락사 대금은 20만 엔. 아무리 그래도 혼조그룹 총수의 목숨값인데 너무 적은 금액 아니냐고 불평했더니 누구든 사람 목숨은 똑같다며 더 이상 돈을 받지 않았습니다."

"당일의 일을 자세히 말씀해 주시죠."

"27일 저녁에 한무라 선생님이 돌아간 후 밤 12시 30분에 그들이 방문했습니다."

CCTV가 닥터 데스를 찍은 시각도 바로 그때였다. 그 사실은 영상에 기록된 시간으로도 확인할 수 있다.

"제가 아버지 방으로 안내했습니다. 당직 가정부가 그 시간에 어디를 도는지 알고 있으니 남의 눈을 피하는 건 어렵지 않았습니다. 닥터 데스는 능숙한 솜씨로 아버지를 촉진觸診했습니다."

그 이후는 이누카이의 짐작대로였다. 닥터 데스는 별다른 설명 없이 두 가지 주사를 놓았다고 한다. 아마 처음 주사한 약물이 티오펜탈, 두 번째 약물이 염화칼륨제제였으리라.

"처치가 끝나고 2, 30분이면 아버지가 편안해진다고 하더군요. 제가 준비한 현금 20만 엔을 받자 함께 온 여성이 기구를 정리한 뒤 두 사람은 곧바로 집을 나갔습니다. 그리고 저는 제 방으로 돌아가 기다렸고 이윽고 아버지의 방에서 가정부의 비명이 들리자 다시 아버지의 방으로 갔습니다. 닥터 데스의 말대로 아버지는 아주 편안한 얼굴로 숨을 거둔 상태였습니다."

"왜 이런 짓을 했는지 이유를 말씀해 주시겠습니까?"

"아버지의 안락사 계획에 가담했다는 설명으로는 부족하겠습니까?"

"재벌 총수쯤 되면 유산 상속 문제가 크게 걸리니까요.

그런데 마사무네 씨가 투병 중일 때부터 유언장 내용을 알고 계셨죠?"

"고문 변호사가 비밀리에 알려 줬을 뿐입니다. 게다가 유언 내용이 사전에 공개됐으면 저를 궁지로 몰려는 움직임이 활발해졌겠죠. 주가에도 영향을 미쳤겠고. 상속 문제는 내부자 거래에도 저촉되니까요. 저로서는 아버지가 정말로 돌아가실 때까지 비밀에 부칠 수밖에 없었습니다. 그런데 제 의도와는 다르게 아버지가 아직 살아계심에도 내분이 일어나고 말았습니다. 가즈코 씨가 제게 반기를 드는 사람들을 모아 일종의 쿠데타를 계획하기 시작했죠."

그 여자라면 저지를 법한 일이라고 이누카이는 수긍했다.

"아무리 아버지의 유언이 있다고 해도 그것이 발효되기 전에 먼저 허를 찔리면 무용지물이 됩니다. 이해하실까요? 저는 유언을 공개할 수도, 가즈코 씨 패거리의 음모를 방치할 수도 없었습니다."

"설마 그런 이유로 마사무네 씨의 죽음을 앞당겼다는 말입니까? 그건 자살방조가 아닙니다. 엄연히 존속살인이라고요."

"제가 아닙니다. 아버지의 뜻이었습니다. 사태가 어렵게 흘러간다는 사실을 안 아버지는 당신이 빨리 죽는 것만이 사태를 수습할 유일한 방법이라는 것을 깨달으셨습니다. 아버지의 증언도 남아 있습니다."

"마사무네 씨의 증언 말입니까?"

"숨쉬기도 괴로운 와중에 필사적으로 말씀하셨습니다. 제대로 녹음한 파일도 보관하고 있습니다. 나중에 들려드리겠습니다."

"그래도 에이스케 씨는 죄에서 벗어날 수 없습니다. 현재 일본의 법으로 안락사를 인정받기에는 장벽이 매우 높습니다."

"죄든 아니든 이건 저와 아버지가 처음으로 함께한 공동 작업이었습니다. 지금까지 한 번도 제게 부탁 같은 걸 하신 적이 없는 양반인데 처음이자 마지막 부탁이었습니다."

"그런 어처구니없는 이야기를 쉽게 수락했습니까?"

"내게는 나만의 사정이 있소!"

에이스케가 갑자기 목소리를 높였다.

"아버지가, 찔러도 피 한 방울 안 나올 것처럼 괴물 같았던 아버지가 그렇게 뼈와 가죽만 앙상하게 남은 모습으로 누워 있는 모습 따위 보고 싶지 않았습니다. 남들이 미워하고, 요괴라며 무서워하고, 정치가든 누구든 발아래 둔 것처럼 군림하던 아버지가 다 죽어가는 모습으로 겨우 숨만 붙어 있는 모습 따위는 보고 싶지 않았다고요. 호조 제국을 세우기까지 얼마나 많은 피와 땀을 흘렸는지 곁에서 지켜본 내가 가장 잘 압니다. 나는 아버지가 고통스러워하는 모습을 더는 보고 싶지 않았어!"

에이스케는 말을 다 쏟아내더니 어깨를 들썩이며 숨을 몰아쉬었다.

"……실례했습니다. 저도 모르게 그만 이성을 잃고 말았습니다……. 하지만 제가 사리사욕 때문에 아버지를 안락사시킨 게 아니라는 점만은 이해해 주셨으면 합니다."

쥐어짜는 목소리에 진심으로 하는 말이라고 이누카이는 생각했다. 자식에게 아버지는 영원한 영웅이다. 설령 늙고 초라해졌다고 해도.

"닥터 데스의 얼굴을 기억하십니까?"

"그게…… 아버지의 방에 들어갈 때까지는 모자를 푹 눌러 썼고, 모자를 벗고 나서는 얼굴을 정면에서 볼 기회가 없었습니다. 게다가 뭐랄까, 전체적으로 인상이 흐릿해서……."

아아, 이번에도……. 이누카이는 벌써 낙담했다.

"저도 사람 얼굴 기억하는 게 직업 같은 사람인데 면목 없습니다. 하지만 가끔 있지 않습니까. 명함을 주고받으며

222

인사해도 인상에 전혀 남지 않는 사람 말입니다. 전체적인 외모가 흐릿하다고나 할까, 이목구비가 너무 평범하다고나 할까. 아버지의 목숨을 맡긴 의사니 반드시 또렷하게 기억해야 하는데도 이상하게 특징을 떠올릴 수 없습니다."

얼굴이 없는 남자라며 이누카이는 속으로 이를 갈았다. 이렇게 많은 사람의 생명을 앗아가고 그 가족들 앞에 모습을 드러냈으면서 아무도 그 얼굴을 또렷이 기억하지 못한다. 그야말로 저승사자 아닌가.

"닥터 데스의 몽타주를 만드는 데 협조해 주시겠습니까?"

"이렇게 된 이상 경찰에 협조하는 것 자체는 거절하지 않겠습니다만 방금 말한 대로 인상이 워낙 흐릿한 사람이니 얼굴을 떠올리려고 해도 솔직히 자신은 없습니다. 옆에서 보조하던 여자라면 몰라도."

갑자기 뒤통수를 맞은 기분이었다.

"뭐라고요?"

"분명 간호사 선생님이었겠죠. 능숙한 모습으로 가방에서 주사기니 뭐니 꺼내더군요. 아, 저게 지금부터 아버지를 안락사할 때 쓸 도구인가 싶어서 관심이 갔죠."

"얼굴이 기억나십니까?"

"네, 기억납니다. 닥터 데스에 비하면 훨씬 개성 있는 얼굴이니까요."

이러고 있을 때가 아니다. 이누카이는 곧바로 아스카를 돌아봤다.

"아스카, 지금 당장 감식과 몽타주 담당자에게 연락해."

이누카이는 앞뒤 잴 것 없이 서둘러 에이스케를 경시청으로 연행했다. 본인의 진술을 받아내는 것도 중요하지만 지금은 그보다 먼저 해야 할 일이 있다.

몽타주 담당 수사관은 우선 희망자의 지원을 받은 뒤 양성 강습과 현장 연수를 거쳐 임명된다. 애초에 그림 실력이 좋은 사람이 많아서 일단 연필을 쥐자 에이스케에게 용의자의 인상과 특징을 물으며 한시도 손을 멈추지 않았다.

"이런 느낌입니까?"

수사관이 완성된 그림을 보여 주자 에이스케는 만족스러운 듯 고개를 끄덕였다.

"네, 특징을 잘 파악하셨네요. 맞습니다, 이런 느낌입니다."

이누카이는 에이스케의 등 뒤로 가서 몽타주를 응시했다.

짧은 단발머리에 둥근 얼굴. 코는 오뚝하지만 눈은 작다. 인상이 음침한 여자였다. 나이는 30대에서 40대 정도일까.

큰 진전이었다. 안락사도 일종의 의료행위라면 '닥터 데스'도 보조 인력으로 비전문가를 쓰지는 않을 것이다. 동행한 여자도 어떠한 의료 경험이 있을 터다. 그렇다면 간호사 자격을 갖춘 자를 철저히 조사하면 된다.

"그런데 이누카이 형사님, 간호사는 전국에 수도 없이 많잖아요."

아스카가 막막하다는 듯 말했지만 이누카이는 낙관적이었다.

"맞는 말이야. 하지만 한낮이나 늦은 밤에 자유롭게 외출할 수 있는 간호사는 제한적인 것 같지 않아?"

"그러니까…… 정규 고용된 간호사가 아니라는 뜻이에요?"

"국립병원이나 유명한 병원에 근무하는 간호사가 이런 위험한 아르바이트를 하지는 않을 거야. 그렇게 조건들을 소거해 나가면 범위가 점점 줄겠지."

이렇게 '닥터 데스'와 함께 다니는 간호사를 추적하기 시작했지만 상황은 이누카이의 생각처럼 녹록하지 않았다.

2014년 후생노동성이 발표한 취업 간호사는 108만 명에 이른다. 자격증이 있으면서도 저마다의 사정으로 의료업에 종사하지 않는 간호사까지 포함하면 그 수는 더욱 늘어난다.

각 의료기관에 조회를 요청해도 일상 업무에 쫓기는 병

원에서는 아무래도 뒷전으로 밀리게 된다. 그렇다고 답변이 늦는다고 따질 입장도 아니기에 결국 수사본부는 한없이 대기할 수밖에 없었다.

그러나 이누카이는 가만히 손 놓고 기다릴 생각은 추호도 없었다. 지금까지의 조사로 '닥터 데스'와 접촉한 사실이 확인된 자, 즉 마고메 사에코와 다이치 모자, 기시다 사토코 등 유족에게 연락했다.

유족의 증언은 대체로 긍정적이었다. "닮았다", "이런 느낌이었다", "몽타주를 보니 생각나는 것 같다".

그중에서도 다이치의 증언이 주목할 만했다.

"네, 이 사람이에요, 이 사람. 눈이 진짜 작았어요."

이로써 이누카이는 확증 하나를 얻었다. 몽타주는 '닥터 데스'의 보조 역할인 여성 간호사와 똑 닮았다고 단언할 수 있었다. 이제 간호사의 신원을 밝히고 이 여성을 통해 '닥터 데스'에게 올가미를 씌우기만 하면 된다.

그러나 드문드문 모이기 시작한 의료기관들의 답변은 하나같이 '해당자 없음'이었다.

수배를 내린 여성 간호사의 정보를 얻지 못한 채로 사흘이 흐르자 역시 아소의 기분이 눈에 띄게 언짢아졌다.

"1백 8만분의 일인가. 이건 모래사장에서 바늘 찾기보다 더 낮은 확률이군."

수사가 난항을 겪을 때 보이는 아소의 나쁜 버릇이 나오기 시작했다. 수사 방침을 크게 바꾸지는 않겠지만 은근히 느껴지는 수사본부 축소와 미궁에 빠져드는 사건을 보며 푸념이 많아지는 것이다. 이누카이나 아스카를 질책할 만큼 옹졸하지 않은 대신에 부하에게 기운을 북돋을 만큼 믿음직스럽지도 못해 기분이 한없이 가라앉았다.

"시간이 흐를수록 놈이 경계할 거야. 우리가 움직이는 걸 감지하고 어딘가로 숨어든다면 더욱 꼬리를 잡을 수 없게 된다고. 알아?"

"압니다."

이 자리에서는 그렇게 대답할 수밖에 없었다.

"애초에 의료기관에서 제출할 답변에 큰 기대는 없었습니다."

이누카이는 아스카에게 말한 내용을 아소에게도 똑같이 설명했다.

"전문지식이 있는 간호사라면 자신이 보조하는 의료행위가 안락사라는 사실쯤은 알고 있을 겁니다. 병원에 근무하면서 안정적인 급여를 받는 사람이 그런 위험한 일에 발을 들여놓을 것 같지 않습니다."

"하지만 간호사는 예나 지금이나 고된 직업이라지 않나. 환자가 있는 곳까지 동행해 의사를 돕기만 하고 돈을 벌 수 있다면 꽤 괜찮다고 생각하는 인간이 있을지도 몰라."

"위험한 강을 건너기에는 대가가 너무 작습니다. 안락사 비용은 단돈 20만 엔이에요. 약물 구입비와 수고비를 생각하면 그중 간호사가 손에 쥐는 돈은 많아야 4, 5만 엔 정도겠죠. 고작 5만 엔에 병원이라는 직장을 시궁창에 처박는 바보 같은 사람은 거의 없을 겁니다."

아소는 진의를 살피는 눈빛으로 이누카이를 응시했다.

"거기까지 생각했다면 당연히 노림수가 있겠지?"

"병원에서 근무하지 않는 간호사라면 어떨까요? 병원에서 받는 수입도 없고, 만약 직장을 잃었다면 시간적 여유도 있을 겁니다. 4, 5만 엔이라는 푼돈에도 눈 돌아갈 만하죠."

이것은 이누카이도 사전에 조사한 내용이다. 간호사 자격이 있지만 병원에 근무하지 않는 잠재간호직원은 2010년 말 조사 기준으로 71만 명이다. 이 숫자는 지방 병원의 폐업이나 업무 축소의 여파로 꾸준히 증가했는데 그 71만 명 전원이 정직원으로 재취업할 수 있을 리 만무하다.

잠재간호직원 현상은 어느 정도 추적조사를 할 수 있는

시스템이다. 2014년 6월 의료개호종합확보추진법이 제정됨에 따라 '간호사 등 인재 확보 촉진에 관한 법률(인확법)'이 개정 시행되면서 간호직원이 이직할 때 주소, 성명, 면허번호, 전화번호, 메일 주소, 취업 관련 상황 등을 각 도도부현* 간호사센터에 신고하도록 협조를 요청하고 있다. 후생노동성에서 법이 시행되기 전에 이직한 사람에게도 차례로 연락해 등록 수가 늘고 있다고 한다.

인확법은 저출산이 진행되는 가운데 미래에 간호 대상자가 증대할 사태를 감안해 언제든 간호 인력을 확보할 수 있도록 인력뱅크를 구축하자는 취지다. 물론 잠재간호직원 측도 힘들게 취득한 자격을 놀리고 싶어 하는 사람은 적기 때문에 이러한 등록제에 상당수가 동참하고 있다.

"각지의 간호사센터에 등록된 잠재간호직원 중에서 성별과 나이, 주소지, 현재 취업 상황을 조건으로 추리면 범위가 극단적으로 줄어들 겁니다. '닥터 데스'가 지금까지 활동한 범위로 짐작건대 아마도 간호사는 수도권 거주자일 확률이 높습니다. 범위를 좁혀서 관할서 인력을 총동원하

---

* 일본의 행정구역으로 총 47개로 나뉜다. 도쿄도(都), 홋카이도(道), 오사카부(府), 교토부(府), 43개의 현(県)이 있다.

면 몽타주와 닮은 여성을 찾아낼 수 있을 겁니다."

아소를 두둔하려는 것은 아니지만 이런 경우에 대비해 전국 파출소는 일 년에 두 번 주민조사를 시행한다. 수도권 전역을 철저하게 샅샅이 조사해야 하겠지만 결코 모래사장에서 바늘을 찾는 수준은 아닐 터다.

아소는 한동안 퉁명스럽게 묻다가 갑자기 한쪽 입꼬리를 씨익 올렸다.

"어차피 수사본부가 각 의료기관에 문의를 시작했을 때 넌 너대로 간호사센터에 조회를 요청했겠지?"

"사후 보고가 됐지만, 처음부터 잠재간호직원 71만 명이라는 수를 내놓으면 수사본부 역시 기운 빠질 테니까요."

"간호사센터에서 해당자 명단을 넘겨받은 뒤 그걸 한 사람 한 사람 조사하는 데 각 현경에 협조를 구해야만 해. 그 수고를 상부에 그대로 떠넘길 생각이었어?"

"저와 아스카 둘이서 해낼 수 있는 업무량이 아니니까요."

"어이구 참, 어떻게 저런 놈이 내 부하일까."

아소는 툴툴거리면서 쓴웃음을 지었다. 자신이야말로 참으로 요령 좋은 상사 밑에서 일한다고 이누카이는 생각했다.

"관리관께는 내가 말씀드릴게. 보고만 제때제때 해."

당연한 소리다. 보고할 수 있겠다는 계산이 있었기에 선수를 친 것이다.

그리고 간호사센터에서 조회 결과가 나왔고, 수도권 각 경찰서에 수사 협조를 통보한 지 나흘 만에 사태에 변화가 생겼다.

마치다시 하라마치다에 몽타주와 똑 닮은 전직 간호사가 살고 있다. 마치다 경찰서에서 수사본부로 전해온 소식을 듣자마자 이누카이와 아스카가 마치다로 향했다. 마치다 경찰서에서는 이미 해당자를 임의 동행으로 연행했다고 한다.

마치다 경찰서로 향하는 경찰차 안에서 아스카는 흥분을 감추지 못하는 모습이었다.

"그런데 임의 동행이라니 마치다 경찰서도 꽤 과감한 결정을 했네요. 그런 의심을 받으면 상대도 쉽게 응하지 않았을 텐데요."

"해당 지구를 담당하는 순경 말로는 어찌 됐든 몽타주와 매우 닮았다더군. '닥터 데스'의 이름을 거론하며 관련성을 따져 물었지만 딱히 긍정도 부정도 않고 동행을 승낙했다고 해."

애써 냉정한 척했지만 흥분에 휩싸인 것은 이누카이도 마찬가지였다. 마치다 경찰서에서 보내온 해당자의 정보는 전부 이누카이가 예상한 조건에 들어맞았다. 그 여자가 그토록 찾던 '바늘'일 확률이 높다. 만약 그렇다면 나머지는 그 '바늘'을 이용해 '닥터 데스'를 낚기만 하면 된다.

마치다 경찰서에서 히나모리 메구미를 본 순간 이누카이는 몽타주 담당 수사관에게 표창을 줘야 한다고 생각했다. 짧은 단발머리, 둥근 얼굴에 작은 눈. 언뜻 보면 음침해 보이는 분위기는 몽타주를 찢고 나온 듯했다.

"히나모리 메구미, 37세입니다."

이누카이 앞에서 메구미는 온순한 태도를 보였다.

"예전에 간호사로 일하신 걸로 아는데 몇 년 전부터 휴직 중이십니까?"

"근무하던 병원이 문을 닫았습니다. 벌써 5년 전 일이네요."

"최근 5년 동안 한 번도 의료계에 종사하지 않으셨습니까?"

"네. 근처 마트나 의류 매장에서 아르바이트 같은 걸 했는데 무슨 일을 하든 오래가지 못해서…… 일도 하고, 그사이에 모아 둔 돈을 까먹기도 하면서 지내고 있습니다. 그래도 혼자 사는 몸이라 그럭저럭 먹고 살아요."

"가족은요?"

"부모님은 돌아가셨습니다. 형제도 없고요. 결혼한 적은 있지만 오래전에 헤어졌습니다."

혈혈단신이란 말인가. 그렇다면 검은 의사가 벌이는 일에 가담하는 데 주저할 요소가 적을 터였다.

"요즘 사람들 사이에서 '닥터 데스'라고 불리는 인물을 아십니까?"

지금까지 막힘 없이 대답하던 메구미가 갑자기 입을 다물었다.

"다시 묻겠습니다. 아십니까?"

"뉴스에서 본 적 있어요."

"뉴스 말고요. 메구미 씨는 그 인물과 함께 움직인 거 아닙니까?"

이누카이가 몽타주를 메구미 앞에 내밀었다.

"이건 '닥터 데스'와 동행한 여성 간호사의 몽타주입니다. 이 여성을 목격한 사람의 증언을 토대로 제작했는데 당신과 매우 닮은 것 같지 않습니까?"

"……사진은 아니잖아요. 다른 사람의 이야기를 듣고 그린 그림이 비슷한 건 우연의 일치입니다."

"그렇군요, 확실히 그럴 가능성도 있습니다. 그러면 이 여성을 목격한 사람들과 직접 대질하는 건 어떻습니까? 그리 수고스럽지는 않을 겁니다."

실제로 이누카이는 대질 신문까지 생각했다. 지금 하는 조사는 녹화하기 때문에 메구미의 사진을 보여 주기만 해도 충분하지만 본인이 계속 부인한다면 직접 대질시켜도 상관없었다.

예상대로 메구미의 얼굴에 불안이 감돌았다.

밀어붙인다면 바로 지금이다.

"먼저 저희 쪽 카드를 보여드리면 말입니다, 이 '닥터 데스'라는 인물은 의뢰인에게 안락사를 청부받아 실행하는 장본인입니다. 그런데 메구미 씨라면 아시겠지만 일본은 환자에게 독극물을 주입하는 이른바 적극적 안락사는 허용하지 않으며 이 나라의 법으로 안락사를 인정받기란 낙타가 바늘구멍을 통과하는 수준이죠. 따라서 말기 환자였다고 해도 이들을 죽음에 이르게 한 행위는 살인죄에 해당합니다. 닥터라니 참 웃기죠. 그 사람은 그냥 연쇄살인범이에요. 게다가 소액이라고는 해도 의뢰인에게 보수를 받았기 때문에 이중으로 질이 나쁩니다. 재판에 회부될 경우 정상참작이 인정되지 않는 경우 중 하나입니다. 당연하게도 그 범행에 가담한 사람도 공범이 되어 처벌받습니다."

이누카이의 말을 가만히 듣던 메구미는 점차 당황한 듯 다리를 덜덜 떨기 시작했다.

한 번 더 압박하자.

"의료 과실과 연관된 재판은 그 전문성 때문에 재판이 길 어지는 경우가 많죠. 하지만 이 사건은 다릅니다. 살인자의 수법이 일목요연하고 주입한 약물의 종류와 효과도 분명 합니다. 능력 좋은 변호사라면 쟁점을 억지로 안락사로 돌 릴 수도 있겠지만 안락사를 생업으로 삼은 시점에서 항변 도 어려워지죠. 사형 판단 기준 중에는 살해된 피해자 수가 있는데 그 기준만으로 판단해도 '닥터 데스'가 사형을 선고 받을 확률은 상당히 높습니다. 물론 공범자도 예외는 아니 고요. 살인범의 목적을 완전히 인지하고서도 자의로 가담 했다면 역시 극형을 받게 됩니다."

이쯤에서 이누카이는 메구미를 몰아붙이듯 얼굴을 바짝 가져다 댔다.

"메구미 씨는 가족이 없다고 했는데 그래도 극형을 받으 면 뭐라도 느끼는 바가 있지 않겠습니까?"

"저는 모르는 일이에요. '닥터 데스' 같은 사람은 본 적 도……."

"호오. 하지만 실제로 그를 보조하는 당신을 목격한 사람이 여럿 있습니다. 아까 제가 말한 대로 그 목격자들과 직접 만나 보겠어요?"

"아니, 무슨."

"목격자들이 메구미 씨를 지목하는 순간 우리 경찰은 메구미 씨를 연쇄살인의 공범으로 체포할 겁니다. 그렇게 되면……."

"모, 몰랐어요."

메구미가 돌연 목소리를 쥐어 짜냈다.

"선생님이 주사하는 약물이 항암제 종류인 줄로만 알았어요. 전 선생님이 사람들을 죽이고 있다고는 꿈에도 생각못 했다고요."

불안으로 폭발할 것 같던 얼굴이 지금은 어찌할 바를 몰라 당황한 모습이었다. 메구미가 백기를 든 순간이었다.

"하지만 메구미 씨는 뉴스를 보고 닥터 데스가 범행을 의심받고 있다는 사실을 알고 있었지 않습니까."

"그게 바로 최근에 알게 된 거예요. 저는 단지 선생님이 왕진 가실 때만 임시로 고용된 사람입니다. 하, 정말로, 아무것도, 하 참."

이누카이는 메구미가 진정되기를 잠시 기다렸다가 신문

을 재개했다.

"처음부터 묻겠습니다. 메구미 씨가 '닥터 데스'의 왕진에 동행하게 된 계기는 무엇입니까?"

"2년 전쯤 인터넷 구인 광고를 보다가 '간호사 자격 소지자, 진료 보조'라는 문구를 발견했어요. 마침 그 무렵에 아르바이트를 구하지도 못하고 모아 둔 돈도 부족했거든요. 조금 꺼림칙하기는 했지만 적혀 있던 번호로 전화를 걸었습니다. 그랬더니 바로 면접을 보자고 하더라고요."

"면접은 어디에서 봤습니까?"

"선생님이 찻집을 지정했어요. 그 찻집에 나타나 할 일을 설명했어요. 자기는 페이닥터인데 수입이 충분치 않아서 아르바이트로 왕진을 한다고요. 그런 사정 때문에 병원에서 근무하는 간호사는 고용할 수 없어서 구인 광고를 냈다고 했습니다. 저는 그저 선생님과 동행해 기구를 꺼냈다가 챙기는 등 보조만 하면 된다고 했어요. 그것만 하면 한 번에 6만 엔을 준다고. 감지덕지한 이야기에 두말없이 받아들였습니다."

"항상 그쪽에서 불러내는 겁니까?"

"네, 휴대폰으로 전화를 걸어 날짜를 알려 줬어요. 중간에 선생님과 만나 환자의 집에 방문하는 식이었습니다."

"그럼 선생님의 집이든 근무지든 한 번도 가본 적 없겠군요?"

"네. 선생님이 둘 다 면허는 있지만 정식으로 허가받은 치료가 아니니 프라이버시를 지키는 편이 좋겠다고 했거든요."

갖다 붙이기 좋은 핑계였지만 메구미도 아르바이트 비용 욕심에 동행한다는 약점이 있었다. 아마 그 점을 예측해서 채용했을 것이다.

"닥터 데스가 메구미 씨를 지금까지 몇 번이나 호출했습니까? 기억나는 대로 말해 주세요."

이누카이의 요청에 메구미는 왕진한 곳을 더듬더듬 나열했다. 전부 기억하는 것은 아니라는 말을 덧붙이며 털어놓은 장소 중에는 마고메 겐이치와 호조 마사무네의 집도 있었다. 왕진 장소는 총 열두 건에 이르렀다.

"그런데 그렇게 자주 동행했는데도 그 의료행위가 안락사였다는 사실을 정말 몰랐습니까?"

돌연 메구미의 안색이 확 바뀌었다.

"아무리 그래도 고작 6만 엔에 어떻게 그런 짓을 해요! 이래 봬도 자격을 취득해 오랫동안 병원에서 근무한 간호사예요. 사람의 생명을 구하는 직업이라고요."

메구미의 사나운 반응에 이누카이도 질문 방법을 바꿀 수밖에 없었다.

"제가 실례했습니다. 그러면 처음부터 닥터 데스가 거짓으로 설명한 겁니까?"

"네. 말기 증상을 보이는 환자가 대부분이라 본인은 통증을 완화하는 약을 투여하는 것이 최선이라고 하더라고요. 약이 담긴 앰플은 라벨을 미리 떼어놔서 확인도 못 했습니다."

이것이 위증이라면 지나치게 작위적이다. 메구미도 속았다고 해석하는 편이 자연스럽게 느껴졌다. 그리고 일방적으로 속았다면 메구미 또한 피해자가 되는 셈이다.

"마지막 왕진은 언제였습니까?"

"10월 27일 늦은 밤에 호조 씨네 집을 방문한 것이 마지막이었어요. 그 뒤로 선생님에게 연락은 없었고요."

"혹시나 해서 확인하겠습니다. 메구미 씨가 먼저 그 사람의 휴대폰에 전화를 건 적은 한 번도 없는 거죠?"

"네. 단 한 번도 없어요."

이것은 써먹을 수 있겠다 싶었다.

메구미가 전화를 걸게 해서 임의의 장소로 유인한다. 단순하지만 시도할 만한 가치는 있었다.

그리고 가장 중요한 질문을 잊고 있었다.

"선생님의 신원을 아십니까?"

"이름만요. 데라마치 노부테루예요."

3

이후에도 메구미를 계속 사정 청취했으나 데라마치 노부테루에 관한 정보는 끝내 들을 수 없었다.

이누카이는 만약을 위해 녹화한 메구미 영상을 마고메 모자와 호조 에이스케에게 확인했다. 마고메 사에코는 다소 확신하지 못하는 듯했지만 마고메 다이치와 호조 에이스케는 메구미의 얼굴을 보자마자 그녀가 '닥터 데스'와 함께 온 여성이 틀림없다고 증언했다. 이로써 메구미의 진술에 신빙성이 증명된 셈이었다.

메구미가 안락사를 적극적으로 도왔을 가능성은 아직 입증하지 못했다. 애초에 메구미는 닥터 데스를 따라다니기만 했고 거의 가족들을 안심시키기 위한 장식에 불과해서 입건할 만한 죄상도 떠오르지 않았다. 그러나 '닥터 데스'인 데라마치 노부테루와 유일하게 관련 있는 인물이므로 수사본부는 사건을 해결할 때까지는 메구미의 신병을 확보하고 싶어 했다.

그러나 결과적으로 증거 불충분으로 메구미를 풀어줄 수밖에 없었다.

"더럽게 재미없는 참고인이군."

아소가 시무룩한 얼굴로 이누카이와 아스카를 돌아봤다. 메구미를 털어도 먼지가 나지 않아 상당히 분한 듯했다.

"조사해 보니 하나같이 진술 내용과 일치하더군. 최근 1, 2년 동안 의류 매장이나 마트에서 아르바이트를 했지만 어디서도 오래 일하지 못했어. 마치다에 살고 있는 아파트는 집세가 싸서 모아 둔 돈을 쓰거나 데라마치를 도우면 먹고 살기에는 어렵지 않았던 모양이야."

즉 최근 2년 동안 데라마치의 조수 역할 외에는 의료업무에 종사한 적이 없다는 뜻이다.

"실제로 히나모리 메구미가 간호사로서 의료행위를 했다는 증언도 전혀 없고 파헤칠 구석도 없어. 계속 조사할 이유가 없다면 어쩔 수 없지."

"그런데 어차피 그 여자를 풀어준 데는 다른 이유가 있지 않습니까."

이누카이가 유도하자 아소가 능글맞게 입술을 씰룩였다.

"수사본부가 히나모리 메구미를 조사한 사실은 아직 언론에 유출되지 않았어. 언론에 공개되지 않은 이상 데라마치 노부테루가 히나모리 메구미에게 다시 시술 보조를 의뢰할 가능성이 충분해. 그 순간이 오면 수사본부에 알리는 조건으로 풀어준 거야. 물론 그 여자에게는 스물네 시간 미행을 붙여놨지. 데라마치 쪽에서 먼저 접근한다면 더할 나위 없을 텐데."

"그 여자가 죄다 떠들어 댈 가능성도 있지 않습니까."

"그러면 범인 은닉 혐의로 체포하겠다고 으름장을 놓았어. 2년 이하의 징역이라고 했더니 잔뜩 겁을 먹더라고. 고자질은 안 할 것 같아. 그래 봤자 고작 시술 보조 아르바이트였으니까."

앞뒤 상황을 파악한 상태에서 용의자를 풀어준 뒤 감시한다. 공범이 있는 범죄를 수사할 때 흔히 사용하는 방법이지만 이번에도 그 수법이 통할지는 몹시 의문이었다. 그런 수법으로 꼬리를 잡힐 상대라면 이미 오래전에 체포됐을 터였다.

"히나모리 메구미에게 별동대가 붙어 있다면 저는 별개로 움직여도 될까요?"

"무슨 생각인데?"

"안조 구니타케 사건을 원점에서 다시 조사해 보려고요."

"니시바타병원 건 말인가. 도대체 뭘 다시 조사하겠다는 건데."

"확실한 건 아닙니다."

이누카이는 변명조로 들리지 않도록 신경 썼다. 이누카이가 어느 정도 자유롭게 움직일 수 있는 재량권을 아소가 암묵적으로 인정한다고는 해도 닥치는 대로 땅을 파헤치는 듯한 이야기를 했다가는 순순히 고개를 끄덕이지 않을 것이다.

"두 번째 사건만 성격이 다른 것 같습니다."

"살해 현장이 유일하게 병원이라서 그런가. 하지만 사야카를 노린 곳도 병원이었잖아."

"'닥터 데스'는 안락사를 의뢰받은 사람입니다. 마고메 겐이치도 호조 마사무네도 고통 없이 사망했어요. 하지만 안조 구니타케는 어땠죠?"

"사인은 고칼륨혈증이야. 호조와 같아."

"사인은 같습니다. 하지만 죽기 직전 상황이 다릅니다.

13일 오후 1시 25분에 모니터 경고음으로 이상을 감지한 우쓰노미야 의사와 담당 간호사 두 명이 병실로 달려갔더니 안조 구리타케는 몹시 고통스러워하고 있었어요. 아시겠습니까? 고통스러워했다고요. 그렇다면 그건 안락사라고 할 수 없는 거 아닐까요?"

"억지 주장이야."

아소는 다소 어이없다는 듯 대답했다.

"계속 고통받지 않도록 약물 등으로 죽음을 맞이하게 한다. 그것이 적극적 안락사의 정의 아니었던가. 죽기 직전에 고통스러웠는지 아니었는지까지는 문제가 아닐 거야."

"그렇다고 해도 마고메와 호조 때와 비교해서 처리 솜씨가 영 어설퍼요. 다른 두 사람은 죽기 직전에 잠든 것처럼 편안한 상태였거든요. 게다가 부검 결과도 미묘하게 다릅니다."

"뭐가 다르다는 말이지?"

"티오펜탈이요."

이누카이는 수사자료 속에 끼워진 부검 보고서의 해당 부분을 손가락으로 가리켰다.

"두 사람의 체내에서는 직접 사인인 염화칼륨제제 외에도 티오펜탈이 검출됐습니다. 그런데 안조는 그렇지 않아요. 티오펜탈은 환자를 혼수상태로 만들 목적으로 주입하는데 왜인지 안조 때만은 사용하지 않았더라고요."

"보안이 철저한 병원에서 한 작업이야. 시간 여유가 없었을지도 모르지."

"안조 사건에는 다른 점이 또 하나 있습니다. '닥터 데스'에게 안락사를 의뢰한 사람이 누구인지 아직 특정할 수 없다는 겁니다."

"그건 다른 점이라기보다 수사본부의 부족한 점이겠지."

아소는 눈썹을 들썩이며 불쾌감을 드러냈다.

"안락사를 의뢰한 마고메 사에코도 호조 에이스케도 네가 몰아붙였으니 자백했잖아. 그러니까 네가 안조의 관계자들을 추궁하면 된다는 이야기야. 핵심은 네가 근무 태만했다는 거 아냐."

아소의 말에 이누카이도 당황했다. 설마 화살이 그쪽을 향할 줄 몰랐다.

"그 점까지 포함해서 확인하고 싶습니다. 어쩌면 안조의 안락사를 의뢰한 사람이 데라마치에 대한 자세한 정보를 쥐고 있을 가능성을 배제할 수 없으니까 말입니다."

"확인. 그래, 우선 어떻게 할 생각이야?"

아소의 탐색하는 시선이 거듭 쏟아졌다. 이누카이의 사

냥 능력을 높이 사면서도 고삐는 절대로 놓지 않겠다는 태도가 지나치게 노골적이어서 이누카이는 하마터면 쓴웃음을 지을 뻔했다.

"본인에게 묻겠습니다."

"뭐라고?"

"데라마치 본인에게 당신이 안조 구니타케를 죽였냐고 묻겠습니다."

아소와 아스카의 입이 동시에 벌어졌다.

"데라마치는 딸아이 건으로 저를 한 방 먹였죠. 친근감까지는 아니어도 예전보다 적대심은 덜할 겁니다. 그래서 제가 솔직하게 질문하면 솔직하게 대답해 줄 것 같습니다."

"진심으로 하는 소리야?"

"안 될 것 같긴 하지만요. 비록 적대 관계라도 자주 연락하다 보면 친밀감이 생기기 마련 아닙니까. 게다가 사이트 인사문에서 이미 안락사를 여러 건 수행했다고 밝혔습니다. 이제 와서 여러 건 중 한 건을 숨기지는 않을 거예요."

아소는 이누카이를 노려보며 침묵했다. 내키지 않는 제안이지만 결과를 보고 판단하겠다는 얼굴이었다.

"아직 체포하지 않은 범인에게 자백을 강요하겠다는 이야기는 듣도 보도 못했어요."

"이런 우연이 있나, 나도 처음이야."

감식과의 방 하나를 빌린 이누카이는 자신의 노트북을 켜고 '닥터 데스의 왕진실'에 접속했다. 아스카는 내키지 않는 기색이지만 이누카이의 뒤에서 어깨 너머로 모니터를 주시했다.

이누카이가 감식과에서 데라마치에게 접근하는 이유는 소용없는 일이라는 것을 알면서도 닥터 데스가 있는 곳을 추적하고 싶어서였다. 데라마치가 바로 답장해 올 때 어쩌면 위치를 특정할 수 있을지도 모른다.

아직도 네티즌들이 사이트로 몰려드는지 좀처럼 접속되지 않았다.

"반장님께는 안 될 것 같다고 했지만 사실은 확신이 있으시죠?"

"왜 그렇게 생각해?"

"형사님은 물고기 없는 낚시터에 미끼를 던질 사람이 아니니까요."

적절한 표현이라고 생각했다.

"반장님도 그걸 아시니까 허락하셨을 거예요."

"반은 맞고 반은 틀렸어."

사이트가 열리기 전까지는 잡담도 괜찮겠지.

"키우는 개의 성격을 완전히 파악하고 있지만 그렇다고 전적으로 믿지는 않아. 언제 목줄을 물어뜯을지 모르니까. 그래서 널 나한테 붙인 거야."

"그럼 저는 감시자인가요?"

"그렇게 멋들어진 게 아니라고."

기껏해야 감도 나쁜 경보기 같은 역할이라고 생각했지만 그 말은 입에 담지 않았다.

그리고 아스카가 무슨 말을 하려고 입을 연 순간 사이트에 접속됐다.

예상대로 사이트 접속자 수는 전보다도 조금 늘었다. 이누카이가 연락 양식에 글을 쓰기 시작했다.

이누카이입니다. 지난번에 보낸 정중한 경고는 잘 받았습니다. 위기관리 능력이 저보다 훨씬 뛰어나다는 사실은 부정하지 않겠습니다. 또한 제가 파멸형 형사라는 지적도 틀리지 않습니다. 그러나 제가 경찰관인 이상 당신이 그늘에서 활개를 치는 모습을 손 놓고 지켜볼 수는 없습니다. 고통받는 환자를 안락사로 구원하는 것이 당신의 사명이듯 위법행위를 한 사람을 체포하는 것이 제 사명이기 때문입니다.

그렇기에 묻고 싶습니다.

당신의 안락사 솜씨는 훌륭하다고 생각합니다. 어쩌다 보니 발각됐지만 우연한 계기가 아니었다면 당신의 소행을 당장은 눈치채지 못했을 것입니다. 유족들의 증언에 따르면 환자는 잠을 자듯 조용히 숨을 거두었다고 하니 당신이 이 사이트에서 주창하는 사상도 합리적인 부분이 있겠죠.

그러나 안조 구니타케는 달랐습니다.

10월 13일에 일어난 사건입니다. 당신은 누군가의 의뢰로 화학공장 사고로 니시바타병원에 입원한 안조 구니타케를 안락사시켰습니다. 그러나 그가 죽은 정황을 보면 빈말이라도 평안한 죽음이었다고 말하기 어렵습니다. 이상을 감지하고 달려온 의사들이 지켜보는 가운데 그는 숨이 끊어질 때까지 줄곧 고통스러워했다고 합니다. 원인은 당신이 독극물을 주입하기 전에 환자를 혼수상태로 만들지 않았기 때문입니다.

안락사를 사명으로 삼은 당신이 왜 안조 구니타케에게만은 고통 없는 죽음을 주지 않았을까요.

안조 구니타케에게 개인적인 원한이라도 있었습니까? 아니면 단순한 실수였습니까?

안락사가 정말로 당신의 사명이라면 꼭 답변해 주십시오.

이누카이가 엔터 키를 누르자 아니나 다를까 아스카가

미간을 찌푸렸다.

"대단한 명문이지?"

"이걸로 답을 받을 수 있을 것 같으세요?"

"답을 받을 각오로 썼어."

'닥터 데스'는 자신이 하는 일에 자긍심이 있다. 그리고 자긍심이 있는 사람은 그것을 흔드는 자를 절대로 무시하지 못한다. 안조 구리타케 건은 비아냥거리며 상대를 도발하는 방법도 있지만 지난번 일로 이누카이는 닥터 데스에게 기묘한 결벽증이 있다고 느꼈다. 그런 상대에게는 어설픈 계책을 부리기보다는 정면으로 부딪치는 편이 좋은 결과를 얻을 수 있다.

"설령 답변이 돌아온다고 해도 범인의 변명을 얼마나 믿을 수 있을까요."

빈정대는 말투를 들으니 아스카는 상대의 결벽을 믿지 않는 것 같았다.

"바로 앞에서 우리 눈치를 살피며 진술하는 게 아니잖아. 얼굴도 목소리도 거처도 모르는 안전지대에서 유유히 우리 반응을 즐기고 있어. 인간은 여유로울수록 불필요한 거짓말은 안 하려고 해."

"필요한 거짓말을 하면 어떡해요?"

"필요한 거짓말은 반드시 틈이 생겨. 그걸 확인할 정도는 될 거야."

아스카는 여전히 하고 싶은 말이 있는 듯했지만 이누카이가 한 손으로 저지했다.

"아무튼 우리는 공을 던졌어. 앞으로 어떻게 대응할지는 공의 방향을 보면서 정해도 늦지 않아. 놓칠 것인가 반격할 것인가, 아니면 예상치 못한 홈스틸*을 시도할 것인가."

상대가 어떤 반응을 보이든 닥터 데스도 이누카이의 진의나 움직임을 추측할 터다. 답장은 곧바로 돌아오지 않겠지. 그렇게 생각하는데 메일 수신을 알리는 신호음이 울렸다.

이누카이가 글을 보낸 지 5분이 채 지나지 않았다. 설마 하면서도 이누카이는 컴퓨터로 달려들었다.

이누카이 씨. 연락 감사합니다. 메일을 다시 보낼 줄 몰랐기 때문에 놀랐습니다. 그런 일을 당하면 보통은 넌더리를 낼 텐데요. 점점 당신에게 흥미가 생깁니다.

자, 안조 아무개에 대해 문의하셨죠. 그런데 유감스럽게도 그

---

* 야구에서 3루 주자가 홈으로 도루하는 것으로 보통 상대의 허를 찌르는 작전이다.

런 사람은 기억에 없습니다. 이래 봐도 의사 나부랭이이기에 안락사의 길로 이끈 환자들은 전부 기억합니다만 그런 사람의 의뢰를 받은 적은 없습니다. 무엇보다 죽음의 순간 환자를 고통스럽게 하는 것은 제 방식이 아닙니다. 그것은 제가 아닌 다른 누군가가 한 짓입니다. 이누카이 씨라면 이미 조사하고 있겠지만 저는 경애하는 잭 케보키언의 방식을 계승해 염화칼륨제제를 주입하기 전에 반드시 티오펜탈로 환자를 혼수상태로 만듭니다. 환자 본인이 편안한 상태에서 죽음에 이르지 못한다면 그것은 안락사가 아니라 그저 살육이기 때문입니다.

그 누군가가 제 이름을 도용하고 있다면 간과할 수 없는 문제입니다. 범인은 아마 안조 아무개에게 강렬한 살의를 품은 인물이거나 의학 지식이 없는 인물일 겁니다. 의사로서의 제 체면도 걸렸으니 한시라도 빨리 체포해 주십시오. 그 수사를 위한 정보 제공이라면 협조를 아끼지 않겠습니다. 한 가지 더 말씀드리겠습니다. 이 정보가 힌트가 될지는 모르겠지만 염화칼륨은 의료관계자가 아니라도 입수할 수 있을 겁니다.

이누카이는 다 읽자마자 대기하고 있던 감식과 쓰치야를 돌아봤다.

발신 장소를 특정할 수 있나? 말없이 물었지만 쓰치야의 반응은 신통치 않았다.

"이번에도 허탕이에요. 해외 서버를 여러 개 경유했습니다. 감응이 아무리 빨라도 똑같아요. 추적 못 합니다."

예상은 했지만 새삼 확인을 받으니 적잖이 낙담했다. 하지만 아스카는 흥분한 기색이었다.

"이 내용이 사실일까요?"

"일부러 거짓말을 해봤자 놈에게 아무런 이득도 없어."

이누카이는 의자 등받이게 걸어 놓은 재킷을 집어 들었다.

"가와사키로 간다. 안조 구니타케와 관련된 사람들을 다시 조사할 거야."

"범인에게 협조를 받다니 믿기지 않네요."

"만약 닥터 데스가 안조 사건과 관계가 없다면 지금 비아냥거린 걸 후회할걸?"

아스카는 종잡을 수 없다는 듯 고개를 저으며 뒤따랐다.

니시바타케미칼 공장에서 고스게를 찾자 휴식 중인 듯하다는 대답을 들었다.

휴게실이라고는 해도 자판기가 설치된 약 4평짜리 사무실에 의자 몇 개가 놓여 있는 정도였다.

고스게는 혼자서 막대사탕을 물고 있었다.

"쉬는 중에 실례합니다."

이누카이와 아스카가 나타나도 특별히 놀라는 기색 없이 말없이 빈 의자를 권했다. 초로의 남자가 막대사탕을 문 모습은 다소 우스꽝스러웠지만 벽에 붙어 있는 '화기엄금'이라는 글자를 보고서 사정을 이해했다.

"고스게 씨, 애연가셨습니까?"

"네. 그런데 화학공장이라서요. 화장실부터 복도, 휴게실까지 곳곳이 금연입니다."

사탕은 심심한 입을 달래는 용이었다. 이누카이는 옆 자판기에서 커피 세 캔을 뽑아 고스게에게 하나 건넸다.

"아. 괜찮은데, 감사합니다."

"아뇨, 저희가 쉬는 시간을 빼앗지 않았습니까. 바로 본론으로 들어가겠습니다. 고스게 씨, 안조 씨가 담당했던 공구 소속 직원들의 이야기를 다시 듣고 싶어 방문했습니다."

"'닥터 데스'라는 의사를 아직 못 잡았나 보군요. 경찰은 역시 공장 관계자 중에 안락사를 의뢰한 자가 있다고 생각합니까?"

"공장 관계자뿐 아닙니다. 안조 씨를 따르던 사람은 모두 수사 대상입니다."

"피해자는 인망이 두터운 사람이고 그 사람을 죽이려던

255

사람도 착한 사람이란 말입니까."

"그런 셈이군요. 아무튼 다른 사건들과는 여러모로 성격이 달라서 저희도 고전하고 있습니다."

고스게는 커피를 단숨에 들이켜고 나서 짧게 탄식했다.

"사랑하고 존경하는 사람이 고통받지 않았으면 좋겠다…… 그런 이유였더라도 법은 가차 없겠죠."

"적어도 현재 일본에서는 어쩔 수 없을 겁니다. 하지만 이번 사건을 계기로 안락사 인정 조건을 재검토하자는 분위기가 형성될 가능성은 있겠죠. 물론 시간은 걸리겠지만 말입니다."

"……한 사람씩 휴게실로 부를까요?"

"아뇨, 그렇게까지 폐를 끼칠 수는 없죠. 공장 후미진 곳이라도 괜찮습니다."

"구석이라도 공장 안에서는 이걸 써야 합니다."

고스게가 벽에 걸린 헬멧을 이누카이와 아스카에게 건넸다.

"무슨 일이 생기면 제 책임이니까요."

"감사합니다. 그럼 바로 부탁드리겠습니다."

이누카이와 아스카는 고스게의 빈 캔을 받아들고 뒤따라 휴게실을 나섰다.

첫 조사 대상은 안조에게 목숨을 빚졌다는 다치바나 시로였다.

"사고 당시 상황을 다시 듣고 싶다고요?"

작업을 멈추고 온 다치바나는 불만을 약간 내비쳤다.

"다치바나 씨는 떨어진 덕트에 깔려서 움직일 수 없었고, 그때 안조 씨가 돌아와 구해줬다고 하셨죠."

"맞아요. 전에도 말했잖습니까."

"안조 씨는 작업 중에 어디부터 어디까지 담당했습니까?"

"제4공구 작업 주임이셔서 제4공구를 전부 돌았습니다. 즉 무슨 일이 없는 한 다른 공구에는 발도 안 들여놨다는 말입니다."

그 한마디가 마음에 걸렸다.

"그럼 무슨 일이 생기면 다른 공구에 가기도 한다는 말이죠? 예를 들면 어떤 상황입니까?"

"뭐, 기계 작동에 문제가 생기거나 하는 경우랄까요. 안조 작업장님은 제1공구부터 제4공구까지 모든 공구에서 일한 경험이 있으니 모르는 게 있으면 다들 작업장님을 현장으로 불러 물어봤습니다."

제2플랜트의 척척박사 같은 존재였다는 말이다.

"인간 대 인간으로도 존경할 만한 분이셨고 상사로서도

부족한 면이 없으셨어요. 신중한 분이셔서. 화학공장의 플랜트여서 그렇기도 했지만 만사에 확인을 게을리하지 않으셨거든요. 자기는 돌다리도 두들겨 보고 건너는 사람이라고 자주 말씀하셨죠. 그런 분이 관리했으니 제4공구는 실수가 가장 적었습니다. 다른 공구에서는 가끔 사소한 점검 누락이 생겨서 그쪽 작업장도 조언해 달라고 찾아 왔을 정도였어요. 아아, 사고가 났을 때도 그런 상황이었습니다."

"네?"

목소리를 높인 사람은 아스카였다. 이누카이는 그 소리를 무시하고 계속 물었다.

"자세히 부탁합니다."

"안조 작업장님은 탱크가 폭발하기 직전까지 제2공구에 불려갔었어요. 옥시염소화 반응계 알람 표시를 놓친 것도 그 시간에 작업장님이 우리 공구에 없었기 때문입니다. 제2공구 사람들도 그걸 아니까 지금도 이 플랜트에서 어깨도 못 펴고 다닌다고요."

다음으로 제2공구 작업원에게 이야기를 듣기로 했다. 조사에 응한 작업원은 야나기하라 마사야였는데 역시 안조를 잘 따르던 사람이었다.

"제2공구는 크래킹 반응계를 제어하는데 파이프 내부에서 부식된 곳을 한 군데 발견했습니다. 아직 환류조에 영향을 미칠 정도로 심각한 수준은 아니었지만 교체는 해야 했죠. 그때 라인을 최대한 짧게 멈춰야 해서 그와 관련해 안조 작업장님께 조언을 구한 겁니다."

다치바나의 말대로 자신의 공구로 부른 탓에 안조가 실수를 했다는 생각에 죄책감을 느끼는지 야나기하라는 시종 면목 없다는 듯 말했다.

"마침 우리 작업장님이 쉬는 시간이라 안조 작업장님을 불렀습니다. 그때 그냥 우리 작업장님을 기다렸다면 안조 작업장님은 사고를 당하지 않았을 거라고 생각하니…… 정말이지……."

"안조 씨가 제2공구에 왔을 때는 어때 보였습니까? 예를 들어 초조해 보였다거나 설명을 대충 했다거나."

"안조 작업장님은 절대 안 그러세요. 어떤 작업원이 들어도 이해하기 쉽게 설명해 주셨거든요. 그분이 초조해하는 모습은 한 번도 본 적 없습니다."

야나기하라는 다소 화가 난 기색이었다. 그만큼 안조에 대한 신뢰가 굳건하다는 증거이리라.

"실제로 제2플랜트에서 안조 작업장님을 아는 사람들은

다들 의아해해요. 그렇게 만사에 신중하고 침착하던 사람이 어떻게 알람 표시를 놓쳤을까. 윗분들은 아무리 숙련된 작업원이라도 실수할 때가 있다고 하지만 안조 작업장님을 아는 우리는 도저히 믿을 수 없는 일이죠."

"그렇습니까? 답변 대단히 감사합니다. 협조해 주셔서 감사합니다."

작업장으로 돌아가는 야나기하라를 눈으로 쫓으며 아스카는 성마르게 이누카이에게 따졌다.

"그냥 그 질문만 하고 끝이에요?"

"응. 알고 싶은 건 대충 알았으니까. 이제 가지."

"이번에는 어디로……."

"가와사키의 소방서와 관할 경찰서. 운이 좋다면 둘 중 어디든 뭐라도 쓸 만한 게 남아 있을 수도 있어."

"사건 해결의 실마리가 될 만한 게 있었으면 이미 오래전에 소방서와 관할서에서도 발견했겠죠."

"한눈에 딱 봐서 눈치챌 만한 게 아니면 모르고 지나쳤을 수도 있어."

"……예전부터 생각한 건데요."

"뭔데."

"형사님은 다른 형사들을 못 믿으세요? 형사님만 우수하다고 생각하시는 거 아닙니까?"

아스카가 항의조로 말했지만 이누카이는 진지하게 상대할 마음이 없었다.

우수한 형사라면 범인에게 힌트를 받는 부끄러운 짓 따위 하겠는가.

이틀 후, 같은 시간에 휴게실을 방문하자 역시 고스게가 혼자서 느긋하게 쉬고 있었다.

"뭐야, 또 왔습니까? 매일매일 고생 많으십니다."

고스게는 이누카이와 아스카를 참으로 지겹다는 눈빛으로 쳐다봤다. 그의 눈썹이 여기서 빨리 사라지라고 말하는 듯했다.

"오늘은 도대체 누구에게 뭘 물으러 왔습니까? 그쪽 수사가 중요한 건 알지만 우리 쪽 일정에 지장 안 가게 해주세요."

"이번이 마지막입니다. 이제 공장 일에 방해가 되지 않을 겁니다."

"아아, 다행이네요. 한 명씩이라고는 해도 라인에서 빠지면 조정하기 성가셔서요."

"저희가 직원들에게 무엇을 물었는지 아십니까?"

"아니요."

"직장에서 안조 씨가 어떤 사람이었는지 들었습니다. 화학공장이라서 매우 신중하고 침착한 사람이었던 것 같더군요."

"네. 제1공구부터 제4공구까지 모든 공구에서 일한 경험이 있는 사람은 안조 뿐이었습니다. 그래서 과거에 어느 공구의 어느 부분이 문제를 일으켰는지 잘 알고 있었죠. 그런 걸 아니까 더욱 신중했습니다."

"그래서 마음에 걸렸습니다."

"네?"

"그렇게나 만사에 신중한 사람이 아무리 부하에게 조언하러 갔다고 알람 표시 확인을 게을리했을까요. 겨우 한두 마디면 조언이 끝날 것이라고 생각했을까요? 아니, 신중한 사람, 심지어 작업장 같은 지위에 있는 사람이라면 그런 상황이라도 확인을 게을리하지 않았다고 보는 게 타당할 겁니다."

"그건…… 네, 뭐 그렇겠죠."

"그런 사람은 어떤 상황에서 자리를 비울까요. 가장 먼저 떠올릴 수 있는 상황은 같은 공구의 부하에게 자신의 일을 맡겼을 때입니다. 하지만 제4공구에서 작업하는 작업원 모두에게 물었지만 작업장의 업무를 인계받은 사람은 아무도 없었습니다. 게다가 안조 씨의 성격을 감안하면 자신의 일을 타인에게 맡길 때 책임 소재를 고려해서 상급자에게 부탁하는 편이 더 자연스럽지 않겠습니까?"

"이봐, 당신 설마."

"안조 씨는 당신에게 부탁했잖습니까. 고스게 공구장님."

"나는 모르는 일이야!"

고스게가 얼굴을 붉히며 분노했지만 이누카이는 개의치 않고 말을 이었다.

"여기 제2플랜트도 그렇지만 공장 내에는 안전 확보와 사고 방지를 위해 곳곳에 CCTV가 설치되어 있습니다. 탱크가 폭발하면서 공장은 거의 전소됐고 CCTV도 전부 타버렸지만 사고 직전까지의 기록은 제어실 호스트 컴퓨터에 저장되어 있습니다. 가와사키의 관할서와 소방서가 데이터를 맡아 사고 원인을 밝히는 데 사용하고 있는데 저희가 어제 모든 비디오를 다시 확인했습니다. 사고 발생 시각 직전 30분이지만 설치된 카메라가 워낙 많지 않습니까. 이거 참, 상당히 힘들었습니다."

옆에서 아스카가 멍하게 고개를 끄덕였다. 실제로 두 사람은 감식과 방에 틀어박혀 여덟 시간 가까이 모니터와 눈

싸움했다. 아스카의 컨디션이 나쁠 만했다.

"마침 카메라 스무 대가 쉬지 않고 촬영한 영상 속에 이런 장면이 찍혔더군요."

이누카이가 화면 캡처 사본을 내밀었다. 모니터 화면을 앞에 두고 작업복 차림 남자 둘이 얼굴을 맞대고 대화를 주고받는 장면이었다.

사진을 노려보던 고스게의 얼굴이 일그러졌다.

"이 사람, 고스게 씨와 안조 씨 맞죠? 가슴에 확실하게 명찰을 달고 있군요."

"그게 뭐 어쨌다는 겁니까. 공장 안에서 마주치면 대화 한두 마디 정도는 합니다."

"어떤 말을 주고받았습니까?"

"……일일이 기억 안 납니다."

"고스게 씨. 이 사진은 기존 영상을 확대 분석한 것입니다. 요즘 디지털 기술이면 이런 건 누워서 떡 먹기거든요. 두 분의 대화 음성은 녹음되지 않았습니다. 하지만 입술 모양으로 내용을 유추할 수도 있습니다."

고스게의 표정은 점점 딱딱하게 굳었다. 하지만 여기서 시간을 줄 생각은 없다.

"안조 씨는 이렇게 말했습니다. 지금 제2공구에 다녀오려는데 그동안 알람 표시를 잘 확인해 달라고."

"아, 아니야."

"시각 다음은 청각으로 넘어가 봅시다."

이누카이는 품에서 녹음기를 꺼내 재생 버튼을 눌렀다.

—가와사키에 사는 안조 구니타케라는 남자다. 조사해 보도록.

"이 음성은 10월 15일, 통신지령센터에 걸려 온 신고 전화로, 안조 씨가 '닥터 데스'의 안락사 때문에 죽었다는 내용입니다. 이 목소리를 들은 적 없습니까?"

"모른다고."

"그러면 이건 어떻습니까."

—네. 그런데 화학공장이라서요. 화장실부터 복도, 휴게실까지 곳곳이 금연입니다.

"이, 이건."

"네, 며칠 전 찾아뵀을 때 품에 넣어 둔 녹음기로 계속 녹음했습니다. 감식과에서 성문 분석한 결과 두 목소리는 완전히 일치하더군요. 공중전화에 남아 있던 지문과 얼마 전 주신 빈 캔에 남아 있던 지문이 일치했습니다. 통신지령센터에 밀고 전화를 건 사람은 당신입니다."

이누카이는 점점 간격을 좁혔다.

"고스게 진이치 씨, 안조 씨를 죽인 사람은 당신이죠?"

순간 고스게는 어이없다는 듯 입을 열었다.

"도대체 무슨 소리를 하는 거야."

"안조 씨는 자리를 비울 때 고스게 씨에게 옥시염소화 반응계 알람을 확인해 달라고 요청했습니다. 그런데 당신이 확인을 건성으로 한 탓에 긴급 방출 밸브가 오작동해 알람 표시가 떠도 아무도 눈치채지 못했고 그 결과 폭발사고가 났습니다. 대참사였죠. 공장의 참상과 병원에 이송된 부상자들을 보고 왈칵 겁이 났을 겁니다. 도저히 자신 혼자 책임질 수 있는 일이 아니라는 생각이 들었겠죠. 하지만 다행히도 알람 표시를 확인하는 담당자는 안조 작업장이었고 안조는 의식불명 상태로 침대에 누워 있었습니다. 주치의는 회복 가능성이 희박하다고 진단했습니다. 당신은 한시름 놓았을 겁니다. 하지만 회복 가능성이 희박한 것이지 아예 없는 건 아니었죠. 어쩌면 언젠가 의식이 돌아와 사고 직전의 진실을 증언할지도 몰랐습니다. 그렇게 되면 당신은 끝장이었죠."

이누카이가 얼굴을 바싹 들이댔다. 이누카이의 코끝과 고스게의 코끝이 닿을 듯 가까웠다. 자신의 단정한 이목구비가 무표정일 때 얼마나 위압감을 주는지 이미 계산이 끝난 뒤였다.

"그런 사고를 일으켰는데도 공장 관계자인 안조 작업장에 대해 비난적인 여론이 없는 이유는 평소 언행과 더불어 안조 본인도 희생자이기 때문입니다. 만약 그 사고가 고스게 씨의 실수 때문이었다는 사실이 알려지면 공장 관계자뿐 아니라 세상 사람과 직원 가족들에게까지 용서받지 못할 테죠. 안조 작업장은 당신에게 위협적이었던 겁니다. 의식을 회복하기 전에 죽여야 했죠. 그래서 안락사로 가장해 죽인 겁니다. 게다가 그 죄를 요즘 언론에 오르내리는 '닥터 데스'에게 뒤집어씌우기 위해 신고 전화까지 하면서."

"증거 있어!?"

목소리가 떨렸다. 허세를 부리는 모습이었다.

"내가 죽였다는 증거 있냐고."

"니시바타케미칼은 금속 칼륨 제품을 다룬다더군요. 그러니 당연히 원재료인 염화칼륨을 보관하고 있고. 공구장 이상 직급만 보관고에 들어갈 수 있다던데. 그리고 당신은 안조 씨가 사망하기 이틀 전인 10월 11일에 보관고에 들어가 염화칼륨을 소량 반출했습니다."

"그 염화칼륨이 안조의 몸에 주입한 염화칼륨이라는 증거라도 있어? 염화칼륨은 독극물 지정 약품이 아니니 누구라도 인터넷에서 살 수⋯⋯."

"저는 안조 씨를 죽음에 이르게 한 원인이 염화칼륨이었다는 말은 한마디도 하지 않았는데요. 신문 기사에도 그렇게까지 자세하게 다루지 않았고."

고스게는 말을 잇지 못했다.

안면 근육이 경직된 것처럼 보였다. 이런 상태라면 한 번만 더 밀면 나가떨어질 것이다.

"증거가 있냐고 했습니까? 같은 염화칼륨으로 보여도 여기서 사용하는 것은 공업용입니다. 의료용 염화칼륨제제와는 성분과 비율이 다르다는 사실 아십니까?"

이제 고스게의 인내심이 한계에 다다랐다고 생각했다.

"부검 때 채취한 샘플이 아직 남아 있습니다. 여기 보관고에서 보관하던 염화칼륨과 성분이 일치했고 말입니다. 혹시나 해서 말씀드리는데 사고 발생 후부터 안조 씨가 사망하는 날까지 보관고에 들어간 사람. 그리고 니시바타병원으로 병문안을 간 관계자. 이 두 가지 조건을 충족하는 사람은 고스게 씨, 당신 한 사람뿐입니다. 당신이 매일 병원에 간 이유는 안조 씨를 문병하기 위해서가 아니었습니다. 그곳에서 일하는 직원들의 근무 패턴과 관리체제를 조사해서 안조 씨의 링거팩을 바꿔칠 기회를 엿보기 위해서였습니다. 그래요."

이누카이가 바로 지금이라는 듯 목소리를 깔았다.

"절대로 충동적인 범행이 아니었습니다. 다듬고 또 다듬은 계획 범행이었습니다. 검찰과 재판관 사이에서 이미지가 최악이겠군요. 자백하지 않는 한."

그러자 고스게가 실이 끊어진 마리오네트처럼 목과 어깨를 축 늘어뜨렸다.

"……자백하면 죄가 가벼워집니까?"

됐다.

"그럼요. 여기는 취조실이 아닙니다. 저희와 함께 서까지 동행해서 자진 출두 형태로 진행하는 방법도 있습니다."

이누카이는 내심 가슴을 쓸어내렸다. 지금까지 늘어놓은 것은 모두 정황증거였기 때문이다. 심지어 CCTV 영상을 확대해 입술의 움직임을 읽는다는 등의 이야기는 우스갯소리 수준이었다. 안조와 고스게를 찍은 CCTV가 입술 모양까지 선명하게 찍지는 못했다.

그러나 일단 함락시키기만 하면 이후에는 상대의 입에서 흘러나오는 진실을 주워 담기만 하면 된다.

"어쩔 수 없었습니다. 너무 무서워서. 의사는 비관적으로 말했지만 만에 하나라도 의식을 되찾을 수 있다고 생각하니 도저히 제정신으로 있을 수가 없었거든요. 안조가 죽기 전까지 계속 이렇게 두려움에 떨며 살아야 하나 싶었습니다."

목소리가 떨리기 시작했다.

"어떻게든 해야 한다, 무슨 수라도 써야 한다고 생각하던 중에 '닥터 데스'의 기사를 주간지에서 읽었습니다. 거기에 염화칼륨이 안락사에 사용됐다고 쓰여 있길래 이번 일을 떠올리게 된 겁니다."

즉 기사에는 염화칼륨제제를 사용했다는 사실은 썼지만 티오펜탈은 언급하지 않았다는 말이다.

하지만 티오펜탈에 대해 적혀 있었다면 순서가 복잡하니 고스게도 범행을 포기했을 가능성이 있었다. 반대로 고스게가 번거로움을 무릅쓰고서라도 안락사를 강행했다면 안조도 그렇게까지 고통받지 않았을지 모른다. 살해당한 안조에게는 어중간한 정보가 이중으로 재앙이 된 셈이다.

"그 정도 되는 사고였는데도 사내에서는 안조 씨를 옹호하는 목소리가 높았습니다. 그게 질투 났던 거 아닙니까."

이누카이의 물음에 고스게는 묵묵부답이었다. 지금의 침묵은 긍정이 분명했다.

"안조 씨가 그대로 의식불명인 채로 숨을 거둔다면 사고의 책임은 안조 씨와 함께 무덤에 묻힐 겁니다. 그것도 가장 자연스러운 형태로. 당신의 잘못이 드러나면서 집중포화를 맞는 것보다는 그게 훨씬 낫겠다고 생각했겠죠. 그렇지 않습니까?"

따져 묻자 고스게가 고개를 살짝 끄덕였다.

"나중에 서에 가서 말씀하시겠습니까?"

"아뇨……."

일단 전부 털어놓고 편해지고 싶다는 의미로 받아들였다.

동기와 수단을 알아냈다. 이제 남은 입건 요건은 범행 시 살의가 있었는가다.

"담당 간호사와 다른 문병객이 없을 때를 계산해 병실에 침입했죠?"

"……병원에 매일 가다 보니 10분이나 15분 정도 공백은 의외로 쉽게 알 수 있었습니다. 니시바타케미칼은 의료 기구도 다루기 때문에 링거팩도 쉽게 구할 수 있고……. 정말로 일이 싱거울 정도로 잘 풀리면 안조의 몸에 연결된 링거팩을 염화칼륨이 든 링거팩으로 바꾸기만 하면 끝이었습니다."

"아무리 틈이 있었다고 해도 시간이 그리 넉넉하지는 않았을 텐데요. 작업은 순조롭게 진행됐습니까? 그때의 상황을 설명하시죠."

고스게는 잠시 고개를 숙인 채 가만히 있었다. 이윽고 그 자세 그대로 목소리만 흘러나왔다.

"안조는 훌륭한 부하였고…… 그 녀석이 일하는 솜씨는 언제나 감탄이 나왔죠. 무뚝뚝하고 융통성 없는 사람이라 승진은 늦었지만 좀처럼 얻기 힘든 믿음직한 인재였습니다. 한동안 직속 상사로서 함께 일했는데 질투가 날 정도로 신망이 두터웠습니다."

"그래서 살의를……."

"분명 그 이유도 있긴 했습니다. 하지만 침대 위에 누워 있는 안조를 보다 보니 다른 생각이 들기 시작했습니다."

어쩐지 분위기가 이상해졌다. 이야기를 끊을 수도 없어서 다음 말을 기다렸다.

"의식은 없는 것 같았어요. 그런데 표정이 고통스러워 보였습니다. 공장에서 저나 부하에게는 결코 보여 준 적 없는 얼굴이었죠. 그렇게 괴로운가 싶은 생각도 들었고, 왜인지…… 왜인지 안타까웠습니다. 죽을 때까지 이렇게 고통을 받을 바에야 차라리 지금 편하게 보내 주는 게 더 자비로운 일 같았어요."

천천히 고개를 들자 악의가 완전히 사라진 얼굴이 나타

났다.

"믿어 주세요. 죽지도 못하고 계속 고통스러워하는 안조를 편하게 해주고 싶은 마음만은 진심이었습니다. 염화칼륨을 주사하면 그냥 편하게 떠나는 줄 알았습니다."

그대로 고스게를 경시청까지 임의동행해서 그 자리에서 진술조서를 작성했다. 일단 독기가 빠진 탓인지 조서를 작성하는 데 아무런 저항도 하지 않았다.

"그런데 결국 원점으로 돌아간 셈이네."

이누카이와 아스카가 조사를 끝낸 뒤 형사부실로 돌아오자 아소가 여느 때처럼 입을 씰룩이며 기다리고 있었다.

"입건 대상 세 건 중 하나가 무관하다는 사실만 밝혀졌을 뿐 정작 중요한 데라마치와는 한 발짝도 가까워지지 않았어."

"아뇨, 조금은 가까워졌다고 생각합니다."

"뭐라고?"

"적어도 안조 사건에서 데라마치가 보여 준 결벽과 모방범을 향한 혐오에서 놈의 인성을 파악할 수 있습니다. 이런 표현이 맞을지는 모르겠지만 놈은 분명한 프로예요."

"안락사의 프로? 이런 염병할."

"프로니까 안락사가 필요한 환자가 고통스러워하면 크게

분노합니다. 자신의 이름을 도용하는 사람을 용서하지 않는 것이죠."

"자기 행세했다고 화내는 건 망상에 미친 연쇄살인범도 마찬가지일 거다."

"아뇨, 그런 허세가 아니라 데라마치는 안락사라는 의료 분야의 전문가라고 자부하는 것 같아요. 단순한 쾌락 살인 범이라면 모방범이 늘어나도 오히려 경찰의 수사에 방해가 된다며 안심하겠죠."

이누카이는 '닥터 데스'가 보낸 답장을 반추했다. 행간에서 풍기는 기운은 분명한 긍지와 사명감이었다.

상대는 경찰을 적으로 여기지 않는다. 안락사를 허용하지 않는 이 나라의 규범과 양식에 반기를 든 것이다.

"너도 결국 그 시시한 프로파일링의 신도로 전락한 거야?"

"프로파일링은 통계학을 응용한 분야잖습니까. '닥터 데스'는 오히려 반대죠. 샘플링 범위를 벗어난 아웃사이더예요. 온갖 프로파일러가 분석해 봤자 그 내면과 행동 원리는 한치도 파악하지 못할 겁니다. 잘못된 추측으로 엉뚱한 인물을 체포해 놈에게 비웃음이나 살 게 뻔합니다."

"놈을 너무 높게 평가하는 거 아니야? 네 딸이 위험한 일을 당할 뻔했는데 설마 놈한테 물든 건 아니지?"

이누카이는 고개를 저으며 흘려넘겼다.

절대로 닥터 데스의 영향을 받지 않았다. 다만 자신과의 공통점을 발견하고는 조금 놀랐을 뿐이다.

형사와 의사. 속한 사회는 다르지만 아웃사이더라는 점은 서로 같았다.

4

고통 없는 죽음

1

히나모리 메구미에게 정보를 얻은 지 일주일이나 지났는데도 데라마치 노부테루를 체포할 길은 묘연했다. 메구미가 경찰서를 나가기 전까지 몽타주를 그리는 데 협조했지만 제작 과정에서 메구미 본인도 몹시 회의적이었다. 몽타주 수사관이 여러 차례 그림을 수정해도 실물과 비슷하지 않은 듯했다.

"제가 이런 말 하는 것도 이상하지만 정말로 특징이 없는 얼굴이라서요. 바로 앞에 있지만 손으로 잡으려고 하면 달아나 버리는, 그런 느낌이에요……."

오랫동안 함께 움직였으면서도 확신이 없는 말투였지만

이는 다른 목격자들과도 겹치는 증언이었기에 이상하지 않았다. 이후에도 메구미는 몽타주 수사관과 용을 썼지만 끝내 만족할 만한 그림은 완성하지 못했다. 샘플이라고 부를 만한 그림이 몇 장 나왔지만 모두 실물과 거리가 멀다고 했다.

결국 작업을 중단한 몽타주 수사관이 억울하다는 듯 푸념했다.

"실물과 비슷하게 그리는 데는 요령이 있어요. 먼저 얼굴 윤곽을 잡고 옳은 위치에 눈, 코, 입의 자리를 잡죠. 그러고 나서 미간이 넓다거나 입이 크다거나 하는 세세한 특징을 이리저리 데포르메합니다. 대상을 섣불리 사실적으로 묘사하기보다 만화 같은 그림으로 그린 뒤 서서히 사실과 비슷하게 만들어 가는 기법이죠. 사람에 따라 방법은 조금씩 다르지만 특징을 파악하는 것은 기본이에요. 그런데 세상에는 정말로 특징이 없는 얼굴이 있기도 하거든요. 아니, 특징이 없다기보다 다른 특징이 더 두드러지다 보니 이목구비가 기억에 남지 않는 겁니다. 데라마치 아무개 같은 경우는 바로 정수리예요. 너무 시원하게 벗겨진 대머리여서 우선 거기에 시선이 고정되죠. 그래서 다른 부분이 지워져 버려요. 그리고 아시다시피 유일한 특징인 머리도 가발을 쓰면 사라져 버리거든요."

수사본부는 일본의사회를 통해 전국 병원에 데라마치 노부테루의 조회를 요청했지만 이 또한 실패로 끝났다. 전국 방방곡곡, 대학병원부터 개인이 운영하는 동네 병원까지 병원이라는 이름이 붙은 곳에 모조리 문의했지만 데라마치 노부테루라는 의사는 찾을 수 없었다.

"데라마치 노부테루가 본명은 맞나?"

병원 측 조사에 성과가 없자 아소는 초조함을 감추지 못했다.

"히나모리 메구미가 있지도 않은 이름을 진술했거나, 아니면 애초에 그게 가명이었거나."

첫 조사 때 메구미의 진술에 따르면 데라마치가 메구미에게 보여 준 것은 명함 한 장뿐이었다. 의사면허 등 신분을 증명할 서류는 보여 주지 않았다.

"그럴 수도 있지만 이름까지 가명이라고 하면 단서가 아예 없어져요."

이누카이가 핵심을 찔렀다. 본명이든 가명이든 병원에 조회를 요청한 정도로 데루마치의 소재를 알아낼 수 있으리라 생각하지 않았다. 사이트를 통해 연락을 주고받고서 상대의 지성과 신중한 성격을 파악했기 때문이다. 당연히 그렇게 쉽게 꼬리를 잡힐 만한 인물이 아니었다.

"일단 데라마치 노부테루의 이름을 넣어 전과자 조회를 했지만 나오는 건 없었어. 뭐, 전과자였다면 현장에 지문을 남긴 시점에 이미 누군지 알았겠지만."

"히나모리 메구미에게 붙인 감시는 어떻습니까. 무슨 움직임이라도 있습니까?"

메구미에게는 별동대 네 명이 온종일 붙어 있다. 조금이라도 수상한 점을 발견하면 수사본부에 바로 보고가 들어올 터였다.

"움직임이라고 부를 만큼 대단한 건 없어."

아소가 내뱉듯 말했다.

"매일 아파트와 마트만 오간다더군. 데라마치와 연락하는 것 같지도 않아. 마냥 대기하는 상황이야."

대기하기만 하는 상황은 별동대 네 명만의 이야기가 아니었다. 현재 수사본부 전체가 새 정보를 발견하기만을 학수고대하고 있었다. 사건을 조속히 해결하라는 압박은 강해져만 가는데 수사는 암초에 걸렸다.

"오늘 아침에 경시총감님이 형사부장과 무라세 관리관을 부르셨다더군."

이누카이는 반사적으로 경시총감의 얼굴을 떠올렸다. 언

론에 비칠 때는 신사적이지만 청내에서 부드러운 얼굴을 본 사람은 아무도 없다고 했다.

"두 분이 무슨 말을 들었는지까지는 몰라도 뭐 좋은 소리는 아니었을 게 분명해. 세상이 그렇게 시끄럽고 실행범 이름까지 알려진 판에 아직도 체포를 못 하니 질책을 받아도 싸지."

아소는 혼잣말처럼 말했지만 들으라는 소리처럼 느껴졌다.

여론과 언론이 시끌시끌했다. 수사본부에서는 이미 가족의 안락사를 의뢰한 마고메 사에코와 호조 에이스케를 자살방조 혐의로 송치했으나 그 처분에 대한 여론은 둘로 나뉘었다. 즉 안락사를 정당한 개인의 권리로 인정할 것인가, 아니면 단순한 자살 또는 자살방조로 사법부의 손에 맡길 것인가 하는 문제였다.

저출산 고령화가 진행되면서 간병이 필요한 환자가 증가하는 상황에 안락사는 결코 머나먼 문제도, 아득한 미래도 아니다. 그리고 '닥터 데스'의 존재가 수면 위로 떠올라 세상이 떠들썩해지자마자 그동안 해결하지 못한 갖가지 문제가 만천하에 드러난 감이 있었다.

이 나라가 허용하는 안락사는 이른바 소극적 안락사라고

불리는 종말기 치료뿐이다. 그러나 종말기의 명확한 정의도 규정되어 있지 않고 연명치료는 고액 의료라서 의사가 먼저 안락사를 제안하는 것은 기대하기 어려웠다. 생사의 갈림길에서 헤매는 환자를 지켜보는 가족은 희망이 없는데, 병원의 의료보험 진료보수점수는 계속 올라가기만 한다. 마치 환자의 목숨을 제물 삼아 의사만 살찌우는 행태와 같았다.

그러나 의사만 탓할 수도 없다. 투병하는 사람이 자신이라면 몰라도 가족이라면 대부분 연명치료를 희망하기 때문이다. 전통적으로 가족 간 유대가 강한 윤리관 때문이라고 할 수도 있지만 무엇보다 어떻게든 가족을 살리고 싶은 마음에 연명치료를 선택한다.

문제는 삶과 죽음에 대한 가치관의 차이에서 그치지 않고 해마다 치솟는 의료보험비 문제까지 내포한다. 이 때문에 '닥터 데스'에 의한 안락사를 과연 범죄로 봐야 하는가에 대한 논란도 일었다.

우리는 죽을 권리도 없느냐고 누군가 외친다. 그러면 자살은 신에 대한 모독이라고 종교인들이 반박한다.

연명치료는 가족에게 부담되므로 중단해야 한다고 누군가는 주장한다. 그러면 의료비 삭감을 주장하는 목소리가 환자의 생존권을 위협하는 요인이 된다며 후생노동성 간부 출신은 눈살을 찌푸린다.

그리고 마침내 그들은 깨달았다. 죽음은 매우 가까이에 있다는 것을 계속 외면해 왔다는 사실을.

마고메 사에코와 호조 에이스케의 체포와 송치가 보도되면서 이러한 온갖 논의가 터져 나왔다.

—두 사람은 단지 가족을 고통에서 구해주고 싶었을 뿐이다.

—환자 본인이 자살하고 싶어도 할 수 없는데 그것을 방조했다는 사실만으로 죄가 된다는 것은 심정적으로 납득하기 어렵다.

—애초에 자살을 금지하는 것은 인권침해 아닌가.

—현재 법으로는 불행한 케이스가 늘어나기만 한다. 적어도 종말기에 대한 정의는 좀 더 명확히 하는 편이 좋겠다.

—유럽이나 미국과 똑같은 윤리관일 필요는 없다. 가족으로서 환자가 살아 있기를 바라는 것은 좋은 일 아닌가. 핵심은 의료비가 너무 비싸다는 점이다.

—사에코 씨도 에이스케 씨도 고인의 유지를 따랐을 뿐이다. 그런데 자살방조죄로 처벌하는 것은 너무 가혹하지 않은가. 법은 인정이 없나.

―이건 일개 범죄 이야기가 아니다. 의료행정의 허점을 조명한 사건이다.

―법의 사각지대라고 할 수도 있다. 자기 결정권과 존엄사 문제를 서양보다 등한시해 온 문제가 곪아서 이제야 터진 것이다.

―환자의 바람을 들어줄수록 범죄자가 늘어난다. 이상한 것 아닌가.

―무엇보다 송치된 두 사람은 안락사를 의뢰했을 뿐 직접 안락사시킨 사람은 '닥터 데스'잖나. 왜 그 사람부터 잡지 않는 것인가.

―인터넷이 아닌 육성으로 한번 닥터 데스의 주장을 들어 보고 싶다. 실제로 이야기를 들어 보면 의외로 모럴리스트일지도 모른다.

이처럼 논란이 가열되는 가운데 화살은 안락사라는 문제를 마주하지 않았던 의료계와 아직도 '닥터 데스'를 잡지 못한 수사본부로 향했다.

"경시총감님이 형사부장과 관리관을 부른 이유는 물론 질책과 독려의 의미도 있겠지만 그뿐만은 아니다. 정부에서 사회보장비를 10퍼센트 삭감하는 안을 내놓으려는 시기에 연명치료를 재검토하라는 목소리가 높아지니 후생노동성을 두둔하는 일부 국회의원은 이러지도 저러지도 못하는 사면초가 상태야. 고액 의료나 수가 제도로 관심이 쏠리면 성가시다는 의사도 있고."

즉 그런 패거리가 공안위원회를 통해 경시청을 압박했다는 그림이었다.

"경찰이 당장 데라마치를 체포하면 언론도 시민도 안락사 문제를 말끔히 잊을 거라고 생각하는 모양이지. 확실히 냄비 근성은 부정할 수 없지만 아무리 그래도 바보 취급을 해도 유분수지."

아소의 말은 그 어느 때보다도 신랄했다. 여론이나 외압에 민감한 사람은 상부지만 실제로 채찍질 당하며 구르는 사람은 현장 수사관들이기 때문이리라.

"데라마치 노부테루의 이름과 몽타주를 아직 공개하지 않는 이유는 무엇입니까?"

아스카가 화를 내듯 따져 물었는데 이는 이누카이를 향한 비난과 일맥상통할 것이다.

"목격자도 확신을 못 하는 몽타주를 뿌렸다가는 오인 체포의 빌미가 될 수 있어. 이름도 데라마치 노부테루가 본명인지 아닌지 모르잖아. 그런 불확실한 정보가 세상에 퍼지기라도 해봐. 떠안지 않아도 될 사건까지 떠안게 될 게 뻔해."

"그렇지만 이대로라면 답이 없잖아요. 이 기회에 시민들한테서 새로운 정보를 모으는 게 잘못됐다고 볼 수만은 없어요."

"새로운 정보가 필요하다는 말은 옳아. 하지만 불확실한 단서로는 불확실한 정보밖에 못 얻는다고. 인해전술이라는 방법도 있지만 이미 '닥터 데스의 왕진실'에 댓글을 보낸 방문자를 걸러내는 것만으로도 감식과는 진이 다 빠질 지경이야. 현지에서 탐문하러 다니는 관할서나 별동대도 마찬가지고. 들어온 모든 정보를 수사관들에게 할당하면 몇몇 형사는 나가떨어질 거야. 그러면 그만큼 수사의 질도 떨어질 테고."

아스카의 주장은 감정론에 가깝다. 감정론을 잠재우려면 논리적으로 납득시키면 된다고 생각해서 한 말이었다.

하지만 평소의 나쁜 버릇이 나왔다. 아스카 같은 사람을 논리로 나무라는 것은 때로 역효과라는 사실을 완전히 잊고 있었다.

아스카는 순간 심술궂게 입술을 씰룩였다.

"이상하네요, 이누카이 형사님. 이번 사건은 평소와 다르게 너무 무른 거 아니에요? 역시 사야카가 공격을 받아서 그렇게 주저하는……."

"아스카."

말을 끊은 아소의 목소리에 아스카가 정신을 차린듯했다. 순간 입을 가리며 고개를 옆으로 돌렸다.

"……죄송합니다."

이누카이는 아스카를 흘끗 쳐다봤다.

꾸짖을 생각은 없다. 이미 고개를 숙이고 들어오는 상대를 몰아붙이는 것은 신문할 때만으로 충분하다.

그리고 아스카의 지적이 완전히 틀린 말은 아니었다.

자신은 닥터 데스와의 기싸움에서 밀린 것이다.

"잠시 감식과 좀 다녀오겠습니다."

이누카이는 홀로 형사부실을 빠져나갔다.

감식과를 방문해 현재 자신의 노트북을 보관해둔 곳으로 가 부팅했다.

지금 시점에서 시민들에게 새로운 정보를 얻기란 어렵다. 그렇다면 다시 '닥터 데스'에게 직접 묻는 방법이 더 도움이 될 것이다.

이누카이의 모습을 발견한 쓰치야가 재빨리 다가왔다.

"또 놈하고 대화한다면 장소를 추적해 볼게요."

헛수고인 줄 알면서도 여전히 도전할 생각인가. 이누카

이의 표정을 읽은 쓰치야가 쑥스러운 듯 웃었다.

"놈도 경유하는 서버 자체를 바꾸지는 않는 것 같습니다. 항상 같은 길을 빠져나가 같은 구멍으로 도망치는 거예요. 끈질기게 쫓으면 반드시 꼬리를 잡을 수 있어요."

"준비 부탁합니다."

이누카이는 고개를 살짝 끄덕여 인사하고 '닥터 데스의 왕진실'에 접속했다.

이누카이입니다. 지난번 힌트는 고맙습니다. 덕분에 안조 씨 사건의 진범을 체포했습니다. 자세한 내용은 이미 보도되었으니 알고 계시겠죠. 해외 서버를 경유하지만 그렇다고 당신이 외국에 있다고는 생각하지 않습니다. 지금도 어디선가 우리가 우왕좌왕 하는 모습을 바라보며 즐거워할지도 모르죠.

그리고 우리의 모습을 보고 있다면 마찬가지로 여론이 돌아가는 상황도 지켜보고 있을 겁니다. 분명 그 목소리도 직접 듣고 있을 테죠.

여론과 언론은 오랫동안 등한시하던 안락사에 다시 눈을 돌렸습니다. 당신이 일으킨 사건 때문에 예전보다 더 진지하게, 더 절실하게. 혹시 당신이 의도가 이것이었습니까?

아니, 그건 어떻든 상관없는 일입니다. 문제는 이만큼 국민의 관심이 집중되는데 모처럼 적극적 안락사를 실행하는 당신의 의견이 공개되지 않았다는 점입니다.

당신은 이 사이트에서 주장하는 것만으로도 충분하다고 하겠지만 제 생각은 조금 다릅니다. 글로만 주장하는 것은 다소 부족합니다. 이래서야 안이하게 안락사를 의뢰받아 음지에서 싼값에 아르바이트나 하는 돌팔이 의사라는 인식이 퍼져도 도리가 없습니다.

현재의 종말기 연명치료를 어떻게 생각하는지.

종말기의 판단을 현장에 일임하는 사법부를 어떻게 생각하는지.

적극적 안락사에 대한 사회적 합의를 이끌어 내기 위한 당신만의 생각이 있는지.

이 내용들을 당신의 목소리로 의료계와 법조계에 직접 알릴 생각은 없습니까.

솔직하게 말하면 당신의 행위는 범죄 그 이상도 그 이하도 아닙니다. 그러나 그 동기는 싸잡아 비난받을 것이 아닐지도 모릅니다. 그 증거로 당신이 한 행위가 이렇게 큰 파문을 일으켰고 개중에는 당신을 지지하는 사람도 소수 존재합니다.

그러나 개인 메일로 주고받는 것으로는 당신의 주장을 세상에 널리 알릴 수 없습니다. 그래서 제안합니다. 채널은 뭐가 됐든 좋습니다. 신문이든 TV든, 정 꺼려진다면 나를 상대로 해도 좋습니다. 당신의 목소리로 당신의 생각을 세상에 전하는 게 어떻겠습니까. 만약 그럴 마음이 있다면 절차는 우리가 준비하겠습니다.

스스로의 행위가 옳다고 생각한다면 공개적으로 정당화해야 합니다. 그렇지 않으면 설령 정의로운 행위라도 세상이 그 사실을 인지하지 못합니다. 적극적 안락사가 정당한 의료행위라고 믿는다면 이 제안을 받아들여야 합니다.

연락 기다리겠습니다.

글을 다 쓰고 나니 등 뒤에서 쓰치야가 얼굴을 빼꼼 내밀었다.

"도발적인 글이네요."

"이 정도 미끼는 되어야 식욕을 자극하겠죠."

"걸신들린 놈이면 좋겠네요."

"그건 아닐 것 같지만요."

진심이었다. '닥터 데스'의 신념은 확고하다. 신념 없는 자가 살인 한 건당 20만 엔이라는 상식 밖의 가격을 책정할 리 없다. 20만 엔은 의뢰인의 죄책감을 덜어주려는 꼼수에 불과했다.

사회가 수용하지 않는 신념을 지녔다면 그걸 소리 높여

외치고 싶어 하지 않을까. 이누카이는 그 가능성에 배팅했다. 이 뻔한 함정에 걸려 준다면 전화든 뭐든 닥터 데스 본인에게서 귀중한 정보를 얻을 수 있다. 물론 '닥터 데스'가 신념은 물론 자제심까지 겸비한 점을 고려해야 한다. 그래도 아무 일도 안 하는 것보다는 훨씬 낫다.

"답장이 오면 자동 추적할 수 있도록 세팅했습니다. 앉아서 차분히 기다리는 게 어때요?"

쓰치야가 그렇게 말하며 정성스럽게 뜨거운 차를 우려 주었다.

그러나 차가 다 식도록 답장은 오지 않았다.

"그래서 결국, 답장은 안 왔나?"

보고받은 아소가 실망한 듯 이누카이를 쳐다봤다.

"가망 없는 방법이긴 했습니다."

그 대답에 아소가 곧바로 응수했다.

"그래도 가능성이 조금은 있었어. 그러니까 시도했겠지."

언젠가의 아스카와 같은 말을 했다. 아스카도 아소도 자신을 똑같이 평가하는 듯하다.

"얼마 전에는 금방 답장이 왔는데 말이야. 댓글을 너무 많이 받아서 대응하기 힘든 거 아닐까."

"그건 아닌 것 같습니다."

"뭐라고?"

"경계하는 듯한 느낌이었어요."

"왜 경계를 하지? 전에는 요사스러운 손가락으로 잘만 대답하더니."

"맞습니다. 그런 부류는 바깥에 대고 떠들고 싶어 한다는 걸 여러 번 겪었으니까요. 자신이 안전지대에 있다는 걸 알면 유혹에 넘어올 줄 알았는데."

"허, 그러면 놈이 안전지대에 있지 않다는 말인가?"

"모르겠습니다. 다만 데라마치를 둘러싸고 어떤 요인에 변화가 있을 가능성을 배제할 수 없어요."

이누카이는 그 가능성에 대해 이리저리 추측했다. 닥터 데스가 이누카이에게 힌트를 주고 나서 무엇이 변했을까. 떠오르는 것은 고스게를 체포했다는 사실 정도였다. 하지만 고스게가 '닥터 데스'일 가능성은 전혀 없다.

"나름대로 성과가 있다면 사후 보고로 봐줄 수 있겠지만 헛수고였다면 이야기가 다르지."

아소가 의자에 앉은 채 고개를 들어 눈앞에 선 이누카이를 노려봤다. 시선이 싸늘했다. 어디선가 느껴본 적 있는 시선이었다. 그래. 학창 시절 문제를 일으켰을 때 눈앞에 앉아 있던 교사가 바로 이런 시선으로 응시했다.

"되도록 자유롭게 움직이도록 놔두잖아. 때로는 아스카를 빼놓고 단독수사하는 것도 용인했어. 그건 네가 반드시 먹이를 물어왔기 때문이었고. 그런데 그게 아니라면 나도 쓰무라 과장 앞에서 면이 서지를 않아."

사람을 개 취급하느냐는 생각에 순간 화가 났지만 그러고 보니 예전 상사도 비슷한 말을 한 기억이 있다.

너는 이름대로 네 안에 사냥개를 기르고 있어*. 그러니까 바로 지금이다 싶을 때는 들에 풀어놓지만 그렇지 않을 때는 목줄로 묶어 둘 필요가 있어.

그렇게 노골적으로 말한 남자에 비하면 아소는 훨씬 나은 상사였지만 그래도 엄연히 정도가 있다.

"점점 평소보다 폭주하는 것 같아. 자각은 있어?"

"폭주한다고 생각하지 않습니다."

"아니, 하고 있어. 자기 딸을 미끼로 이용했지. 범인과 개인적으로 연락하고. 범인이 준 힌트를 단서로 안조 사건을 다시 조사했어. 하나같이 네가 모든 걸 해결하려는 것처럼 보여. 대놓고 말하면 수사본부가 개입하는 걸 꺼리는 것처

---

* 이누카이(犬養)의 이누(犬)는 '개'를, 카이(養)는 '기르다'를 뜻한다.

294

럼 보이기도 한다는 말이야."

"그런 게 아니……."

"단언할 수 있어?"

확답을 바라는 아소의 질문에 벌어진 입이 닫혔다.

"이유는 알아?"

"글쎄요."

"닮았기 때문이야. 너와 데라마치가 서로 똑같은 부류기 때문이다. 그래서 무의식중에 공감하는 거야. 다른 사람의 간섭이 싫은 이유도 그 때문이다."

"저와 놈의 어디가 닮았다는 말입니까."

"둘 다 일종의 아웃사이더지. 실력도 있고 실적도 좋아. 하지만 조직에서 정한 규칙에는 회의적이고 그 궤도를 자주 벗어나. 결과만 내면, 자신의 기준으로 괜찮다면 그만이라고 생각하지. 내 말 틀려?"

반박이 나오지 않았다.

같은 부류라는 것은 이누카이 본인도 어렴풋이 깨닫고 있었던 듯도 하다. 하지만 그 사실을 새삼 타인에게 지적받으니 역시 껄끄러웠다.

법으로는 허용되지 않는 안락사. 하지만 '닥터 데스'는 자신의 쾌락이나 욕구를 충족하기 위해 움직이지 않는다.

닥터 데스의 주장이 사실이라면 이 나라의 의료와 법률이 줄곧 외면해 온 주제에 홀로 도전하고 있다. 저승사자라고 공포의 대상이 되든 검은 의사라고 멸시당하든 아무런 흔들림 없이 의뢰인이 바라는 대로 환자가 고통 없는 죽음을 맞이하도록 돕는다. 적이지만 그 모습에 차라리 속이 시원했다.

환자 본인과 그 유족이 얼마나 고마워하든 불법 행위를 저지른 자는 범죄자로 취급한다. 당초에 품었던 신념도 피해자 유족과 직접 만나는 사이에 점점 희미해졌다. 닥터 데스가 자신에게 친근감을 느끼기 전에 자신이 먼저 닥터 데스에게 매료됐는지도 몰랐다.

"이번 사건의 특징은 피해자 본인을 포함해 누구도 불행해지지 않았다는 점이야."

아소는 가차 없이 말을 이었다. 참으로 고약한 상사였다. 평소에 모든 감정을 겉으로 드러내는 사람처럼 보이지만 실제로는 부하의 행실을 하나도 놓치지 않으면서 기회만 있으면 촌철살인의 비수를 꽂는다.

"고통에서 해방된 피해자, 안도와 평온을 되찾은 유족. 데라마치는 원망은커녕 오히려 감사받고 있어. 그의 행위가 과연 처벌해야 할 범죄인지 아닌지는 머리로는 이해해도 마음은 그렇지 않지. 그러니 네가 평소와 달리 제멋대로인 거야. 사냥감을 쫓을 수는 있어도 사냥감의 숨통을 끊어놓지는 못해."

"설마 저를 수사에서 뺄 생각이십니까?"

"네가 사냥개로서의 본분을 잊는다면 헛간에 얌전히 묶어놓을 수밖에. 하기야 그건 관리관이나 과장이 결정할 일이지만."

이 또한 방심할 수 없는 말이었다. 수사관 중 누구를 어디에 배치할 것인가. 결정권을 쥐고 있는 사람은 과장이지만 보고하는 사람은 반장이다.

더 이상 독단적인 행동은 용서하지 않겠다는 명령이었다. 몹시 울화가 치미는 명령이었지만 헛간에서 집을 지키는 것은 그보다 훨씬 부아가 치미는 일이다.

그때 형사부실에 누군가 불쑥 들어왔다. 감식과의 쓰치야였다.

쓰치야가 오래 기다리셨습니다, 하고 인사했다.

"데라마치의 IP 주소를 추적했습니까?"

"아뇨, 그건 아쉽지만…… 그때부터 계속 기다리는데 결국 닥터 데스의 답장은 없었습니다."

실망스러웠지만 이내 마음을 다잡았다. 아쉬운 결과를

전하려고 일부러 찾아오지는 않았으리라.

"IP 주소는 아직 이렇다 할 결과가 없지만 다른 유력 단서를 얻었습니다."

그렇게 말한 쓰치야가 종이 한 장을 내밀었다. 수사자료의 일부인지 오른쪽 상단에 번호가 매겨져 있었다.

무언가 가루 형태인 물질을 확대한 사진이었다.

"이게 뭐지?"

"흙이에요. 마고메 겐이치 씨의 집 현관, 호조 저택의 뒷문, 데이토대학교 부속병원 너스 스테이션. 데라마치 노부테루가 갔던 곳에서 채취한 흙, 모발, 먼지 등을 모조리 정밀 조사했더니 세 현장에 공통으로 이 흙이 남아 있었습니다."

"공통이라는 말은……."

"네, 상당히 특징이 뚜렷한 흙입니다. 이 흙이 있는 곳을 되짚다 보면 데라마치가 현재 머무르는 곳이 어딘지 알아낼 가능성이 커요."

"정말이야?"

아소가 소리를 높이며 엉덩이를 들썩였다.

"수초입니다."

쓰치야는 약간 으쓱했다.

"미량이지만 흙 속에서 수초 조직이 검출됐습니다."

"그런데 수초가 자라는 육지라니 상상하기 어렵네요."

"검출된 수초는 완전히 풍화됐어요. 아마 강바닥에 무성했던 수초가 육지로 운반된 뒤 햇빛에 노출돼 건조되었을 겁니다. 흙 자체에 엑스선 조사를 해서 결정 구조를 알아냈습니다. 전문용어로 응회질점토라는 물질인데 간토롬층* 하부를 형성하는 토양에 많이 포함되어 있습니다."

"간토롬층이라니, 이것도 범위가 어지간히 넓네."

다소 비꼬는 말투였지만 쓰치야는 기분 나쁜 기색은 아니었다.

"이야기를 끝까지 들어주세요. 그 응회질점토라는 흙에 왜 풍화된 수초 조직이 섞였을까. 사실 흙 알갱이는 크기로 위치를 유추할 수 있습니다. 문제는 원래는 강바닥에 있던 흙이라는 점이에요."

그 설명만으로 흙 속에 수초 조직이 섞여 있던 이유를 이해할 수 있었다.

"강이 범람하면서 강바닥의 흙이 육지로 떠밀렸다……."

"정답입니다, 이누카이 형사님. 그리고 이 수초는 남조세

---

* 도쿄가 속한 일본 간토 지방의 땅을 구성하는 적갈색에 점토질인 화산 퇴적층.

균이라고 불리는데 서식 분포도 거의 다 밝혀진 생물입니다. 이로써 세 가지 조건이 갖추어졌어요. 첫째, 간토롬층인 곳. 둘째, 남조세균이 서식하는 지역. 셋째, 주변에 강이흐르며 그 강이 과거에 범람한 적이 있는 곳. 이 세 가지 조건을 모두 충족하는 지역은 세 군데뿐입니다."

쓰치야는 다시 종이 세 장을 꺼냈다. 모두 하천 인근 지도의 확대본이었다.

"도쿄 오타구 나카로쿠고의 다마가와 하천 부지, 지바현마쓰도시 에도가와 하천 부지, 그리고 도쿄 고토구 다테카와 하천 부지 공원입니다."

아소와 아스카도 달려와 셋이서 지도 세 장을 들여다봤다.

"데라마치 노부테루는 이 세 군데 중 한 곳을 오가고 있습니다. 범행 현장에 모두 이 흙이 남아 있었다는 점을 감안하면 자주 오간 것으로 봐도 될 듯합니다."

이누카이와 아소는 자신도 모르게 서로의 얼굴을 쳐다봤다.

하천 부지라는 한 단어로 표현해도 범위는 넓다. 그래도 세 군데뿐이라면 인력을 투입할 가치는 충분했다.

데라마치 노부테루는 이 세 장소 중 어딘가에 모습을 드러낸다. 찾아 헤매던 사냥감이 그 장소를 배회하고 있다.

"이거라면 잡을 수 있겠어."

아소는 중얼거리면서 탁상 위 전화기로 손을 뻗었다. 통화 상대가 무라세 관리관일 것은 자명했다.

2

　'닥터 데스'이자 데라마치 노부테루는 하천 부지 세 군데 중 어느 한 곳을 드나든다. 쓰치야가 시사한 내용을 처음 들었을 때는 뜻밖이었지만 곰곰이 생각해 보면 나름대로 신빙성이 있었다. 원래는 의사지만 어떤 사정으로 퇴직 또는 폐업하고 현재는 특정 거처가 없다. 그렇게 가정하면 전국 의료기관에 조회를 요청해도 허탕이었던 이유가 이해 간다. 후보지 세 곳은 모두 노숙자들이 천막촌을 이루는 곳이기도 했다. 그렇다면 놈은 지금도 노숙자들 사이에 숨어 경찰의 동태를 살피고 있을까.

　수사본부에서 그 정보를 보고하자 무라세 관리관은 잠시

골똘히 생각에 잠겼다고 한다. 고민한 이유는 이누카이도 짐작이 갔다. 지바 현경에도 지원을 요청해서 세 군데를 한 꺼번에 수사해 수상한 사람을 닥치는 대로 검거하면 확실하다. 하지만 만에 하나라도 데라마치가 외출했을 경우 차마 상상하기도 싫은 결과로 끝날 것이다. 그렇다면 사전에 정탐을 보내 그곳에 데라마치가 있는지 확인한 후에 검거할 것인가. 경찰 입장에서는 후자가 체포할 확률이 더욱 높겠지만 한편으로는 정탐 단계에서 데라마치가 눈치챌 우려도 있다. 뭐니 뭐니 해도 상대는 교활한 남자다. 분명 경찰의 낌새를 느끼자마자 즉시 다른 구멍을 파서 숨어들 것이다.

"누가 봐도 노숙자 같은 형사는 없겠지?"

아소는 농담하듯이 한탄했지만 그야말로 어려운 문제였다.

숙고 끝에 무라세가 선택한 안은 정탐과 일제 검거의 절충안이었다.

"도대체 형사로 안 보이는 게 득일까요, 실일까요?"

다마가와 강가의 제방에 세워 둔 밴에서 준비를 마친 가쓰라기는 동안인 자신의 얼굴을 자조하듯 투덜거렸다. 가쓰라기 기미히코 순사부장*. 기리시마 반 소속 젊은 수사관인데 매우 온화한 눈빛에 성실한 회사원 같은 외모였다.

"좋잖아. 노숙자로는 안 보이지만 형사로도 안 보이는 거니까. 이번 수사에 너만 한 적임자는 없어."

"이누카이 형사님. 전혀 칭찬으로 안 들리는데요."

가쓰라기는 투덜대면서 NPO 법인의 로고가 새겨진 조끼를 입었다. 단지 조끼를 입었을 뿐인데 자원봉사 직원으로 보여서 대단하다고 이누카이는 감탄했다. 적어도 형사 냄새가 짙게 배어 버린 자신은 할 수 없는 역할이었다.

이 조끼에 약간의 장치를 숨겨 놓았다. 가슴팍에 숨겨둔 지름 약 5미리미터 짜리 CCD 카메라로 몰래 촬영하며 가쓰라기가 보고 듣는 모든 것이 밴에 설치된 모니터로 전송된다. 밴에서 대기하는 이누카이와 형사들이 영상을 보고 데라마치로 보이는 인물을 찾는다는 계획이었다. 가쓰라기가 혼자서 노숙자 텐트를 하나하나 뒤지는 방안도 있었지만 결국 이 구역을 담당하는 진짜 자원봉사자와 동행하게 됐다. 안면이 있는 직원이 옆에 있으면 노숙자들도 경계하지 않을 것이라는 이유에서였다.

---

* 한국 경찰의 경사 계급.

"그런데 이누카이 형사님. 정말 '닥터 데스'가 노숙자촌 같은 데 숨어 있을까요?"

가쓰라기가 별 뜻 없이 의문을 제기했다.

"감식 결과를 의심하는 거야?"

"그런 건 아닌데요…… 여기 드나들기는 하지만 살고 있다는 건 이상하지 않나 싶어서요. 여기는 통신장비도 의료기구도 보관하기 어렵지 않을까요?"

"노트북은 충전만 해 두면 몇 시간 사용할 수 있어. 의료기구도 완벽히 포장만 해 두면 문제없고. 이런 곳이라 오히려 사람들의 시선을 피할 수 있다고도 생각할 수 있지."

"맞는 말씀이네요. 그럼 슬슬 다녀오겠습니다."

가쓰라기가 가볍게 인사하고는 밖에서 기다리던 자원봉사자와 하천 부지로 내려갔다.

"자, 그럼 우리도 시작해 볼까?"

밴의 문을 닫고 이누카이는 아스카와 모니터를 지켜봤다. 지금 이 시각, 고토구 다테카와 하천 부지와 마쓰도시 에도가와 하천 부지에서도 별동대가 같은 작업을 수행하고 있을 터였다.

가쓰라기의 가슴팍에 숨겨진 CCD 카메라가 하천 부지를 걷는 사람들과 텐트 안을 비췄다. 슬슬 차가운 북풍이

불기 시작할 시기라 그런지 밖에서 삼삼오오 모여 있는 사람보다 텐트 안에서 바람을 피하는 사람이 더 많은 듯했다.

가쓰라기는 자세를 슬쩍슬쩍 바꾸며 오가는 이들의 얼굴을 되도록 정면에서 찍으려고 했다. 좋아, 이누카이는 저도 모르게 소리 내어 말했다.

"투덜거리면서도 여전히 열심히 일하는군. 기리시마 반장이 놓지 않으려는 것도 이해가 가."

이 말에 아스카도 동의했다.

"정말로요. 지금 일본에서 NPO 직원 차림이 가장 잘 어울리는 사람을 꼽는다면 가쓰라기 형사일 거예요."

그렇게 칭찬해도 본인은 절대로 기뻐하지 않을 것이라고 생각하면서 이누카이는 모니터 화면을 뚫어지게 쳐다봤다.

두 사람이 한 텐트 안으로 들어갔다.

—사다 씨. 죄송한데 텐트 안에서 불을 쓰지 마세요. 아이참, 혹시 무슨 일이라도 생기면…….

사다 씨라고 불린 남자는 몹시 미안한 기색으로 가스풍로의 불을 껐다.

—아아아아! 미안해요, 미안해. 이봐요, 그런데 날이 점점 추워지는데 불도 못 쓰게 하면 우리는 다 얼어 죽으라는 말인가?

―담요는 빌려 드릴게요.

―으음, 그것도 고맙기는 한데 작년에는 다케다 씨가 담요를 몸에 둘러싼 채 얼어 죽었잖아. 요즘 추위는 담요 한 장만으로는 감당이 안 된단 말이야.

―그런 때는 가까운 마을회관과 협의해서 하룻밤 묵을 장소를 제공할게요.

―하룻밤만이라고…….

―저희도 되도록 끈질기게 협의할게요.

다음으로 카메라는 나뭇가지 밑에서 빨래를 걷던 남자에게 다가갔다. 이번에 말을 건 사람은 가쓰라기였다.

―안녕하세요.

―안녕하시오…….

―옷 말리고 계셨어요?

―아아, 오늘 바람이 세서. 새로 온 담당자인가?

―가쓰라기라고 합니다. 잘 부탁드립니다.

가쓰라기가 싹싹하게 남자의 마음에 파고들어 친근하게 말하기 시작했다. 타고나기를 말주변 없게 태어난 이누카이에게 이런 싹싹한 면모는 보고 배우려야 배울 수 없는 것이었다.

―그런데 말이에요. 실은 제가 사람을 찾아달라는 부탁

을 받았거든요.

—사람을 찾다니?

—이름은 모르는데 나이는 60대 정도고요 덩치가 작고 머리가 벗겨진 남자예요. 가족분들이 찾고 있어서요.

—아, 그런 사정이었군. 으음, 찾는 분의 마음도 이해 못 하는 건 아니지만 그냥 포기해. 여기는 그런 거에서 도망치고 싶어서 모여든 놈들뿐이거든.

—그렇기도 하겠네요.

가쓰라기는 더는 묻지 않고 남자에게서 물러났다. 치고 빠지는 방법이 절묘했다.

가쓰라기와 NPO 직원의 대화가 이어졌다.

—조금 의외네요.

—뭐가 의외세요?

—여기 있는 분들 말쑥하게 생기셔서요. 저는 좀 더 생활감이 밴 옷을 입으셨을 줄 알았거든요.

—그건, 여기 계신 많은 분이 사회 복귀를 포기하지 않으셨기 때문이에요. 바로 지난달까지만 해도 대기업에 다니던 분이 파견 근무 계약 해지를 당해서 기숙사에서도 쫓겨나는 바람에 여기까지 오셨어요. 그래도 재취업을 포기하지 않으니까 면접 날을 대비해 깔끔한 차림으로 계시는 거

예요. 무엇보다 일반인들이 떠올리는 전형적인 노숙자 차림을 한 분들은 굳이 블루시트로 텐트를 만드는 귀찮은 일은 안 하세요.

이누카이는 직원의 말에 자신도 모르게 납득했다.

그와 동시에 이런 공동체에 있으면 깔끔하게 차려입은 데라마치가 섞여 있어도 이상하지 않으리라 짐작했다.

가쓰라기는 모니터로 봐도 매우 자연스러워 보였다. 노숙자들에게 질문할 때도 자연스럽게 서두르지 않으면서 '대머리에 덩치가 작은 남자'를 찾았다. 그러나 대여섯 명에게 물었지만 그런 남자를 찾을 수는 없었다.

"데라마치는 여기 없는 걸까요?"

"아직 몰라. 어두워진 후에 돌아오는 사람도 있을 테고 대체로 인상이 흐릿한 남자니까. 필요 이상으로 서로 간섭하지 않으려는 집단에서는 더욱 눈에 띄지 않겠지."

가쓰라기는 결국 두 시간 가까이 하천 부지를 돌아다닌 후에 돌아왔다. 노숙자 전체를 찍어서가 아니라 NPO 직원의 일정에 맞췄기 때문이다.

"고생 많았어. 평소 일정과 다르다면 수상하게 여길 테니까."

카메라를 설치한 조끼를 벗으며 가쓰라기는 아쉬운 듯

말했다.

"그래도 형사님. 노숙자 전체를 찍지 못했어요."

"내일은 저녁부터 나가자. 이틀째라면 직원과 함께 가지 않아도 될 테고. 그보다 가쓰라기. '닥터 데스'가 여기 숨어 있을 것 같아?"

"사는 사람들의 모습을 보고 나니 가능성 있어요. 컴퓨터야 전기 조금만 있어도 배터리를 충전할 수 있고 무엇보다 그렇게 깊게 서로에게 간섭하지 않는다면 텐트 안에서 독극물을 조합하든 가방을 들고 왕진을 가든 아무도 신경 쓰지 않을 겁니다. 의사 가운을 입었다면 사정이 달라지겠지만요."

"그건 그거대로 쓰러진 응급환자를 진찰하러 온 의사처럼 보이겠지."

세 사람은 일단 수사본부로 돌아가기로 했다. 나머지 두 곳에서 데라마치로 보이는 인물을 발견하면 곧바로 연락을 주고받을 계획이었지만 현재 그러한 보고는 들어오지 않았다.

별동대는 거의 같은 시각에 정탐을 끝냈다. 한데 모은 세 가지 동영상을 형사부실의 대형 모니터 세 대에 재생해 놓고 등장하는 인물을 걸러냈다. 욕심 같아서는 데라마치를 목격한 사람들을 불러 함께 확인하고 싶었지만 역시 그렇게까지 협조를 강요하기는 어려웠다.

모니터에 등장하는 사람들을 한 명 한 명 확인하고 명백하게 다른 사람이라는 판단이 서면 삭제했다. 장면마다 타임코드가 표시되기 때문에 조금이라도 가능성이 있는 인물은 나중에 다시 확인할 수 있는 구조였다.

감시 카메라 영상 분석 작업은 본래 감식과의 일이다. 그러나 보통 대상자가 정해져 있는 경우에 해당되고, 이번처럼 몽타주조차 그릴 수 없어서 대상을 식별할 수 없는 경우는 해당되지 않는다. 결국 현장 수사관들이 눈을 번뜩이며 화면을 계속 노려볼 수밖에 없다.

자신들이 찍어온 영상은 이미 익숙해져서 다른 반이 촬영한 영상을 서로 바꿔서 확인했다.

"그런데 장소는 달라도 사는 사람들의 모습이나 생활방식은 별로 다르지 않네요."

화면을 들여다보던 아스카가 불쑥 감상을 말했다. 아스카가 확인하는 영상은 에도가와 하천 부지에서 촬영한 영상이었는데 화면에 나타났다가 사라지는 노숙자들은 모두 예외 없이 깔끔한 차림이었고 표정에서는 절박함도 궁핍

311

함도 느껴지지 않았다.

그러나 이누카이는 안다. 그들의 얼굴에서 보이는 온화한 빛은 평온이 아니라 일종의 체념에서 비롯된 것이다. 인간의 생기는 욕망에서 나온다. 무언가를 하나 포기하고 희망을 하나 버릴 때마다 사람의 눈빛은 점점 꺼진다. 아무리 옷을 멀끔하게 차려입고 면접에 대비한다고 해도 실제로 그런 기회가 올 가능성은 매우 희박하다는 사실은 본인도 어렴풋이 알고 있으리라.

떠올려 보면 데라마치 노부테루를 목격한 사람들이 이구동성으로 한 말은 '눈에 띄지 않는다', '생기가 느껴지지 않는다'였다. 비유하자면 유령 같은 존재로, 희망을 잃은 자들 사이를 떠도니 사람들이 그 존재를 눈치채지 못하는 것도 당연했다.

생각에 잠겼던 이누카이는 불현듯 이해했다. '닥터 데스'라는 의사 역시 가족의 깊은 절망과 환자의 덧없는 희망 사이에서 갈팡질팡했던 존재다. 그 모습과 노숙자들 틈에 몸을 숨긴 데라마치의 모습이 어렴풋이 오버랩됐다.

확인 작업을 한 지 한 시간쯤 지났을까 화면을 응시하던 아스카가 앗 하고 짧게 소리 질렀다.

"무슨 일이야."

이상을 감지한 이누카이와 수사관들에게 아스카가 화면 한 곳을 손가락으로 가리켜 보였다.

"여기……."

정지화면 중앙에는 심통 맞은 눈빛을 한 노인이 정면에서 노려보고 있었다. 그러나 아스카가 가리킨 곳은 화면 왼쪽 구석이었는데 그곳에는 새우등처럼 보이는 남자가 지나가고 있었다.

덩치가 작고 대머리인 남자.

"이 남자 어때요?"

이윽고 이누카이뿐 아니라 다른 수사관들도 모여들었다.

눈빛은 음침하고 입술은 얇았다. 그러나 그런 특징은 정지화면을 찬찬히 들여다보니 떠오르는 생각이었고 언뜻 보기에는 인상이 흐릿했다. 어쨌든 벗겨진 정수리가 너무 강렬했기 때문이다.

"흠……, 목격 증언에서 나왔던 조건들과는 일치하는군."

"뭐, 인상이 수상쩍긴 해."

"의사 가방을 들면 어떤 느낌일까?"

수사관들이 저마다 밝히는 소감 속에 부정적인 의견은 없었다.

이누카이의 생각도 같았다. 어디가 어떻다고 딱 짚어서

말할 수는 없지만 머릿속에 그리던 '닥터 데스'의 모습과 이 남자가 겹쳐 보였다.

"그 장면 기록해 둬. 나중에 감식과에 보내 확대해 보게."

이후 영상 세 편을 끝까지 확인했지만 그 남자보다 수상한 인물은 끝내 발견하지 못했다. 아스카는 문제는 영상을 들고 감식과로 달려갔다. 문제가 없다면 한 시간도 채 지나지 않아 해상도를 높인 사진을 전달받을 것이다. 이제 사진을 '닥터 데스' 목격자들에게 보여 주고 확증을 얻으면 된다.

드디어 빛이 보이기 시작하는가.

예상보다 빠른 속도에 스르르 긴장이 풀렸다. 이누카이는 다소 피곤한 눈을 감고 문지르면서 의자 깊숙이 몸을 묻었다.

그러고 보니 자신의 노트북을 감식과실에 그대로 놓아뒀다. 영상 분석을 부탁한 쓰치야의 분위기도 볼 겸 감식과에 가볼까.

감식과실에 불쑥 들어가니 쓰치야와 수사관들이 한창 영상을 분석하고 있었다. 말을 걸지 못하고 노트북을 켜 보니 메일 수신 마크가 떠 있었다.

설마.

서둘러 메일을 열자마자 이누카이의 시선은 그 한 문장에 못 박힌 듯 고정됐다.

제가 잊고 있었군요. 과연 사야카 씨는 단 한 번도 안락사를 생각해 본 적 없을까요?

심장이 쿵쾅거렸다.

놈이다.

이누카이는 노트북을 들고 감식과실을 뛰쳐나갔다.

'닥터 데스'가 다시 사야카를 노린다.

보고받은 아소의 안색도 변했다.

"왜 이제 와서?"

"모르겠습니다. 그저 견제의 의미일지도 모릅니다."

"견제가 아니라 직구 그 자체라면 어쩔 셈이야."

아소의 반박에 이누카이가 대답하지 못했다.

젠장. 욕을 내뱉은 아소가 의자에 앉았다.

"설사 견제라고 해도 다른 의미로 문제야. 수사본부가 놈의 턱밑까지 따라갔다는 사실을 알고 있을 수도 있어."

아소는 출력한 사진을 노려봤다. 방금 전달받은 신원미

315

상 남자의 전체 사진이었는데 이놈이야말로 '닥터 데스'가 틀림없다는 것이 수사본부의 공통된 의견이었다.

"형사가 접근했다는 낌새는 눈치챘지만 사진이 찍혔다는 사실까지 아는지……. 이놈에 대한 분석은 끝났나?"

아스카가 서둘러 사진을 내밀었다. 남자의 얼굴을 확대한 뒤 세세한 부분까지 선명하게 분석한 사진이었다. 다시 보니 표정이 없는 만큼 섬뜩하게 느껴졌다.

"데라마치를 목격한 증인들에게 당장 이 사진은 보여 줘. 에도가와 하천 부지 현장에서 확증을 모은다. 그리고 데이토대학교 부속병원으로 경호 인력을 보내."

아소의 지시에 수사관들이 일제히 흩어졌다. 사건이 막바지로 치달을 때 느낄 수 있는 특유의 긴장감이 가득했다.

남겨진 이누카이는 아스카를 만류하며 아소에게 다가갔다. 상사의 배려는 고맙지만 수사관 한 사람으로서 해야 할 말이 있었다.

"인력이 부족합니다."

"뭐라고?"

"하천 부지에 수사관을 동원하면서 데이토대학교 부속병원에까지 경호 인력을 배치하기에는 인력이 부족해요."

"그러면 슬슬 히나모리 메구미에게 붙인 감시 인력을 복귀시켜야겠어. 이 남자가 데라마치라는 사실이 확정되면 메구미를 감시할 필요 없으니까. 만에 하나 메구미를 감시하던 눈이 사라졌다는 것을 데라마치가 알면 오히려 행동을 이끌어 낼 수 있을 거야."

"하지만……."

"말해 두는데 네 딸이라서 경호하는 거 아니야. 한번 표적이 됐던 일반 시민이니까 지키는 거라고. 착각하지 마."

그렇게까지 말하니 더는 대꾸할 수 없었다. 이누카이는 말없이 고개를 숙였다.

"사건이 드디어 해결되겠군."

아소는 누구에게랄 것 없이 말했다.

"'닥터 데스' 같은 소리 하네. 혼자 잘난 척 떠들어대기는. 놈이 하는 짓이 그저 쾌락 살인이라는 걸 만천하에 알리겠어."

다음 날, 이누카이와 아스카는 곧바로 마고메 다이치의 친척 집으로 향했다. 어머니인 사에코가 자살방조 혐의로 구치소에 수감되면서 홀로 남겨진 다이치는 이모 부부에게 맡겨졌다.

"'닥터 데스'로 추정되는 남자의 사진을 입수했어. 확인해 줄 수 있겠니?"

이누카이가 말을 꺼내자 왜인지 다이치는 몹시 겁먹은 눈으로 이누카이를 바라봤다.

"다이치, 왜 그래."

손을 뻗으려고 하자 휙 물러섰다. 마치 버려진 아기고양이 같은 반응이었다.

"……형사님."

아스카가 옷자락을 잡아당겼을 때 이누카이는 비로소 깨달았다.

다이치가 증언하는 바람에 사에코가 체포됐다. 자신이 어머니를 경찰에 팔아넘긴 모양새가 됐으니 죄책감을 느끼는 것이 당연했다. 여덟 살 아이가 안락사나 법 해석 따위를 이해할 리 만무했다.

아이의 마음을 또 헤아리지 못했다는 몇 번째일지 모를 후회에 당황하며 다이치를 붙잡으려고 했는데 소년의 팔은 스르르 빠져나가고 말았다.

"이 사람이 아버지를 죽인 범인일지 몰라. 자."

이누카이와 아스카는 사진 세 장을 준비했다. 한 장은 하천 부지에서 찍은 사진. 나머지 두 장은 똑같이 정수리가 벗겨진 대머리 남성의 사진이었는데 이 두 사진은 위장 사진이었다. 증인에게 사진으로 용의자를 확인할 때는 다른 속셈이나 잘못된 증언을 방지하기 위해 항상 여러 장을 준비한다.

사진을 내밀었지만 다이치는 외면한 채 쳐다보려고 하지 않았다. 끝내는 방 구석으로 달아났다.

이누카이는 몇 안 되는 데라마치 목격자 중 다이치의 증언을 가장 신뢰할 수 있다고 생각했다. 지금 다이치의 증언을 받지 못하면 데라마치 검거에 충분히 문제가 생길 수 있었다.

그리고 작은 어깨로 손을 뻗었을 때 다이치가 떨리는 목소리로 말했다.

"이젠 싫어요."

뻗은 손이 허공에서 멈췄다.

돌아선 등은 이누카이를 분명하게 거부했다.

이 지경이 되자 스스로를 욕하고 싶었는데 마침 옆에서 다른 이가 손을 내밀었다.

아스카였다.

"다이치."

바로 옆에서 목소리를 들은 이누카이는 뜻밖의 느낌에 휩싸였다. 영락없는 어머니의 목소리였다. 아스카의 손이 다이치의 어깨에 닿자마자 물 흐르듯 지극히 자연스럽게 작은 머리를 끌어안았다.

"미안해, 다이치. 이 아저씨도 그렇지만 경찰은 네 마음 따위 조금도 염려하지 않았어. 그저 아버지를 죽인 범인을 잡는 일만 머리에 가득 찼거든. 실은 다 알고 난 뒤에 널 가장 먼저 보살펴야 했는데…… 정말 미안해."

다이치가 주뼛주뼛 아스카에게로 고개를 돌렸다.

"다이치, 네 소원은 뭐니?"

"……엄마를 돌려줘요."

"엄마에게 이것저것 물어보느라 지금 당장은 힘들지만 조만간 변호사 선생님이 보석 신청을 하면 나올 수 있을 것 같아. 그것만 처리되면 잠시지만 엄마가 다이치에게 돌아오실 거야."

"정말?"

"응. 하지만 그러려면 아버지를 죽인 범인을 잡아야 하거든."

"왜요?"

"진짜 범인을 잡으면 엄마가 더 이상 숨기는 게 없을 테니 집으로 돌아갈 수 있다는 말이야."

잘 알아듣도록 아스카가 타일렀다. 노력이 통했는지 다이치 나름대로 보석의 뜻을 이해한 듯했다.

"범인 잡는 걸 도와줄래?"

"……네."

"하지만 정답이 없는데 무조건 맞다고 하면 안 되거든. 아니라고 생각하면 아니라고 대답하렴. 안 그러면 또 다른 사람이 불행해지니까."

"알겠어요."

아스카는 이누카이에게 건네받은 사진을 다이치의 앞에 내밀었다.

"어때?"

아스카와 이누카이가 지켜보는 가운데 빨려 들어갈 듯 사진을 뚫어지게 보던 다이치의 표정이 갑자기 반짝반짝 빛났다.

"이 사람이에요."

추호의 망설임도 없이 하천 부지에서 찍힌 인물을 손가락으로 가리켰다.

"이 사람이에요, 간호사 선생님이랑 같이 온 사람이요. 틀림없어요."

도저히 거짓말을 하는 것 같지는 않았다.

"고마워, 다이치. 네 도움이 절대로 헛되지 않도록 할게."

집을 나선 이누카이는 감탄과 황당함이 섞인 모습으로

입을 열었다.

"아까는 깜짝 놀랐어. 어디서 그런 솜씨를 배운 거야?"

"그런 건 배운다고 되는 게 아니에요."

아스카는 몹시 쌀쌀맞은 어투로 말했다.

"자연스럽게 익히게 되는 거라고요."

그러니 당신에게는 어려운 일이라는 말투였다. 남편 실격, 아버지 실격이라는 낙인이 이렇게까지 따라다닐 줄은 상상도 못 했다.

이후 이누카이와 아스카는 도쿄 구치소로 향해 마고메 사에코와 호조 에이스케를 면회했다. 당연히 사진 속 남자가 '닥터 데스'인지 확인하려는 목적이었다.

확신하지 못하는 사에코에 비해 에이스케는 금방 반응했다.

"아, 맞아, 맞아. 이 사람입니다, 이 사람이요."

면회실 아크릴판 맞은편에서 에이스케가 반색하며 증언했다.

"딱 정면에서 보지는 못했지만 확실히 그 사람 맞습니다. 이야, 이제 속이 다 시원하네요."

"왜 속이 시원하십니까?"

"안개가 걷힌 기분이랄까요. 아무리 아버지의 유언이었

다고 해도 이렇게 되어 버렸으니까요. 저로서도 밝힐 수 있는 것은 전부 밝히고 싶었습니다. 그런데 정작 중요한 '닥터 데스'의 얼굴조차 기억나지 않는다니 한심하기 짝이 없지 않습니까."

"협조해 주셔서 감사합니다."

"별말씀을요. 그런데 재판 때는 닥터와 제가 동석하게 됩니까?"

"그럴 수도 있습니다. '닥터 데스'에게 무슨 원망의 말이라고 하고 싶으십니까?"

"아뇨. 안락사를 의뢰한 사람은 저니까요. 새삼 원망 같은 건 없습니다."

에이스케는 자신을 속박하던 악령에서 벗어나기라도 한 얼굴로 온화하게 말했다.

"다만 기회가 있으면 닥터의 생사관을 듣고 싶어요. 저는 아버지가 고통스러워하는 모습을 더는 두고 볼 수 없어 그런 방법을 택했습니다만 평소 안락사를 생업으로 삼는 의사는 과연 어떤 윤리관에 자신을 맞추고 있는지. 의료와 형벌의 틈새를 어떻게 생각하는지 꼭 천천히 듣고 싶습니다."

"듣다 보면 기분 나빠질 수도 있습니다. 특이한 논리와 주장은 자칫하면 극약 같으니까요."

"극약을 마구 뱉어내는 분들은 경제계에도 적지 않습니다. 실제로 저희 아버지가 그런 분이셨으니까요. 그리고 이건 제가 경험으로 터득한 건데 아무리 독기 있는 논리와 주장이라도 진리 한 조각은 담겨 있더라고요. 그렇기에 온갖 욕설이나 다름없는 말이라도 듣는 이의 심금을 울리죠."

하지만 에이스케의 말이야말로 이누카이의 가슴을 할퀴어 상처를 남겼다.

다음으로 이누카이와 아스카는 기시다 사토코의 집을 방문했다. 경찰이 재차 방문하면 환영받지 못하리라 각오했지만 예상과 달리 거부하는 기색은 느껴지지 않았다.

"확인 부탁드립니다."

이누카이가 사진을 내밀자 사토코는 받아들기 전에 고개를 살짝 숙였다.

"마침 잘 오셨네요. 실은 경찰을 찾아가려던 참입니다."

"무슨 일 때문에 그러십니까?"

"자수하려고요."

이누카이는 사토코를 물끄러미 바라봤다. 사토코의 아들은 이미 화장했기에 무슨 죄로 입건하든 공판을 유지할 수 없다. 지난번에는 그 사실을 염두에 두고 고백했을 것이다.

"더 숨기기에는 너무 고통스러웠습니다. 물론 그 아이를 편안하게 보내준 것에 후회는 없어요."

심정은 이해가 갔다. 이누카이는 소리 내어 말하지는 않았지만 사토코의 말을 거부감 없이 받아들였다.

"지난번에도 말씀드렸지만 사토코 씨에게 죄가 있다고 해도 처벌하기는 어렵겠죠. 처벌할 수도 없는데 죄만은 인정하겠다는 말씀입니까?"

"그래도 제가 한 짓은 확실히 하고 싶습니다. 아무리 아이를 위한다는 이유였다고 해도 아이의 목숨에 손을 댄 일을 비밀로 하고 감춰왔으니 마사토를 볼 낯이 없어요. 언젠가 천국에서 다시 만났을 때 마사토의 얼굴을 똑바로 마주하고 싶습니다."

그 말도 수긍이 갔지만 이누카이는 대답을 찾지 못했다. 그녀의 사건 조사 담당자로서 조금이라도 상황을 참작할 수 있도록 진술조서를 작성해 주는 일 정도밖에 해줄 수 없었다.

갑자기 무력감에 휩싸였다. 아스카의 도움을 받았을 때와 마찬가지로 자신의 힘이 고작 그 정도밖에 안 된다는 사실에 아연했다. 아버지로서도, 그리고 형사로서도 자신은 어째서 이렇게나 무기력할까.

"그때는 되도록 사토코 씨가 정상참작을 받을 수 있도록 기도하겠습니다."

그 말밖에 할 수 없었다.

"이 사진을 확인해야 한다고 하셨죠."

사토코는 문득 떠오른 듯 사진을 바라봤다.

잠시 신중하게 들여다보더니 고개를 살짝 끄덕이며 사진을 이누카이에게 돌려줬다.

"단언할 수는 없지만 사진을 보니 아 이 사람이었지 싶습니다."

사토코가 내민 사진은 하천 부지에서 찍힌 남자였다.

"확실하지는 않은가 보군요."

"죄송합니다. 아무튼 첫인상이 흐릿해서…… 하지만 대머리라는 특징도 똑같고 음침해 보이는 분위기도 일치해요. 아마 이 사람일 겁니다."

목격자 네 명 중 세 명이 같은 사진을 지목하며 '닥터 데스'라고 증언했다. 그것만으로도 신빙성이 급격히 높아졌다고 봐도 무방했다.

마지막으로 두 사람이 향한 곳은 마치다에 있는 히나모리 메구미의 집이었다. 현관 근처를 지키던 제복 경찰과 목례를 나누고 초인종을 눌렀다. 이름을 대자 문은 금방 열렸다.

"이번에도 수사 협조를 부탁드리러 왔습니다."

"들어오세요."

생각해 보니 이누카이가 메구미의 집을 보는 것은 오늘이 처음이었다. 방 두 개와 다이닝 키친으로 이루어진 구조인가, 혼자 살기에는 적당한 크기겠지만 여성이 거주하는 집치고는 몹시 살풍경했다. 인테리어 소품을 최소화했고 컬러 박스에 꽂혀 있는 책도 의학 전문서 외에는 살벌할 정도로 자기계발서뿐이었다. 오락이라고 부를 만한 것은 방 구석에 놓인 14인치 슬림형 TV뿐이었고 본인에게 물으니 컴퓨터나 태블릿은 없다고 했다.

"기분파라서 이사를 자주 다니거든요. 그래서 짐이 늘어나면 귀찮아요."

좋게 표현하면 실용성을 중시한다고 하겠지만 아늑함이 거의 느껴지지 않는 집이었다.

"오늘 찾아뵌 이유는 데라마치 노부테루를 확인하기 위해서입니다."

이누카이가 예의 사진 세 장을 내밀자 메구미는 아무 망설임 없이 하천 부지의 남자를 손가락으로 가리켰다.

"아아, 데라마치 선생님. 와, 이런 사진을 잘도 구하셨네요. 어디서 찍으셨어요?"

"이 사람이 데루마치 노부테루가 확실합니까?"

"네. 몽타주를 만들라고 하면 힘들지만 이 셋 중에서 고르라고 하면 쉽죠. 봐요, 정말 특징 없는 얼굴 맞죠?"

이누카이는 그만 덩달아 고개를 끄덕였다. 실제로 데라마치는 화면 가장자리에 찍혔는데 너무 눈에 띄지 않아서 아스카 외 다른 수사관들은 모두 발견하지 못했다.

아무튼 살해 현장에 동행했던 메구미의 증언까지 갖춰졌다. 이로써 하천 부지에 있던 남자는 데라마치가 확실하다고 판단해도 무방했다.

"그런데 정말로 어디서 사진을 찍었어요? 저도 선생님이 어디 사는지 몰라 궁금하거든요."

"어디 살든 어차피 구치소에 들어갈 겁니다."

"……선생님이 큰 죄를 지은 걸까요?"

메구미는 걱정스러운 기색으로 물었다.

"안락사를 의뢰한 가족들은 모두 만족한 듯했어요. 환자분들도 그랬고요. 누구 하나 선생님을 원망하지 않았습니다. 그래도 선생님에게 죄를 물어야 할까요?"

"우리는 법을 어긴 사람을 체포할 뿐입니다. 죄인지 아닌지 판단하는 것은 법원의 일입니다."

"저도 어쨌든 간호사니까 도카이대학 안락사 사건을 알아요. 분명 징역 2년에 집행유예 2년이었죠."

"그 사건은 안락사에 관여한 사람이 담당 의사였습니다. '닥터 데스'는 안락사를 생업으로 삼고 20만 엔이라는 보수까지 받고 있습니다. 검찰은 틀림없이 살인죄로 기소할 것이고 법원도 온정을 베풀지 않으리라 생각합니다. 전 세계적으로 안락사를 인정하는 추세지만 일본은 시기상조라고 할까, 애초에 삶과 죽음에 대한 가치관이 서양과 다릅니다. 개인적인 생각입니다만 데라마치 노부테루가 최후진술에서 안락사의 정당성을 호소한다고 해도 기껏해야 감옥으로 끌려갈 자의 허세 정도로 취급당할 겁니다."

"환자 본인과 유족의 심정은 전혀 고려하지 않는 건가요?"

"데라마치를 두둔합니까?"

"감싸는 게 아니라……. 제가 사정을 잘 몰라서 그런지도 모르지만 선생님이 시술한 환자들도, 그걸 지켜보는 가족들도 모두 평온한 얼굴이셨거든요."

"감정보다는 본인이 죽고 싶다는 의사를 명확하게 표시했느냐의 문제라고 생각합니다. 어쨌든 실제로 데라마치가 피고인이 되어 재판을 받는다면 알게 될 일입니다. 그런데 이후에 데라마치에게 연락이 왔습니까?"

메구미는 힘없이 고개를 저었다. 메구미의 휴대폰은 한때 감식과에서 압수해 데라마치의 연락처를 철저히 분석

했지만 역시 발신처를 알아내지 못해서 통화 내용을 경찰이 감청한다는 조건으로 돌려줬다.

"휴대폰으로 전화 오면 형사님이 알 테고 현관에 편지라도 붙어 있으면 감시하는 순경님이 알 텐데요 뭘."

"경계하는 것 같습니까?"

"아뇨. 다음 업무 의뢰까지 3주 이상 간격을 둔 적도 있으니까요. 연락이 끊겨도 딱히 이상하지 않아요."

아마도 데라마치는 하루 이틀 사이에 체포되리라. 그러면 데라마치가 메구미에게 연락할 기회는 두 번 다시 오지 않는다.

"데라마치가 체포되면 다시 메구미 씨에게 이것저것 물을 겁니다. 재판이 시작되면 증인으로 출석도 해야 할 테고요. 그때도 메구미 씨는 데라마치를 감싸시겠습니까?"

"……그 순간이 되어 보지 않으면 모르겠네요."

메구미는 고개를 숙이고 대답했지만 그 대답이 본심이리라 이누카이는 생각했다.

3

에도가와 하천 부지에서 데라마치의 행동 패턴을 현장을 감시하는 수사관이 자세히 보고했다.

무라세 관리관 본인이 '본 사안의 마지막 수사회의'라고 규정한 자리, 회의실에 모여 앉은 수사관들은 긴장의 빛을 감추지 못했다. 사건이 막바지에 접어들면서 특유의 긴장된 분위기가 모두의 신경을 자극했다.

"용의자 데라마치 노부테루에 관해 현재까지 밝혀진 내용을 보고하겠습니다."

가쓰라기가 자리에서 일어섰다. 물론 이 남자도 나름대로 긴장하고 있겠지만 성실하고 담담한 어조는 여느 때와 같았다.

"데라마치가 머무는 텐트는 말 그대로 잠만 자는 장소인 듯합니다. 용의자는 오전 9시경까지는 텐트에 머물지만 이후에는 가장 가까운 도서관 또는 서점에 틀어박혀 있습니다. 다른 노숙자들도 비슷한 행동 패턴인데 이는 냉난방 시설이 완비되어 있어서 쾌적하게 오래 머무를 수 있기 때문이라고 합니다. 점심 식사는 일단 건물 밖으로 나가 빵이나 주먹밥으로 때우고 다시 건물 안으로 돌아갑니다. 오후 4시가 되면 하천 부지까지 이어지는 제방을 어슬렁어슬렁 걷는데…… 뭐, 산책 같은 의미겠죠. 아무튼 오후 6시가 넘어서 텐트로 돌아온 뒤로는 다음 날 아침 9시까지 텐트 안에 틀어박혀 있습니다. 가끔 화장실에 가려고 텐트에서 나올 때가 있기는 합니다."

"다른 노숙자들과 별반 다르지 않군. 특이하다면 일을 하지 않는다는 점인데 안락사로 번 돈으로 생활을 이어가기 때문이겠지. 이틀 내내 똑같은 행동 패턴이었나?"

"네, 마치 자로 잰 듯 똑같은 패턴이었습니다."

즉 특별한 일이 없으면 오후 6시부터 다음 날 아침 9시까지는 줄곧 텐트 안에 틀어박혀 있는 셈이다. 이는 용의자의 신병을 확보할 때 가장 중요한 정보다.

"다음, 용의자의 생활양식을 보고하도록."

생활양식은 텐트 안의 상태를 뜻했다. 데라마치가 외출한 사이에 수사관 중 한 명이 텐트 틈으로 CCD 카메라를 몰래 넣어 안을 촬영했다고 한다.

자리에서 일어난 사람은 관할서의 수사관이었다.

"설명하기 전에 영상을 보시는 편이 좋겠습니다."

수사관이 가리킨 방향에 있는 대형 모니터에 영상이 재생됐다. 화면의 네 귀퉁이가 일그러졌지만 텐트 내부 모습을 자세히 볼 수 있었다.

텐트 안에는 비상용 컵라면과 페트병, 소형 탁자에 냄비와 솥 등 생활용품과 옷이 있었다. 유일한 조명기구는 랜턴뿐이었다. 모든 물건이 낡아서 최근에 구입한 것이 아님을 알 수 있었다. 얼핏 보면 흔한 노숙자의 거처 공간이었다.

"보시다시피 가방을 포함한 의료 기구는 어디에도 없습니다. 또 환자 가족들이 목격한 옷은 찾을 수 없습니다."

사진 속 데라마치가 입은 옷은 상당히 낡은 셔츠와 무릎이 하얗게 바랜 청바지였다. 설마 그런 차림으로 환자의 집을 방문했다고 보기는 어려웠다.

"현장의 하천 부지에서 약 1킬로미터 떨어진 곳에 코인

락커가 있습니다. 그 락커에 작업용 옷과 의료 기구를 숨겨 놓았을 가능성이 있습니다."

무라세가 고개를 끄덕였다.

"비즈니스용 옷을 입고 의료 가방을 들고 텐트에서 나오면 주변 사람의 의심을 살 만도 하지. 개중에는 훔치려는 놈도 있을 테니 만약을 위해 락커를 사용한다는 가정은 설득력이 있어. 하지만 이런 추측만으로 락커를 일일이 열어보기에는 무리겠지. 당연히 용의자를 체포한 뒤 락커를 지목하게 해야 한다."

"그리고 또 한 가지 보고드릴 내용이 있습니다. 주변 노숙자들은 용의자를 '데라 씨'라고 부릅니다."

수사관들 사이에서 한숨과도 비슷한 소리가 흘러나왔다. '데라 씨'란 곧 데라마치의 데라이리라.

"'데라 씨'가 하천 부지에 정착한 것은 대략 일 년 전이라고 합니다. 기본적으로 다른 사람들과 엮이지 않고 특별히 친한 사람도 없답니다. 노숙자들 누구도 용의자의 본명과 이전 직업을 몰랐습니다."

이누카이의 경험상 노숙자는 말하기 좋아하는 사람과 말이 없는 사람 두 부류로 나뉜다. 어느 쪽이든 고독에서 비롯되는데 아무래도 데라마치는 후자인 듯했다. 남몰래 안락사 같은 장사를 하다 보면 자연히 말수도 적어지는 것이 당연했다.

"다음, 목격 증언 확인은 어떻게 됐나."

이누카이가 일어났다. 다만 보고라기보다 확인의 의미가 강했다.

"감식과가 분석한 인물 사진을 목격자들에게 보여 줬습니다. 증언 대상자는 마고메 겐이치의 아내와 아들. 구치소에 수감된 호조 에이스케. 과거 안락사를 의뢰한 기시다 사토코. 마지막으로 데라마치와 동행한 히나모리 메구미, 이상 다섯 명입니다. 이 중 네 명이 사진 속 남자가 '닥터 데스'라고 증언했습니다."

"5분의 4인가. 80퍼센트군. 신빙성이 높아. 이로써 하천 부지의 남자와 데라마치 노부테루와 '닥터 데스' 세 인물이 겹치는군."

무라세는 납득한 듯 고개를 끄덕였다. 같은 느낌을 받은 수사관들도 저마다 고개를 끄덕였다.

"그럼 체포 계획을 설명하겠다."

다음으로 모니터에 등장한 것은 하천 부지의 항공지도였다. 파란 텐트가 죽 늘어선 가운데 그중 하나만 붉게 표시된 곳이 데라마치의 텐트이리라.

"보다시피 데라마치의 텐트는 제방 앞에 있다. 즉 후방이 인공 경사면이라 포위하기 쉽다는 말이다. 작전이라고 할 만한 수준은 아니지만 데라마치가 잠든 곳을 가늠해 전방 향에서 포위한다. 물론 제방 위에도 개미 새끼 한 마리 새 어나갈 틈 없이 인력을 배치한다. 체포 작전은 오늘 오후 11시에 실행한다. 질문 있나?"

순간 회의실이 쥐 죽은 듯 조용했다. 단순명료했다. 의문의 여지가 없었다.

"마침내 최근 수사본부 및 수사관 개인까지 농락한 '닥터 데스'를 검거할 순간이 다가왔다. 편향된 주장과 왜곡된 윤리관으로 세상을 시끄럽게 하고 법치국가인 이 나라의 근간을 뒤흔들며 겉으로 드러난 사건보다 더 많은 사람을 죽여 온 악당이다."

무라세의 늠연한 말이 울려 퍼졌다. 최종 국면을 맞이하기 전의 격려였다.

"안락사가 미래에 어디까지 인정될지는 확실하지 않다. 하지만 데라마치 노부테루의 행위는 보수를 받고 환자를 독살하는, 그저 살육이다. 의료 윤리와 가치관과는 아무 관계 없다. 우리가 체포하려는 인물은 살인을 생업으로 하는 짐승이나 다름없는 존재다. 다시 말한다. 데라마치 노부테루를 체포하는 것은 사회질서를 회복하고 사회정의를 수행하는 일이다. 실패는 결코 용납하지 않는다. 각자 정신 바짝 차리고 신중하게 움직이도록. 이상, 해산."

지바현 마쓰도시 에도가와 하천 부지, 오후 10시 50분.

제방 위에서 천막촌을 내려다보니 드문드문 불빛이 새어 나오는 천막도 있지만 절약 목적인지 대부분은 불을 꺼 놓았다. 초승달이 뜬 밤이라 달빛도 없어 어둠을 타 움직이기에 안성맞춤이었다.

"굉장히 조용하군."

아소가 이누카이의 옆에서 불쑥 말했다.

"밤이면 한창 술 파티를 벌일 줄 알았는데……. 하긴, 마실 술도 볼 TV도 없으면 잠이나 잘 수밖에 없나. 데라마치는 벌써 잠들었나?"

"텐트로 들어간 뒤 아직 움직임은 없어 보입니다."

이누카이는 목소리를 낮추어 보고했다. 마지막 순간에는 예상대로 아소가 현장 지휘를 맡게 됐다. 마지막 작전에서 모든 책임을 지게 된 심정은 상상이 가고도 남지만 그것을 내색하지 않는 점은 훌륭하다고 생각했다.

"배치는 완료했나."

사방에서 완벽한 포위. 이 작전을 위해 수사본부는 수사관 마흔 명을 투입했다. 한 방향당 열 명씩 텐트를 둘러싸고 퇴로를 차단한 후 체포한다. 무라세가 세운 시나리오에 허점은 보이지 않지만 이누카이는 다시 머릿속으로 시뮬레이션했다.

데라마치가 텐트 안으로 들어간 것은 현장 수사관들이 확인했다. 이후 사방에서 텐트를 감시하고 있지만 데라마치는 텐트 밖으로 한 걸음도 나오지 않았다. 텐트 안에 몰래 도망갈 구멍이라도 있다면 이야기는 달라지겠지만 그런 닌자 같은 이야기는 공상에 가까웠다.

데라마치가 텐트를 뛰쳐나와 어둠을 틈타 포위망을 뚫고 달아날 가능성에도 대비했다. 투광기 세 대를 가져와 하천 부지에 두 대, 제방 위에 한 대 설치할 예정이다. 데라마치 체포 신호를 받으면 조명 제 대를 일제히 켜서 구석구석 밝힌다. 사각지대는 존재하지 않을 것이다.

그러나 일말의 불안은 지울 수 없었다.

"저기 좀, 너무 수월한 것 같지 않습니까?"

이누카이의 중얼거림에 아소가 눈썹을 찌푸렸다.

"이누카이 하야토의 허를 찌른 지능범치고는 너무 쉽게 잡히는 거 아니냐는 말이야?"

아소는 아니꼽게 말했지만 본인도 미심쩍은 기색이었다.

"지능범이기에 본인은 항상 안전하다고 믿지. 그 믿음이 지나치면 경계심이 줄어들어. 실제로 하천 부지 정탐을 시작한 뒤로 데라마치가 수상한 행동을 보인 적은 전혀 없잖아."

그 점이 오히려 섬뜩했다. 마치 경찰의 움직임을 파악한 다음 눈치채지 못한 척하는 듯도 했다.

아니, 이누카이의 경계심이 지나친 것일까.

"신중한 건 나쁜 게 아니야. 수사 과정 중 범인을 체포하기 직전이 가장 위험하니까. 하지만 그렇다고 필요 이상으로 위축될 필요도 없어. 유사시에 행동이 둔해지니까."

당연한 이야기다.

그래도 위화감이 등줄기에 달라붙어 떨어지지 않았다.

무언가 놓치지는 않았나.

무언가 잊은 것은 없는가.

"시간이다. 가."

아소가 헤드셋으로 명령하자 대기하던 수사관들이 일제히 움직였다. 투광기 두 대도 하천 부지로 옮겼다.

소리 없이, 텐트 주인 누구도 눈치채지 못하도록. 앞서 걷는 몇몇 사람들은 야간투시경을 착용하므로 어둠 속에서도 거침없이 움직였다. 물론 야간투시경은 투광기를 점등하는 동시에 벗을 계획이다.

하천 부지가 자갈이 아닌 흙과 잡초로 덮여 있는 점은 다행이었다. 텐트로 다가가도 잡소리는 나지 않았다. 만약을 위해 고무 밑창 신발로 갈아신은 점도 주효했다.

다만 야간투시경을 쓴 탓에 좋게 말해도 시야가 좋다고는 할 수 없었다. 어두운 것보다는 낫지만 색을 구분할 수 없는 세상은 거리감까지 사라지게 했다.

이누카이는 불현듯 중학생 시절 바다 근처에 있던 학교에서 열린 담력 테스트가 떠올랐다. 희미한 불빛에만 의지해 어디서 무엇이 튀어나올지 몰라 언제든 대비할 수 있는 자세로 걸어갔다. 공포와 등을 맞댔다는 쾌감. 성실하지 못하다는 비난을 면치 못하겠지만 이누카이는 분명 어느 정도 이 상황을 즐기고 있었다.

―조금이라도 이상이 감지되면 즉시 보고하라.

헤드셋에서 아소의 목소리가 들렸다.

―함정이 없지만은 않겠지. 발밑도 주의해.

적진 잠입과 타진은 SAT(특수급습부대)의 주특기지만 상대가 무기를 지녔다는 확신이 없고 인질도 없으니 경비부에 지원을 요청할 수 없었다. 1과의 수사관들을 급하게 훈

련시킬 수밖에 없었기에 익숙하지 않은 상황에 아소는 더욱 예민해졌다.

마침내 시야에 천막촌이 들어왔다. 투광기 두 대는 강가에 설치됐다.

시작이다.

데라마치의 텐트는 약간 비뚤어진 모양이라 금방 찾을 수 있었다. 수사관 모두가 그 모양을 머릿속에 새겨넣었다. 다른 텐트를 지나쳐 목표 텐트에 도달하기까지 채 5분이 걸리지 않았다.

선두는 이누카이. 입구 근처에서 대기하니 다른 수사관들도 차례로 도착했다.

—전원, 배치된 자리에 도착했나?

늦은 수사관은 없다. 바로 지금이다.

—이누카이 진입해라. 투광기 점등.

신호에 맞춰 야간투시경을 벗자마자 세 방향에 설치한 투광기에서 강한 빛이 쏟아졌다.

순식간에 대낮이라고 착각할 정도로 주위가 환해졌다.

한 번, 두 번 눈을 깜박인 이누카이는 텐트 안으로 몸을 날렸다. 고약한 냄새가 코를 찔렀다. 음식물 쓰레기가 썩는 냄새 같았다. 외부의 빛이 텐트를 투과한 덕분에 충분히 밝왔다. 거의 한가운데에 사람 모양으로 부푼 침낭이 있었고 정수리가 벗겨진 남자의 얼굴이 보였다.

이누카이는 들고 있던 라이트로 남자의 얼굴을 비췄다. 사진 속 남자와 조금도 다르지 않았다.

다른 수사관들도 우르르 텐트 안으로 몰려들어 침낭 속에서 잠든 남자를 포위했다. 이제 남자가 도망갈 곳은 어디에도 없었다.

침낭 속에 있는 상태니 손발을 자유롭게 움직일 수 없어 금상첨화였다. 이누카이는 몸을 숙여 남자의 뺨을 두드렸다.

"일어나."

"응……?"

남자는 눈이 부신 듯 껌벅였다. 주위를 둘러보고 나서야 상황을 파악한 듯했다.

"뭐, 뭐야, 당신들."

"대답해라. 데라마치 노부테루 맞지?"

"그렇소만……."

"경찰이다. 살인 혐의로 체포한다."

오후 11시 12분, 데라마치 신병 확보.

그때부터는 어이없을 정도로 간단했다. 몸을 비틀어 저항하는 데라마치를 침낭째 구속해 수사관 여럿이 짊어 메고 호송차에 실었다.

도중에 다른 텐트 주민들이 깨어났지만 무슨 일이 벌어
졌는지 파악하려는 사람은 아무도 없어서 별다른 소동은
빚어지지 않았다.

데라마치를 실은 호송차는 현장에서 곧바로 수사본부
까지 직행했고, 수사본부에 도착한 시각은 날짜가 바뀐 밤
12시 30분이었다.

이리하여 의료의 어두운 그늘에서 '닥터 데스'로 암약하
던 데라마치 노부테루가 수사본부로 연행됐다.

데라마치가 방금 전까지 자고 있었다는 이유로 늦은 밤
이지만 당장 심문을 시작했다.

이누카이가 취조를 맡게 됐다. 딸의 복수를 할 기회를 주
려는 아소의 배려일 텐데 바라 마지않던 일이다. 이누카이
도 데라마치에게 묻고 싶은 말이 많았다.

이누카이는 기록 담당인 아스카와 함께 취조실로 들어
갔다.

파이프 의자에 앉아 있는 데라마치는 불편한 듯 엉덩이
를 들썩였다. 시선은 어지러이 헤맸으며 자꾸 이누카이의
시선을 피했다.

머릿속에 그린 인물상과는 거리가 멀었지만 방심할 수 없다. 지금까지 소심한 척하는 악당을 여럿 목격했다.

"드디어 직접 대화하게 되었군."

데라마치를 정면에서 응시했지만 그래도 그는 이누카이를 쳐다보지 않았다.

"이쯤 되면 더는 도망도 숨지도 못할 거야. 적당히 포기하고 조사에 응하라. 우리 경찰을 신나게 가지고 논 '닥터 데스'치고는 한심한 모습 아닌가."

간신히 마음을 굳혔는지 데라마치가 천천히 이누카이를 응시했다.

"우선 이름과 나이."

"데라마치 노부테루. 72세."

"본적."

"이와타시 고노다이 9번지 3-14."

"현주소."

"……너희들이 찾아왔잖아. 그래도 주소가 필요하다면 에도가와 하천 부지."

"직업은."

"보면 모르나. 백수다."

"왜 그런 짓을 했지? 넌 그동안 헛소리를 질리도록 지껄

344

였지만 그게 위법행위라는 건 알았잖나."

"불법이란 건 나도 알지. 하지만 돈도 벌고 남도 돕고, 누이 좋고 매부 좋고. 아무도 불행해지지 않았다고. 바라던 일을 이루어 준 거 아닌가."

"혹시 모르니 묻겠다. 의사면허는 가지고 있나?"

"허, 그런 게 있을 리가."

무려 무면허 의사였다니. 이누카이의 분노가 더욱 커졌다.

"무면허 주제에 의료행위를 했다고? 간이 배 밖으로 나왔군."

"의료행위가 대단한 게 아니더라고. 익숙해지면 아마추어도 다 할 수 있어. 실제로 의료행위라고 할 만한 일도 아니고."

그래. 네 놈이 한 짓은 단순한 살인이다.

"대단한 척 떠들어댔지만 역시 돈이 목적이었나?"

"당연하지. 가방 들고 다니면서 의사인 척만 해도 돈이 들어오는걸. 빈 깡통을 주우러 다니는 것보다야 훨씬 편하고 짭짤해. 불법인 건 알지만 절대 포기할 수 없지."

"고작 20만 엔에 감히 그런 짓을 했다고?"

"20만 엔? 어이, 그건 아니지. 내 수중에 떨어진 돈은 훨씬 적었다고."

과연 20만 엔 중 6만 엔은 메구미에게 보수로 줬군. 약물 구입비를 감안하면 벌이가 크지 않다는 논리인가.

취조하는 동안 점점 울분이 차올랐다.

이렇게 저속한 범죄자를 두려워했다는 말인가. 이누카이 하야토는 얼마나 멍청한 자식인가. 마른 참억새를 귀신으로 착각한 바보나 다름없었다.

"그래도 사람의 생명을 돈과 맞바꾼 것이나 마찬가지다. 정말 경멸스러운 남자군."

"생명을 맞바꿨다는 게 무슨 말인지 모르겠지만 경멸스러운 남자라는 건 맞다. 그런데 그 이야기라면 나도 할 말이 있지. 이 나라는 우리 같은 노인에게 너무 냉정해. 정년이라고 쉽게 버린다고. 그러고 나서는 노인이라고 변변한 일자리 하나 못 구하지. 시급이 좀 괜찮다 싶으면 막노동이고. 고령자가 그런 일을 감당할 수 있겠나? 그래서 쥐꼬리만 한 돈이라도 벌어보겠다고 참고 일하는데 외국인을 고용했으니 당장 그만두라네? 그러니까 누구라도 그런 일에 달려들지."

"불법이라도 말인가?"

"공원에서 텐트 치고 노숙하는 것부터가 이미 불법이야. 새삼 그런 걸 준수해 봤자지."

"이게 장난인 줄 알아? 네가 저지른 건 엄연히 살인이라고!"

"살인이라니?"

"개인의 의사 결정권이니 안락사니 그런 건 단지 허울 좋은 핑계일 뿐이야. 너는 촉탁 살인이 아니라 형법 제199조 살인죄로 입건될 거다."

"자, 잠깐만! 살인이라니 이게 다 무슨 소리야!"

"이제 와서 시치미를 떼려고? 지금 밝혀진 건만 해도 환자 세 명을 약물로 살해했어. 기시다 마사토, 마고메 겐이치, 호조 마사무네……."

데라마치의 얼굴에 동요가 일었다.

"아, 아니, 잠깐만. 뭘 잘못 안 거 아닌가? 난 그냥 들러리만 섰어. 그랬다고 살인이라니 그게 무슨 개소리야. 나한테 누, 누명을 씌울 작정인가. 장난 그만해!"

이번에는 이누카이가 당황했다.

"이봐, 도대체 무슨 소리야. 너는 '닥터 데스'라면서 위중환자 여러 명에게 염화칼륨제제를 주사해 죽음에 이르게 했잖아. 그뿐 아니라 네 행동을 정당화하고 고객을 모으려고 사이트까지 개설했지. 안 그래?"

"난 모르는 일이야!"

데라마치는 절규하듯 대답했다.

"나는 의사 행세를 하라는 지시만 받았지, 고객 집까지 운전하거나 주사를 놓는 건 전부 그 여자가 했다고! 난 그냥 옆에서 보기만 했어!"

"뭐라고?"

"말기 암인가 뭔가로 고통스러워하는 환자가 있다. 그런 환자에게 쓰는 진통제 중에는 의료용 대마도 있다. 그런데 정식 루트로 구하려면 비싸니 간호사라는 신분을 이용해 병원 몰래 자신이 진통제를 놓아주러 다닌다. 그런데 간호사 혼자 왕진 가면 환자와 가족들이 미심쩍어할 테니 링거를 놓는 동안 의사인 척해 주지 않겠나……. 그런 부탁을 받은 거라고!"

이누카이는 벼락을 맞은 사람처럼 의자에서 튕기듯 일어났다.

큰일 났다.

이것이 바로 위화감의 정체였구나.

취조실 앞에 진을 치고 있던 다른 수사관을 황급히 취조실로 들여보냈다.

"금방 돌아올게. 그때까지만 대신 있어."

아스카와 데라마치를 취조실에 두고 이누카이는 복도를

달리며 휴대폰으로 아소에게 전화했다.

—왜.

"반장님. 지금 당장 히나모리 메구미에게 붙인 녀석에게 연락해서 그 여자를 붙잡아 두라고 하세요. 그 여자가 진짜 '닥터 데스'입니다. 데라마치는 함정이었습니다."

그러자 수화기 너머에서 아소의 신음소리가 들렸다.

—한발 늦었을지 몰라. 아까부터 계속 연락했는데 응답이 없어서 마치다 경찰서에 사람을 보낸 참이거든.

당했다.

휴대폰을 쥔 이누카이의 손이 힘없이 떨어졌다.

목격 증언을 하나하나 되새겨 보면 확실히 데라마치가 시술하는 장면을 목격했다는 사람은 아무도 없었지 않은가. 히나모리 메구미가 교묘하게 데라마치의 그늘에 숨은 결과 모두의 머릿속에 저 궁상맞은 남자가 '닥터 데스'라고 새겨진 것이다.

덧붙여 그때 사야카를 다시 공격할 낌새를 풍긴 이유는 자신을 감시하는 포위망을 느슨하게 만들기 위해서였다. 그리고 경계가 허술해진 틈을 노려 도주를 꾀했다.

불현듯 메구미가 던진 질문이 되살아났다.

—누구 하나 선생님을 원망하지 않았습니다. 그래도 선

생님에게 죄를 물어야 할까요?

그야말로 '닥터 데스'가 이누카이에게 직접 던진 질문이었다.

이 답도 없는 멍청한 자식.

이누카이는 스스로를 욕하며 서둘러 형사부실로 향했다.

이후 마치다 경찰서 수사관이 현장으로 달려갔더니 메구미를 감시하던 형사가 그녀의 집에서 기절해 있는 모습을 발견했다. 아무래도 등 뒤에서 불시에 주사기로 공격해 약물을 주입한 듯했다. 목숨은 건졌지만 한동안 의식을 회복하지 못했다. 물론 메구미의 행방은 묘연했다. 마치다 경찰서는 급히 시내 주요 도로에서 검문을 실시했지만 도주가 발각된 지 스물네 시간이 지난 지금, 아직 유력한 단서는 얻지 못했다. 데라마치의 증언은 다음과 같이 이어졌다.

"하천 부지를 어슬렁거리는데 그 여자가 말을 걸었어. 의사인 척하면서 자기를 따라다니기만 하면 되는 아르바이트가 있는데 해 볼 테냐고. 한 번 할 때마다 6만 엔이나 준다고 하니 귀가 솔깃했지. 정말 간단했단 말이야. 여자가 선불 휴대폰을 줬어. 그쪽에서 나한테 연락하면 지정된 장소로 가서 그 여자를 기다리다가 건네주는 옷으로 갈아입었어. 하얀 의사 가운을 입은 적도 있어. 운전도 그 여자가 했고. 내가 지켜야 했던 건 딱 두 가지야. 환자 가족에게 인사만 하고 다른 대화는 하지 말 것. 대화하다 보면 가짜 의사라는 걸 들킬까 봐 그런가 보다 했지. 그리고 절대로 아무에게도 말하지 말 것. 한마디라도 누설하면 계약 해지라고 했거든. 그래서 그 두 가지는 잘 지켰어. 그런데 형사님, 믿어 줘요. 그 여자가 주사를 놓기만 하면 환자의 얼굴이 편안해졌다니까. 그래서 나는 그 약이 진통제라고 믿어 의심치 않았어요. 그게 독약인 줄 알았으면 겨우 6만 엔에 그딴 일을 했겠나? 아니, 돈을 퍼준대도 안 했지."

메구미의 집을 다시 수색했지만 새로운 증거는 아무것도 없었다. 컴퓨터 기기뿐 아니라 의료 기구도 주삿바늘 하나 나오지 않았다.

이누카이는 가설을 세웠다. 메구미의 거처는 아마 두 군데였을 것이다. 한 곳은 숙식만 해결하는 마치다의 아파트. 또 다른 한 곳은 '닥터 데스'로서 의뢰를 받고 답장을 보내는 곳. 그러고 보니 '닥터 데스'가 한동안 이누카이의 질문에 답하지 않았던 이유도 알 만했다. 다만 이 또한 현재는 물증이 없으니 어디까지나 추측이었다. 검문 또 검문,

각 금융기관 ATM 코너와 철도역마다 설치된 카메라에서도 메구미는 발견되지 않았다. 도주 자금을 어디에 숨겼을까. 지금은 수도권을 벗어났을까. 수사본부는 수도권에 있는 모든 경찰서에 협조를 요청했지만 신뢰할 만한 목격 정보는 얻지 못했다.

"히나모리 메구미는 외국에 다녀온 이력이 있어."

이누카이를 호출한 아소가 우울한 얼굴로 말했다.

"5년 전에 출국해서 3년 전에 귀국했지. 본인의 진술대로라면 근무하던 병원이 문을 닫자마자 외국으로 건너간 셈이야. 그리고 그 여자가 귀국했을 무렵부터 인터넷에 '닥터 데스'가 출몰했다."

"어디에 다녀왔답니까?"

"중동. 딱 '아랍의 봄*'이 일어났던 시기야. 각국 독재 정권을 상대로 민주화 투쟁이 격화된 상황이었지. 일본인 한 명이 어디서 무얼 했는지 지금으로는 알 길이 없어."

독재 정치와 민주화 운동, 그 틈새에서 벌어진 전투. 그

---

* 2010년 말 중동과 북아프리카에서 시작돼 아랍 전역으로 번졌던 대규모 반정부 시위. 집권 세력의 부패, 빈부 격차, 청년 실업으로 분노한 대중이 일으킨 시위다.

곳에서 히나모리 메구미가 목격한 것은 도대체 무엇이었을까. 무엇이 됐든 그녀가 귀국 후 안락사를 생업으로 삼은 이유와 무관해 보이지 않았다.

"전쟁터에서 사람 목숨을 파리 목숨 취급하는 모습을 보고 윤리관이 마비됐는지도 모르지."

"글쎄요, 그건."

이누카이는 살며시 의구심을 보였다.

"썩어도 준치인데 간호 경험이 있는 인물이잖아요. 아무리 대량 살육을 목격했다고 해도 의료인이 갑자기 쾌락살인범으로 변한다는 논리는 비약이 심한 것 같습니다."

"흥. 이건 본인을 잡아서 직접 묻는 수밖에 없겠군. 그런데 이 여자는 도대체 어디로 사라진 거야."

아소가 몹시 밉살스럽게 내뱉은 저주의 말은 점점 허무해지기만 했다.

사야카를 문병 가던 길에 그 전화가 걸려 왔다.

발신자 표시에는 '미등록'이라고 떴지만 이누카이는 본능적으로 어떤 인물을 떠올렸다.

"네."

―이누카이 형사님, 오랜만이네요.

역시 그 여자였다.

"메구미 씨. 지금 어디입니까?"

—맞혀 보세요.

"어차피 역탐지하지 않을 거라고 생각하겠죠."

—경찰도 역탐지할 수 있을 거라고 생각 안 하잖아요.

또 해외 서버를 경유해 인터넷 전화로 걸었나. 그렇다면 아무리 역탐지를 해도 소용없으리라.

"설마 자수라도 할 생각은 아닐 테고."

—'닥터 데스'로서 한 번은 사과하려고요. 감시망을 벗어나려고 사야카의 이름을 이용한 건 정정당당하지 못했죠. 그건 사과할게요.

"사과는 직접 얼굴을 보고해야 도리죠."

—미안하지만 내가 그렇게까지 고상하지는 못해서요. 이러니저러니 해도 이누카이 형사님이 혐오하는 범죄자잖아요.

이누카이는 대화를 나누면서 귀에 온 신경을 집중했다. 메구미의 목소리 뒤로 주변 환경을 추측할 만한 소리는 들리지 않나. 들린다면 어떤 소리인가.

—말해 두는데 주변 소리로 발신 장소를 알아내려고 해도 소용없어요. 고상하지는 않지만 멍청하지도 않거든.

빌어먹을 여자 같으니라고.

조사 때와는 전혀 다른 사람처럼 침착한 말투였다. 아니, 아마도 지금 모습이 진짜 히나모리 메구미이리라.

—형사님이 내 일에 계속 반감을 품는 이유는 역시 사야카가 머릿속에서 떠나지 않았기 때문인가요?

"……당신과는 관계없는 일이야."

—미안한데 사야카의 카르테를 봤어요. 신부전으로 장기 기증자를 기다리는 것 같던데. 걱정 말라 할 정도는 아니지만 그래도 그리 비관적인 상황은 아니에요. 법 때문에 꽉 막힌 이 나라만 벗어나면 기증자는 의외로 쉽게 찾을 수 있거든요.

"위법한 수단을 권하는 겁니까?"

—형사님에게는 가족과 법 중 뭐가 더 중요할까요?

대답하지 못했다.

—아버지이기도 하고, 형사이기도 하고. 그런데 사야카의 목숨이 걸린 상황에서 형사님은 어느 입장에 설까요.

"일어나지도 않은 일에 대해 대답할 수 없습니다."

—이미 대답한 사람이 몇 명이나 있죠. 기시다 마사토의 어머니, 마고메 겐이치의 아내, 호조 에이스케 씨. 이 사람들은 법의 파수꾼은 아니지만 법을 준수하는 선량한 시민

이에요. 그래도 사랑하는 사람의 고통을 덜어줄 수 있다고 생각해 법이라는 장벽을 과감히 뛰어넘었어요. 그들에게는 그게 정의였으니까.

"한 가지 묻고 싶습니다."

—대답할 수 있는 질문이라면 좋아요.

"5년 전에 근무하던 병원이 문을 닫기 전까지만 해도 당신은 올바른 간호사였습니다. 그런데 외국에 나갔다 귀국한 뒤에는 '닥터 데스'라는 과거 악명 높았던 위험인물의 이름을 계승했죠. 외국에서 무슨 일을 겪었습니까? 윤리관이 백팔십도 뒤바뀔 그 경험은 무엇이었습니까?"

—산더미처럼 쌓인 시체와 시체가 되어 가는 환자. 내가 중동에서 무얼 했는지 모르는 모양이네요. 나는 '국경없는의사회' 소속이었습니다.

역시 그랬군.

막연히 상상한 답이 적중했지만 그것이 정답이라고 해서 특별한 느낌은 들지 않았다.

—독재 정권에 대항한 민주화 투쟁이니 뭐니 미사여구로 잔뜩 포장하지만 실제로는 전쟁 그 자체였죠. 사방이 피바다에 잘린 팔다리, 배 밖으로 드러난 장기. 국경없는의사회가 현지로 날아갔지만 그곳은 물자 공급도 쉽지 않은 곳

이었고 가장 중요한 병원은 소독액조차 부족했어요. 치명상을 입은 환자가 마취도 없이 고통에 몸부림치며 죽어갈 수밖에 없었습니다. 수술도 못 하고, 진통제도 없는 상황에서 환자들이 오로지 갈구할 수 있는 건 고통 없는 죽음뿐이었죠.

"그게 안락사에 발을 들인 계기입니까?"

—죽음은 때와 장소에 따라 의미가 다릅니다. 형사님, 당신이 필사적으로 지키려는 법은 우물 안 정의나 마찬가지예요. 실제로 사람들은 내게 고마워했고 날 원망한 적은 한 번도 없어요. 지난번에도 말했잖아요.

"궤변입니다. 피해자가 없으니 범죄가 성립하지 않는다는 논리는 그저 변명일 뿐입니다."

—그 고정관념이야말로 당신의 한계라고요.

메구미가 수화기 너머로 가볍게 웃었다.

—그리고 말이에요, 범죄, 범죄 노래를 부르지만 아직 이 나라가 안락사 문제를 터부시하니까 범죄라고 하는 거예요. 안락사 시행 건이 많아지고 현재의 규범으로는 감당하기 어렵다는 현실을 깨닫는 순간 안락사는 위법행위가 아닐 겁니다. 예전에 존속살인 문제가 불거졌을 때, 그 사건을 안락사 문제와 엮어 진지하게 논한 언론이 몇이나 있었

죠? 저출산 고령화와 노노간병老老看病*이 코앞까지 닥치면 언젠가는 안락사를 선택할 수밖에 없는 가족이 늘어날 게 뻔한데 법률 재정비 추진을 제안한 의료인은 몇이나 있었죠? 다들 자기에게 불똥이 튈까 봐 문제를 미뤘잖아요. 고작 나 혼자 한 일로 경찰과 세상이 이렇게나 시끄러운 이유는 지금까지 묵혀 둔 고름이 곪을 대로 곪아 터져서입니다. 그렇게 생각하지 않아요?

"……당신과 나 사이에는 깊은 강이 가로막고 있는 것 같군요. 역시 직접 만나 대화하고 싶습니다."

—유감스럽게도 그건 안 되겠네요. 좀 불편해져서 잠시 이 나라를 떠날까 해요.

공항에도 감시하는 눈이 있다고 말하려다가 그만뒀다. 메일을 주고받을 때 감식과를 교란하던 방법을 쓰고도 남을 여자였다. 위조여권을 구하는 것도 식은 죽 먹기일 테지.

"다른 나라에 가서 살인을 계속할 겁니까?"

—누가 들으면 오해할 소리를 하시네요. 내게, 그리고 의료 기구가 부족한 곳에서 안락사는 정당한 의료행위 중 하

---

* 노인이 된 자식이 노인인 부모를 돌보는 것으로 고령화 사회의 대표적인 사회현상.

나예요. 당신이 입에서 단내나도록 말하는 것처럼 안락사
가 법에 반하는 행위일지도 모르죠. 하지만 인류에 준하는
행위예요. 의미 없는 고액의 연명치료가 발달한 현재, 전쟁
터가 아닌 이곳에서도 안락사를 바라는 목소리는 점점 커
지겠죠. 나는 앞으로도 환자의 고통을 덜어주기 위해 계속
안락사를 수행할 겁니다. 사례가 늘어날수록 안락사의 장
벽은 낮아지고 죄책감도 줄어들겠죠. 반드시 법도 허용하
는 방향으로 움직일 겁니다. 선대 '닥터 데스'가 남긴 유산
은 그 과정에서 가치 있는 것으로 변했어요. 그것이 의료종
사자로서 내 정의랍니다. 세상은 내 정의와 형사님의 경찰
로서의 정의 중 어느 쪽을 더 높게 평가할까요? ······후우,
통화가 너무 길어진 것 같네요. 이만 끊을게요.

"잠깐."

—이제 만날 일도, 더 할 말도 없잖아요. 안녕히 계세요,
정의로운 형사님.

전화가 끊어졌다.

이누카이는 지금까지 온 길을 되돌아갔다.

아소에게 연락해 즉시 각 공항에 긴급 배치를 요청해야
한다.

늦지 않겠는가. 지금 출국장에서 전화를 걸었을 수도 있

지 않나.

아니, 지금은 할 수 있는 모든 일을 해야 한다. 설령 악에 받친 헛발질로 끝난다고 해도 이 나라 경찰과 법은 '닥터 데스'의 논리를 용납하지 않을 것임을 메구미가 알게 해야 한다.

그것이 현재 자신의 정의이기 때문이다.

이누카이는 달리며 아소에게 계속 전화를 걸었다.

5

계승한 죽음

1

"메구미, 여기 좀 누르고 있어."

브라이언의 지시에 메구미는 환자의 상체를 힘껏 눌렀다. 왼쪽 다리 무릎 아래로는 완전히 망가져서 회복할 수 없는 상태였다. 파상풍 위험이 있으니 다리를 절단하는 게 낫겠다고 브라이언은 판단했다.

환자는 30대 남성. 덩치가 크고 메구미보다 훨씬 힘이 세 보였지만 양손이 묶인 상태이니 상체만 어떻게든 누르면 된다.

전기톱의 나직한 소리가 환부와 가까워졌다. 허벅지에 톱날이 닿는 순간 환자의 몸이 크게 요동치며 들썩였다. 메구미가 체중을 실어 온몸으로 누르자 환자의 떨림이 직접 전해졌다.

피가 튀고 살이 타는 냄새가 진동했다. 톱이 피부를 찢고 살을 자르고 뼈를 부쉈다. 수술용 도구라고 해도 극심한 고통을 느끼는 것은 같았다. 안전을 위해 입에 충전재를 물고 있는 환자는 필사적으로 울부짖었는데 잔뜩 억눌린 짐승의 울음소리 같았다. 거친 수술 방식에 항의하는 소리일지도 몰랐다.

하지만 브라이언의 의료적 판단은 옳았다. 문제는 마취제를 비롯한 약품이 부족하다는 사실이었다.

절단 수술은 5분 만에 끝났다. 마치 30분 같은 5분이었는데 환자는 더 길게 느꼈으리라. 환자는 저항할 기력조차 잃었는지 상체를 축 늘어뜨렸다. 그러나 여기서 상체를 풀어주면 안 된다.

브라이언은 절단면을 천으로 덮은 뒤 철사로 상처를 막기 시작했다. 이번에도 역시 상당히 고통스러운 듯 다시 몸이 크게 튀었다. 실외에 떠도는 온갖 세균을 차단할 수 없는 상황에서 제대로 된 지혈제도 소독제도 없다. 혈액 자체가 지닌 응고 작용과 자정작용으로 균의 침입을 막는 수밖에 없었다.

하지 절단을 마친 브라이언은 격렬하게 들썩이는 메구미의 어깨에 손을 얹었다.

"훌륭했어."

그러고는 어깨에 힘을 빼고 등받이가 찌부러진 파이프 의자에 걸터앉았다. 평소 매우 쾌활한 브라이언이 지금은 피로에 찌든 몸으로 사지를 축 늘어뜨렸다. 그럴 만도 했다. 정부군의 폭격이 재개된 이후 현장에 있던 의사들은 최근 사흘 동안 잠도 자지 못하고 쉬지도 못한 채 환자를 치료하고 있다.

무너진 건물과 부서진 군용차가 잔해를 드러낸 가운데 의사와 간호사들은 텐트에서 부상자 치료에 몰두했다. 익숙한 소독약 냄새 대신 이곳은 피와 화약 연기의 냄새가 진동했다.

카다피의 퇴진을 요구하는 시위는 리비아의 수도 트리폴리까지 확대됐고 시위대가 방송국과 공공기관 사무실을 점거했다. 이에 대응해 정부군은 무차별 공격을 개시했고 리비아는 내전에 돌입했다. 브라이언을 비롯한 '국경없는의사회' 의료진은 3주 전에 현지로 들어왔는데 그사이에 전황은 점점 악화되어 의료진이 상주하던 병원까지 파괴되는 바람에 최소한의 의료 기기와 약품만 챙겨 시가지로 내몰린 것이다.

정부군은 반정부파의 보급로를 차단하려고 시가로 통하는 도로와 파이프라인을 봉쇄했다. 전기와 수도가 끊어져도 의사회는 배터리와 비상시 사용할 물이 있기에 수술 도구도 사용할 수 있고 세척하는 데도 어려움이 없었다.

약품이 부족하다는 점이 유일한 문제였다.

"여기 참 싫군."

브라이언이 힘없이 중얼거렸다.

"물도 있고 식량도 있어. 휴대용 단말기도 있고. 메스도 드릴도 전기톱도 최신 의료 기구는 대부분 갖춰져 있어. 오로지 약만 없군."

문득 생각난 듯 메구미를 바라봤다.

"아, 빼먹었군. 우수한 간호사도 있고."

"지금은 약보다 도움이 되지는 않죠."

브라이언은 조용히 고개를 저었다. 지금 보일 수 있는 최대한의 감정표현이었으리라.

"스스로 어떻게 생각하는지 몰라도 여기 있는 사람들은 다들 메구미에게 고마워해. 의사도 환자도, 그리고 죽은 사람도. 그러니까 당당해도 돼. 그러면 다들 좋아할 거야."

그 말만으로도 보답받는 기분이었다.

히나모리 메구미가 '국경없는의사회' 간호사 모집에 지원한 것은 전에 근무하던 병원이 문을 닫아 실직한 지 며칠 뒤의 일이었다. 재취업할 병원을 찾는 일이 순조롭지 않기도 했지만 모집 요강에 있던 MSF(Medecins Sans Frontieres) 헌장에 강하게 끌린 것이다.

국경없는의사회는 고통받는 사람들과 자연재해, 인적 재난, 무력 분쟁의 피해를 입은 사람들을 대상으로 인종, 종료, 신념, 정치적 성향에 따른 어떠한 차별도 없이 중립성과 비편향성을 엄수하며 자유롭게 의료 구호를 지원합니다.

국경없는의사회의 자원봉사자는 의사회가 제공하는 것 이외에 개인적으로 어떠한 보상도 요구하지 않습니다.

망설임은 순간이었다.

메구미의 경력은 채용 조건에도 부합해서 채용 후 바로 출국했다.

가벼운 영웅 심리가 전혀 없었다고 한다면 거짓이었다. 야전병원 같은 현장으로 파견되고 나서 이탈을 생각했던 적이 한두 번이 아니었다.

그럼에도 의사회 소속으로 머무는 이유는 의사나 다른

직원들의 의료 윤리와 봉사 정신에 감화됐기 때문이다. 특히 미국인 의사 브라이언 홀의 영향이 컸는데, 어떤 절망적인 상황에서도 유머를 잃지 않고 모든 지식과 열정을 치료에 바치는 사람으로 메구미에게 롤모델과도 같은 존재였다.

브라이언과 메구미의 짧은 휴식은 3분도 채 이어지지 않았다.

바로 옆 침대에 누워 있던 군인의 용태가 급변했기 때문이다. 얼마 전까지만 해도 평온했는데 지금은 눈이 튀어나올 정도로 부릅뜨고 고통을 호소했다. 목소리를 내지 못해서인지 불길할 정도로 괴로운 표정이었다.

메구미가 달려갔을 때는 온몸이 극심한 경련으로 떨리고 있었다. 만져 보니 팔다리 근육이 쇳덩어리처럼 딱딱했다. 숨을 제대로 쉴 수 없는 듯 헐떡이기도 했다. 전형적인 파상풍 말기 증상이었다.

"내가 볼게!"

브라이언이 메구미를 밀치고 군인의 몸에 달라붙어 살폈다.

이 군인은 온몸에 무수한 상처를 입었는데 땅속의 파상풍균이 어딘가의 상처로 침입한 것으로 추정됐다. 본래 파상풍 치료에는 메트로니다줄 등 항생제를 투여하는데 체내에서 생성된 신경독에는 효과가 없다. 신경독을 중화하려면 항파상풍사람면역글로불린이 필요한데 공교롭게도 두 약품 모두 텐트에 없었다.

브라이언의 얼굴에 그늘이 드리웠다. 이대로 계속 경직되면 기도가 좁아진다. 호흡곤란과 척추골절이 동반되며 환자는 죽음에 이른다. 외과 수술 치료는 의미가 없었다. 약품만이 증상을 완화할 수 있는 방법이었다.

"선생님."

메구미가 불렀지만 브라이언은 답이 없었다. 그저 가만히 환자를 내려다보며 내면의 존재와 필사적으로 싸우는 듯 보였다.

그가 싸우는 존재는 분명 자신의 의료 윤리이리라. 의료 장비도 한정되고 약품도 거의 없는 상태에서는 만족스러운 의료행위를 펼칠 수 없다. 만족스러운 의료행위가 이루어지지 않으면 의료 윤리는 다른 윤리 기준으로 대체된다.

이윽고 브라이언은 빛이 꺼진 얼굴로 텐트 안으로 사라졌다. 그리고 한 손으로 쥘 수 있는 크기의 앰플을 들고 왔다.

앰플 라벨을 보고 화들짝 놀랐다. '석사메토니움'. 근육이완제 일종이지만 독약으로 지정된 약품이다.

약품 부족으로 환자가 걷잡을 수 없이 늘어난다. 의사와 간호사들이 아무리 안간힘을 써도 환자가 죽어가는 모습을 지켜볼 수밖에 없다. 이 군인처럼 숨이 끊어질 때까지 극심한 통증에 몸부림치는 사람이 적지 않았다.

그리고 상황이 그렇게 변해갈 무렵 일부 의사들은 암묵적인 결정을 내렸다.

누가 선언한 것도 아니다. 누구와 대화를 주고받은 것도 아니다. 죽음이 가까워진 환자를 담당하는 의사가 치료가 아닌 안녕이라는 선택지를 준비한 것이다.

브라이언은 극심한 통증에 시달리는 군인의 귓가에 대고 속삭였다.

"편해지고 싶어요?"

한 번의 속삭임으로는 이해할 수 없던 군인은 브라이언에게로 고개를 돌렸다.

"편해지고 싶어요?"

군인은 그 말의 의미를 이해한 듯 공허한 눈빛으로 고개를 끄덕였다.

브라이언은 앰플에 담긴 약품을 주사기에 옮겨 담았다. 메구미는 망설임 끝에 그 손에 자신의 손을 얹었다. 지극히 소극적인 항의인 셈이었다.

브라이언은 몹시 면목이 없다는 눈빛으로 메구미를 바라봤다.

"가만히 지켜봐 줘."

"……이건 치료가 아니에요."

"메구미의 말이 맞아. 이건 치료가 아니야. 구제지."

"하지만."

"신경독은 작용 범위가 근육으로 한정되니까 환자는 사망할 때까지 멀쩡한 정신으로 고통스러워해야 해. 그게 과연 이 환자를 위하는 최선의 길일까?"

그가 천천히 메구미의 손을 뿌리쳤다.

"'닥터 데스'라는 사람을 아나?"

처음 듣는 이름이었다.

"본명은 잭 케보키언. 나와 같은 미국인 의사고 적극적 안락사를 권장한 죽음의 의사야. 그의 독선 가득한 주장은 도저히 동의할 수 없지만 한 가지만은 공감했어. 누구에게나 죽을 권리가 있다는 말."

"그걸 전쟁터에서 실천하겠다는 말이에요?"

"'닥터 데스'는 처벌받았어. 당연하지. 그리고 이건 내가 짊어질 죄다. 메구미는 관여하지 않아도 돼."

주삿바늘이 군인의 목정맥을 잡았다. '석사메토니움'을

주입하자 지금까지 학질 환자처럼 덜덜 떨던 몸이 차분해지며 이윽고 고통 없는 편안한 얼굴이 됐다.

군인의 입술이 어렴풋이 위아래로 움직였다. 알아들을 수 없을 정도로 작은 목소리였지만 공격적인 말이 아니라는 사실만은 알 수 있었다.

그리고 더는 움직이지 않았다.

브라이언은 완전히 피폐해졌다.

"이런 일로 감사받는 건 질색인데."

의사에 의한 적극적 안락사. 평화로운 곳에서는 범죄로 여겨지는 행위가 전쟁터에서는 구제 수단이 된다. 그리고 구제 조치는 부상자의 수에 비례해 늘어났다.

처음에는 거부반응을 보였던 메구미도 어느샌가 서포트하러 다니기 시작했다. 가슴속에서 비명을 내지르는 죄책감도 환자의 입에서 나오는 감사의 말에 지워졌다.

전쟁터의 군인은 사람을 죽이는 것이 임무다.

전쟁터의 의사도 그와 비슷할지 모른다는 생각이 들기 시작했다.

전황은 날로 치열해져 마침내 시가지에 완충지대라고 부를 만한 곳이 전부 사라졌다. 길목 어디에서든 총탄이 날아왔다. 메구미와 의료진 바로 위로 폭격기가 지나가는 광경도 드물지 않았다.

의사회 철수를 결정한 사람은 브라이언이었다. 이미 약품이란 약품은 전부 바닥났고 텐트로 실려 오는 부상자도 응급처치로 해결할 수 없는 수준이 대부분이었다.

"여기서 우리가 할 수 있는 일은 더 이상 없다."

리더로서 브라이언이 선언하자 다른 의사와 직원들은 일제히 철수 준비에 들어갔다. 의료 기구를 컨테이너에 넣어 밴에 실었다. 총격이나 공습이 비교적 뜸한 밤을 기다려 교외로 이동할 계획이었다.

"교외에는 아직도 의료 구호를 기다리는 시민과 부상자가 넘쳐 나. 장소에 따라서는 약품을 공수받을 수도 있을 거야. 거기서 시가전이 끝나기를 기다리자."

메구미에게 이의는 없었다. 브라이언이 실력을 발휘할 수 있는 곳이라면 지옥 끝까지라도 따라갈 생각이었다.

의사회는 지휘관이 통솔하는 군대와 비슷했다. 직원은 자신의 업무를 전부 파악하고 효율적으로 막힘없이 움직였다. 누가 지시하지 않아도 훈련받은 군인처럼 스스로 움직였다.

한창 컨테이너로 짐을 옮길 때 메구미는 브라이언의 곁에 있었다. 브라이언이 지시하면 곧바로 대응하기 위해서였다.

"메구미는 리비아에서의 지원 활동이 끝나면 뭘 할 생각이야?"

갑작스러운 질문에 곧바로 대답하지 못했다.

"딱히 계획은 없어요. '국경없는의사회' 소속으로 계속 선생님을 따라다닐 생각이에요."

"진심이야?"

브라이언의 얼굴이 자신의 그것에 닿을 정도로 가까워져서 메구미는 자신도 모르게 한발 물러섰다. 벌써 몇 주째 샤워를 못 했다. 자신에게서 냄새가 날까 봐 염려됐다.

"그렇게 결심했어요."

"난 반대야."

말투는 부드러우면서도 평소와 다르게 차가웠다.

"제 간호 실력이 마음에 안 드세요?"

"말도 안 돼. 그 반대야. 메구미는 드레인* 관리도 카테터** 관리도 완벽해. 피지컬어세스먼트***는 오히려 메구미에

---

* 배액관. 수술 부위의 액체가 흘러나오도록 돕는 관.
** 체내 또는 장기에서 액체를 빼내거나 넣기 위한 관.
*** 인체 진단.

게 배워야 할 의사도 있을 정도라고."

"그런데 왜 그러세요?"

"그렇게 뛰어난 실력을 갖췄지만 제대로 된 의료 도구도 약품도 없는 곳이라서 실력을 발휘하지 못하잖아. 분명히 말하는데 그 실력은 전쟁터 말고 다른 곳에서 발휘하는 게 더 효과적일 거야. 더 많은 환자를 살릴 수 있고 메구미도 가치 있게 일할 수 있어."

"여기서 일하는 게 좋아요."

일언지하에 잘라 말했다.

"일반 병원에서 일하는 것보다 훨씬 더 경험을 쌓을 수 있으니까요."

"그래. 그런데 그중에는 통상적인 의료행위에 불필요한 경험도 포함되지."

그렇게 말하면서 의사 가운 주머니에서 주사기와 석사메토니움 앰플을 꺼냈다. 방금 또 다른 부상자를 하늘로 보냈다.

"이건 구제이긴 하지만 정당한 의료행위라고 할 수 없어. 메구미는 더 이상 이런 기술에 깊게 엮여서는 안 돼."

브라이언과의 관계가 끝나면 견딜 수 있을까.

아직 그를 떠나고 싶지 않았다. 엄중하게 항의해야 한다.

그렇게 생각했을 때 상공에서 들리는 폭격기 소리가 점점 커졌다.

오늘은 유난히 가깝게 지나가는구나, 생각한 순간 두 귀가 무언가 떨어지는 소리를 포착했다.

그 소리가 급속도로 커졌다.

"메구미!"

브라이언이 외치는 동시에 충격이 엄습했다.

눈앞에 서 있던 빌딩에 명중한 듯 벽이 날아갔다.

굉음으로 청각이 마비됐다. 순간 입을 벌리지 않았다면 안구가 튀어나왔으리라.

아무 소리도 들리지 않는 와중에 세상이 무너져 내린다. 텐트가 바깥으로 젖혀져 마구 휘날렸다. 컨테이너가 날아가고 그 위에 잔해가 비처럼 쏟아져 내렸다.

폭풍으로 흙먼지가 마구 흩날리고 메구미의 몸도 날아갔다. 주위는 순식간에 하얀 어둠에 휩싸였다. 메구미는 속수무책으로 땅바닥을 기었다.

3분? 아니면 10분? 시간 감각마저 마비된 가운데 비로소 흰 연기가 걷히고 시야가 명료해졌다.

메구미는 주춤주춤 상체를 일으켰다. 그런데 몸이 몹시 둔했고 뜻대로 움직여지지 않았다. 내려다보니 팔이며 다리며 사방팔방에 유리 조각이 꽂혀 있었다.

그런데 브라이언은 어디 있지?

걸을 때 방해가 되는 유리 조각을 빼냈다. 아드레날린이 분비되는지 기이하게도 통증은 느껴지지 않았다.

"선생님!"

몇 번이나 소리쳤지만 잔해 더미가 내는 소리에 묻혀 목소리가 닿지 않았다.

원래 있던 자리까지 돌아갔을 때 비로소 브라이언을 발견했다.

브라이언의 몸이 전부 보이기 시작하자마자 메구미는 믿을 수 없다는 듯 소리 질렀다.

굵은 철근 두 개가 브라이언의 흉부 가운데 부분을 관통했다. 거의 꼬챙이에 꿰인 듯한 모습으로 반쯤 허공에 매달려 있었다.

"선생님……."

몸을 질질 끌며 달려갔다. 아직 숨은 붙어 있는 듯했지만 폐를 관통한 탓에 숨을 쉴 때마다 입에서 꾸르륵꾸르륵 소리가 났다.

메구미는 브라이언을 철근에서 빼내려고 안간힘을 썼지만 꿈쩍도 하지 않았다.

"누구, 누구 없어요!"

그 순간, 메구미는 이제야 의사회 직원 대부분이 땅바닥에 쓰러져 있다는 사실을 알아차렸다. 게다가 사지 멀쩡한 사람은 찾아볼 수 없었다.

구원은 없었다.

자신은 힘이 부족했고 이러는 동안에도 브라이언의 상처에서 생명이 흘러내렸다. 가슴 두 군데를 관통했다. 마취제조차 없는 상황에서 그를 구해내는 것은 불가능했다.

"제발, 제발 누가 좀 도와주세요!"

하지만 그 말은 허무하게 폭연 속으로 사라졌다. 메구미는 브라이언의 곁에서 허겁지겁 손을 맞잡아 줄 수밖에 없었다.

그때 브라이언이 가운 주머니를 뒤져 무언가를 꺼냈다. 메구미에게 내민 것은 주사기와 앰플이었다.

설마, 설마.

절망에 차 고개를 마구 저었지만 브라이언은 메구미를 향해 내민 손을 거두지 않았다.

나더러 당신을 죽이라고?

자비를 구하는 심정으로 브라이언의 뺨에 얼굴을 가져다 대려던 그때 그의 입술이 미약하게 벌어졌다.

"……죽을 권리를, 줘."

메구미의 몸에 전류가 흘렀다.

브라이언의 목이 중력을 따르듯 돌아갔고 두 눈이 메구미를 바라봤다.

브라이언의 소원은 메구미의 겁약한 마음보다 굳건했다.

벌써 호흡할 때마다 휘휘 소리가 났다. 이제 남은 시간도 방법도 없었다.

메구미는 브라이언의 손에서 주사기와 앰플을 건네받아 준비를 마쳤다. 손으로 목덜미의 정맥을 찾아 한 번 심호흡한 뒤 바늘을 찔러넣었다.

움직이는 피스톤과 점점 줄어드는 농밀한 약물, 그리고 담담한 마음.

이윽고 호흡이 약해졌고 브라이언은 미소를 머금은 채 움직이지 않았다.

메구미는 그 자리에 주저앉아 하늘을 향해 절규했다.

잠에서 깼다.

주변을 두리번거리다가 자신이 있는 곳이 신칸센 안이라는 사실을 떠올리고는 탄식했다.

또 그 꿈을 꾼 모양이다. 현재의 히나모리 메구미를 만든

378

과거의 죄. 세상에서 가장 경애하고 충성했던 인물을 자신의 손으로 보낸 죄.

이후 메구미는 살아남은 직원들과 수도 트리폴리를 간신히 탈출해 무사히 살아 돌아왔다.

누군가는 그 일을 계기로 이탈했고 누군가는 머물렀다. 메구미는 후자였다. 이후에도 각국의 분쟁지역을 떠돌았다. 분쟁지역마다 다른 것은 다투는 사상과 언어뿐이었다. 전쟁터에 흐르는 피나 파괴된 육신은 어느 지역이나 똑같았고 삶보다 죽음을 원하는 부상자가 많은 점도 다르지 않았다.

그날부터 얼마나 많은 부상자를 편안한 죽음으로 이끌었을까. 그들은 모두 납득했고 메구미에게 감사하며 세상을 떠났다. 가장 소중한 사람을 죽인 시점에서 장벽은 주저 없이 넘을 수 있었다.

만인에게 평등한 의료를.

만인에게 죽음의 권리를.

'국경없는의사회'를 그만둔 이유는 의사 한 명이 안락사의 시비를 따졌기 때문이다. 그 의사는 고발할 의도는 아니었지만 더 이상 메구미가 남아 있기 난처해졌다.

그리고 지금, 메구미는 일본에서 '닥터 데스'를 자처한다. 전장 밖에도 안락사를 원하는 환자가 많다는 사실을 알았기 때문이다.

일은 매우 순조로웠다. 그 이누카이라는 눈치 없는 형사가 나타나기 전까지는.

마지막으로 그와 대화했을 때 일본을 떠나겠다고 말한 것은 양동작전이기도 했다. 실제 경시청은 각 현경과 협력 체제를 구축해 주요 공항의 경비태세를 강화했다고 들었다. 누가 그런 장소에 어슬렁어슬렁 나타나겠는가. 덕분에 전부터 지내던 또 다른 집에는 아직 수사관이 접근한 흔적조차 없었다.

그로부터 약 한 달, 머지않아 세간의 관심이 식으면 일본을 떠난다는 말이 거짓은 아니었다. 히나모리 메구미의 이름과 얼굴이 널리 알려진 지금, 일본에 있어 봤자 계속 일할 수 없었다.

그러나 그전에 이 의뢰만은 수행해야 했다.

구쓰와 히로노부 48세, 이즈모시 거주. 말기 암으로 몸져누운 상태에서 본인이 직접 안락사를 요청했다.

이 의뢰를 마지막으로 일본에서의 일을 끝낼 생각이었다.

2

구쓰와가 사는 곳은 시마네현 이즈모시 스사온천 근처, 히가시사사야마산이라는 시골이었다. 총 마흔두 가구, 인구 일흔네 명의 작은 마을로 지도를 보면 시가지와 마을 사이에 길 하나뿐이었다. 이 길을 사용할 수 없게 된다면 마을은 말 그대로 육지 속 외딴 섬이 된다.

오후 7시 30분. 메구미가 택시에서 내렸을 때 히가시사사야마산은 비가 억수같이 쏟아졌다. 택시 기사 말로는 12월 들어서 사흘 내내 내린 가을 장맛비라고 했다. 아마 이 비가 그친 뒤 본격적으로 겨울이 찾아올 것이다.

택시 기사의 말을 들으면서도 메구미는 고개를 들지 않

왔다. 챙이 넓은 모자를 썼으니 얼굴도 기억하지 못할 것이다.

비포장 마을 길 곳곳에 웅덩이가 생겼다. 몇 군데를 피해 걸었지만 신고 온 로퍼는 곧 진흙투성이가 됐다.

구쓰와는 아내와 장남 셋이 산다고 한다. 췌장암 판정을 받은 지 3개월째. 진단받았을 때는 이미 전이가 진행된 상태라 수술로도 방법이 없었다.

원래 췌장암은 초기 단계에는 자각 증상이 거의 없다. 있다고 해도 가벼운 복통 정도며 짧은 기간 안에 통증이 잦아든다. 그러나 진행이나 전이가 매우 빨라서 자각 증상이 나타날 무렵에는 이미 치료 방법이 없다.

산골짜기 마을에서의 농림업, 그래도 사치하지 않으면 세 식구가 먹고살 만했다. 그러나 가정의 기둥인 구쓰와가 병으로 쓰러지면서 가세가 크게 기울었다.

구명줄인 생명보험에 가입한 것도 약 10년 전이라서 리빙니스특약은* 포함되지 않았다. 다시 말해 구쓰와의 사망 보험금만이 일가의 남은 희망이었다.

---

* 생명보험 특약 중 하나. 피보험자가 의사에게 남은 생이 6개월 이내라는 진단을 받으면 사망보험금을 미리 청구할 수 있다.

물웅덩이를 피해 걷다 보니 길이 이어지는 언덕 위에 대문에 달린 조명 하나가 보였다. 구쓰와의 집이었다. 지도에서 확인했듯 옆집과 1킬로미터 가까이 떨어져 있었다.

사전에 협의한 대로라면 집에 아내와 자식은 없을 터였다. 두 사람이 각자 일이 있어 집을 비우는 날을 메구미의 방문일로 정했다고 했다. 물론 '닥터 데스'에게 안락사를 의뢰한 사실은 비밀이었다.

오늘 저녁, 구쓰와의 혼을 배웅하는 사람은 메구미 한 사람뿐이었다. 구쓰와는 가족이 지켜보는 가운데 눈을 감고 싶은 마음이 크겠지만 의뢰 내용이 내용인 만큼 이루어질 수 없는 바람이었다.

메구미는 일을 무사히 완수하고 난 후의 일정을 되새겼다. 정맥주사로 염화칼륨제제를 주입하면 구쓰와가 조용히 영면에 든다. 이 과정이 한 시간. 사망을 확인한 후 기구를 정리하는 데 5분. 자신이 방문한 흔적을 지우는 데 30분. 총 두 시간이면 모든 작업이 끝난다. 그 이후에는 온 길을 되돌아가기만 하면 된다. 시가지까지는 외길이어서 이 지역 지리를 모르는 메구미도 쉽게 찾아갈 수 있었다. 신발 밑창이 물에 젖는 것은 진작에 포기하자. 이런 시골 밤길인 데다 비까지 쏟아진다. 목격자가 없을 테니 오히려 좋았다. 갈아입을 옷도 준비했으니 젖은 옷은 어딘가에 처분해 버리면 그만이었다.

"실례하겠습니다."

만에 하나 의뢰인 외에 다른 사람이 집에 있을 경우를 대비해 말했다. 대답은 없었다.

미닫이문을 힘주어 열었더니 아귀가 맞지 않는지 덜커덩거리는 소리를 내며 겨우 열렸다.

어둑어둑한 형광등이 켜진 현관. 신발 벗는 곳을 내려다보니 비로 젖기는 했지만 샌들과 헌 구두만 있을 뿐 손님이 온 것 같지는 않았다. 이만큼이나 젖어 있으니 족적흔을 얻기에는 거의 불가능할 것이다. 메구미는 안심하고 신발을 벗었다.

가져온 가방에서 싸구려 슬리퍼를 꺼냈다. 대량생산품으로 이 슬리퍼로 최종구매자를 추릴 수는 없다. 슬리퍼 역시 사용 후에는 파기할 예정이다.

구쓰와의 침실은 복도 안쪽에 있다. 컨디션이 나쁘면 자고 있어도 괜찮다고 미리 말해 두었으니 아마 잠들었으리라.

"구쓰와 씨."

이름을 부르며 맹장지 문을 열었다. 방에는 환자가 홀로 누워 있을 것이다.

그런데 환자 외에 젊은 여자가 있었다.

"기다렸어요."

분명 아스카인가 하는 경시청 형사였다.

함정이다.

여자의 말을 다 듣기도 전에 발길을 돌렸다.

그런데 어느 틈에 몰래 다가왔는지 메구미 바로 뒤에 키가 큰 남자가 퇴로를 막고 서 있었다.

"오랜만이네요, 메구미 씨. 아니, 여기 있는 이상 다른 이름으로 부르는 게 좋을까요?"

이누카이가 의기양양하게 말했다.

제길.

퇴로를 막혀 어쩔 수 없다. 메구미는 마지못해 침실 안으로 물러났다.

"다시 만나 다행입니다."

"안 속았네요."

"지금까지 당신이 보여 준 계획은 대개 양동작전이었으니까요. 계속 성공했으니 이번에도 반드시 같은 작전을 꾀하리라 추측했습니다. 범죄심리의 기본이죠."

"밉살스럽네요."

"여자라고 생각해서 상대했더니 거짓말을 간파하지 못했

습니다. 범죄자라고 생각하니 무슨 생각을 하는지 어렴풋이 읽을 수 있겠더군요."

"여자한테는 잘 속는 모양이죠?"

"천성이 그래서요."

메구미는 이불에 누워 있는 남자를 얼음장 같은 시선으로 내려다봤다. 메일로 보내온 사진과 조금도 다르지 않은 얼굴이었다.

"설마 이 의뢰인도 함정이었나?"

"아니, 구쓰와 씨는 진짜입니다. 당신이 잠적한 사이에 우리가 간신히 찾아냈죠."

미안합니다. 이불에 누운 구쓰와가 사과했다.

"아내와 아이가 외출하고서 이 사람들이 찾아왔어요. 당신에게 위험을 알릴 새도 없었습니다."

구쓰와의 말은 진실일 것이다. 그래서 더욱 이해할 수 없었다.

데라마치 노부테루가 구속된 뒤에도 '닥터 데스의 왕진실'에는 안락사 의뢰가 쇄도했다. 물론 욕설과 호기심 섞인 댓글이 많았지만 작성자의 10퍼센트 정도는 진지한 방문자였고 구쓰와도 그중 한 명이었다. 전체 방문자로 따지면 1퍼센트 이하였다. 그런데 어떻게 구쓰와를 딱 집어냈을까.

"어떻게 여기를 알았는지가 궁금한가 보군요."

"참고삼아 가르쳐 줄 수 있을까요?"

"당신이 가르쳐 줬습니다, 메구미 씨."

이누카이에게서 조금 전의 거만했던 모습은 자취를 감췄다. 의외로 신사적인 성격일지 모른다.

"내가 언제 가르쳐 줬을까?"

"마지막으로 통화했을 때, 당신이 '국경없는의사회'에 참가했던 이력을 말했죠. 그래서 당신이 참가했던 무렵의 멤버 전원을 조사했습니다. 과거 경력도 현재 직함도, 그리고 당연히 얼굴 사진을 포함한 프로필도."

아아, 그렇게 된 일이구나.

"그 정도 정보로 잘도 추측했네요."

"여심은 몰라도 훌륭한 지도자를 동경하는 탐구자의 마음은 이해할 수 있거든요. 외국 분쟁지역을 돌아다닐 때 당신은 브라이언 홀이라는 미국인 의사에게 매료됐죠. 당신은 드러내놓고 말하지 않았지만 주변 직원들은 모두 알고 있던 모양입니다."

신사 같은 소리 하네. 메구미는 앞서 한 생각을 철회했다.

"수많은 사이트 방문자 중에서 구쓰와 씨만 딱 눈에 띄더군요. 브라이언 씨를 무척 닮은 분이었거든."

따귀라도 한 대 날려 주려던 순간 메구미의 귀에 섬뜩한 소리가 들렸다.

우르르르르.

결코 빗소리가 아니었다. 천장에서 작은 돌이 쏟아지는 소리가 들렸다. 하지만 2층으로 지어진 기와집에서 작은 돌이 쏟아지는 소리가 들릴 리 만무했다.

그런데 쏟아지는 소리가 삽시간에 커지며 지붕에 자갈을 엄청나게 퍼붓는 소리로 변했다.

순식간에 천장이 휘었다. 집이 내지르는 단말마가 들렸다.

천장이 무너지는 동시에 벽이 덮쳐왔다.

트리폴리에서 지근거리에 폭격이 떨어지던 광경이 되살아났다.

하필 이런 순간에.

가장 떠올리고 싶지 않은 기억인데.

어째서 나는 살아남았을까.

그러나 생각은 잠시였다.

빛이 사라졌다.

굉음과 함께 무너진 집이 메구미와 세 사람을 집어삼켰다.

시간이 얼마나 흘렀을까.

메구미는 어둠 속에서 이누카이의 목소리를 들었다.

"다들, 괜찮습니까?"

"다카치호 아스카, 무사합니다."

"메구미 씨!"

옆으로 누운 자세 같았다. 몸을 일으키려고 시도했지만 아무래도 천장의 널빤지에 깔린 듯했다. 몸 전체에 무게가 실려 손가락조차 움직일 수 없었다.

이대로 죽은 척 탈주를 시도할 것인가. 하지만 몸을 누르는 압력을 생각하면 이누카이와 아스카가 떠나기를 기다리는 동안 압사할 확률이 높았다.

"여기요."

가슴을 짓눌려 생각한 만큼 소리를 내지는 못했지만 그래도 두 사람에게는 들린 모양이다. 곧 주위에서 잔해가 치워지면서 압박이 줄어들었다.

"무사해서 다행입니다."

어두운 빗속, 이누카이의 표정은 흐릿하게 보였지만 그 어투에서 진의를 느낄 수 있었다. 연쇄살인범의 생사를 진심으로 걱정한 듯했다.

밤눈이 점차 돌아오자 주변 모습이 어렴풋이 보이기 시

작했다.

예상대로 산사태였다. 사흘간 쏟아진 장맛비로 집 뒤에 있던 절벽이 무너져내렸다. 구쓰와의 이층집도 토사와 거목에 쓸려 온데간데없었다.

"이제 한 명만 더 찾으면 돼."

이누카이는 동력이 떨어진 인형처럼 움직였다.

"……다쳤네요."

"구쓰와 씨를 구해내면 당신이 우리 세 사람을 응급 처치해요. 그 정도는 할 수 있잖아."

"그런다고 정상참작 같은 게 되려나."

"보고해야 할 건 보고합니다. 이후 일은 판사의 뜻이고."

셋이서 수색했다. 휴대폰 손전등에 의지에 잔해를 파헤쳤다. 넷 다 같은 방에 있었으니 근처에서 구조를 요청할 줄 알았다. 그러나 예상과 달리 구쓰와의 모습은 보이지 않았다.

"구쓰와 씨, 대답하세요!"

"어디 계세요!"

이누카이와 아스카가 소리쳤다. 메구미도 불러 봤지만 대답은 전혀 돌아오지 않았다.

애초에 췌장암이 진행되면 체력과 기력이 모두 떨어진

다. 가옥 더미에 깔렸으니 소리칠 기운이 남았을 리 없다.

설마 이대로…… 라는 생각이 든 순간, 아스카가 소리쳤
다.

"여기예요, 형사님! 구쓰와 씨, 여기 바로 밑에 있어요!"

토사와 깨진 기와 사이로 옷자락이 보였다. 메구미의 기
억이 분명하다면 구쓰와가 입고 있던 잠옷과 같은 무늬였다.

셋이서 흙더미를 파헤치자 점점 구쓰와의 몸이 보이기
시작했다.

그러나 이미 절망이 구쓰와를 덮친 상태였다. 천장을 받
치던 대들보가 구쓰와의 가슴을 압박하고 있었다.

직업인으로서의 본능으로 메구미는 구쓰와의 위에 올라
타 기도를 확보하느라 안간힘을 썼다.

"아으, 아, 아으……."

가냘픈 신음 소리가 귓가에 흘러들어왔다. 기도는 확보
했지만 갈비뼈가 상했음을 쉽게 예상할 수 있었다. 쇄골을
더듬었더니 부러져 있었다. 입을 벌리자 피가 고여 있었다.

"대들보를 들어올려야 해."

이누카이의 판단은 옳았다.

하지만 성공률은 낮았다.

일단 경찰관과 용의자라는 관계를 제쳐두고 세 사람은

힘을 합쳐 대들보를 들어 올리려고 했다. 하지만 애초에 무
게가 상당한 데다 양쪽을 토사가 누르고 있어 꿈쩍도 하지
않았다.

"아스카, 구급차를 불러."

"소용없어."

메구미가 중얼거렸다. 자신의 목소리가 이렇게나 냉철하
게 들릴 줄 생각도 못 했다.

"여기 올 때 확인했잖아. 응급병원이 있는 시가지까지 차
로 30분 이상 걸려요. 아무리 밟아도 이 비와 그 산길이라
면 가망 없다고. 구급대원들이 도착할 때쯤이면 이미 죽은
뒤일 거예요."

"그렇다면 이웃에 도움을……."

"이누카이 형사님. 내가 안락사 권장자이기 전에 간호사
라는 사실을 믿어 줄래요?"

"아, 믿지. 안락사 권장자라면 더더욱 이런 죽음은 용납
하지 않을 겁니다."

"고맙네요. 간호사로서 말하는데 구쓰와 씨에게 남은 시
간이 얼마 없어요. 앞으로 길어도 10분이나 15분. 갈비뼈
는 부러지면 안쪽으로 휘어요. 아마 폐에 박혔겠죠. 폐를
찔리면서 생긴 출혈이 역류해서 구강에 피가 고였어요. 설

령 이 대들보를 치운다 해도 지금 여기에는 메스 하나 없
고요."

"당신은 아무 도구도 없어요?"

메구미는 안쪽 주머니에서 주사기와 앰플을 꺼내 보였다.

만일의 경우 자결할 수 있도록 이 한 쌍만은 늘 주머니에
품고 다녔다.

얄궂은 이야기다. 사용하는 약품까지 같다니.

"그건……."

"석사메토니움. 근육 이완제. 독약."

어둠 속에서도 긴장으로 굳은 이누카이와 아스카의 얼굴
이 보였다.

"당신, 무슨 어처구니없는 짓을."

"어처구니없는 짓이 아니라는 건 형사님도 잘 알 텐데요.
흉부를 계속 압박당한 채 갈비뼈가 폐에 박혀 숨을 쉴 때
마다 점점 얼굴에 울혈이 생겨요. 그게 얼마나 고통스러운
지 상상은 할 수 있죠? 이대로 방치하면 구쓰와 씨는 숨이
끊어질 때까지 죽음보다 더한 고통을 계속 느껴야 해요. 이
사람을 구하는 건 이 방법밖에 없어요."

"어떻게 경찰이 눈앞에서 안락사하는 꼴을 그냥 보고만
있을 수 있겠어!"

"정말 한순간이면 돼요. 지금 이 순간만 경찰이라는 걸 잊어요. 숨 쉬는 것 자체가 고문인 구쓰와 씨의 심정도 생각하라고. 지금은 말이에요, 당신들의 대단한 경찰수첩도 수갑도 아무 도움 안 된다고."

더 이상 설득하려 애쓰는 것은 시간 낭비였다. 메구미는 구쓰와 옆에 주저앉았다.

"구쓰와 씨. 방식은 조금 바뀌었지만 지금 당장 편하게 해줄게요."

"잠깐!"

달려온 이누카이가 메구미와 구쓰와 사이를 가로막았다.

"그건 살인이야."

"그래, 내가 그걸 모를 줄 알아서 그래요?"

"난 경찰관으로서."

"경찰관으로서 이 사람이 계속 고통스러워하는 걸 손가락 빨면서 구경만 하려고? 그건 죄가 아닌가?"

이누카이의 동공이 흔들렸다. 그 순간 메구미는 깨달았다.

이 남자는 살 권리는 알지만 죽을 권리는 전혀 이해하지 못한다. 범인을 심판할 수는 있어도 죄를 심판하지는 못한다.

분명 딸이 심각한 병을 앓기 때문이리라. 그래서 생명에 대해 딱 잘라 생각할 수 없는 것이다.

문득 이 남자가 부러워졌다. 우물 안 개구리에 유치하지만 그 무엇도 냉정하게 잘라 버리지 못하는 다정함이 깃든 눈.

과거 자신도 이런 눈이었겠지. 하지만 너무나 많은 생명을 죽이는 사이에 완전히 변하고 말았다. 감정 어딘가가 마모되고 말았다.

"됐어요."

메구미는 이누카이의 눈앞에서 앰플 내용물을 주사기로 옮겨 담았다.

"아무리 생각해도 당신의 직업윤리가 구쓰와 씨의 안녕을 거부한다면 이 주사기를 부숴버려요. 3초만 기다려 줄게. 그 이상은 구쓰와 씨를 고문하는 거나 마찬가지야. 하나."

이누카이가 눈을 부릅뜨고 주사기를 응시했다. 아스카는 반쯤 망연히 이누카이의 행동을 주시했다.

"둘."

주사기로 손을 뻗었다.

그때 구쓰와의 입에서 길고 가느다란 비명이 새어 나왔다. 주사기로 뻗던 손을 뚝 멈췄다.

"셋."

이누카이는 힘없이 어깨를 축 늘어뜨렸다.

자신의 안에서 직업윤리가 무너지는 순간이었다.

"이건 내가 짊어질 죄예요. 당신은 상관없어."

브라이언.

당신이 이 말을 뱉었을 때 어떤 기분이었을지 이제야 이해했어.

메구미는 이누카이를 옆으로 밀치고 손가락으로 더듬어 구쓰와의 정맥 위치를 찾아 적확하고 망설임 없이 바늘을 꽂았다.

고통으로 일그러졌던 구쓰와의 얼굴에 순식간에 평온이 찾아왔다.

이로써 자신의 일은 끝났다.

이누카이와 아스카는 연쇄살인범을 앞에 두고서도 패배자의 얼굴이었다.

비가 쉬지 않고 쏟아지는 밤이었다.

3

문병을 가자 사야카는 조금 놀란 기색이었다.

"아빠, 무슨 일 있어?"

"왜?"

"이번 주만 벌써 두 번째잖아."

딸 병문안은 일주일에 한 번으로 정해 두었다. 그렇지만 이누카이 혼자 정해 놓은 규칙이므로 융통성을 조금 발휘해도 괜찮을 터다.

"평소보다 많이 와서 싫어?"

"그런 건 아니지만……."

"그런 게 아니면 뭐야?"

"약속했잖아. 범인을 체포할 때까지 안 올 거라고. 그럼……."

"응, 잡았어."

"잘됐네."

"범인은 잡았지만 죄는 못 잡았어."

"……무슨 말인지 모르겠어."

"몰라도 돼."

이누카이는 지긋지긋하다는 투로 말했다. 사실 이누카이는 사건을 해결했다는 상쾌함을 전혀 느끼지 못했다.

비가 쏟아지던 그 밤, 한 시간 뒤에 현지 경찰과 구급차가 도착했다. 구쓰와는 사망한 지 이미 한 시간이 지났고 메구미는 하룻밤 유치된 뒤 경시청으로 인계됐다. 새삼 숨길 것도 없는지 순순히 조사에 임했다. 이제 단순 살인죄로 입건할지 촉탁살인죄로 입건할지의 문제만 남았다.

이누카이의 고뇌는 다른 데 있었다.

사람을 죽게 방치했다.

구쓰와가 안락사를 선택하는 행위는 불법이라는 사실을 알면서도 묵인했다. 메구미가 독약을 주사하는 행위는 살인이라는 사실을 알면서도 그저 손 놓고 지켜만 봤다.

메구미는 자신이 짊어질 죄라고 했지만 그것은 방편에

불과했다. 눈앞에서 자행된 살인을 손 놓고 구경한 자신에게도 응당한 죄가 있을 터였다.

나중에 아스카는 어쩔 수 없었다고 이누카이를 옹호했다. 메구미가 구쓰와의 얼마 남지 않은 생명을 방패 삼아 자신들을 협박했다고 해석했다.

그것 또한 눈 가리고 아웅이었다. 이누카이는 대들보에 깔린 구쓰와의 모습에 사야카를 이입해 본 것이다. 만약 사야카가 같은 상황에 놓이면 과연 자신은 어떤 선택을 할 것인가. 법을 지켜 사야카가 마지막 순간까지 고통스러워하는 모습을 지켜볼 것인가, 법을 어겨서라도 딸을 편안하게 보내줄 것인가.

범인을 체포해야 하는 순간 형사에서 아버지로 돌아간 시점에서 자신은 형사 자격이 없었다.

"아빠, 아까부터 표정이 왜 그렇게 심각해. 무슨 고민 있어?"

사야카가 눈치 빠르게 물었다. 최근 들어 얼굴도 말투도 이혼한 전처를 닮아간다.

"사야카. 만약에, 만약에 말이야. 지금 앓는 병이 다른 병이라고 치고, 어떤 치료로도 고칠 수 없이 고통만 심해질 뿐이라면 그래도 계속 그 병과 싸울 거니?"

"응?"

"그러니까 정말로 만약의 이야기인데…… 아니, 미안. 아무리 만약이라도 이런 이야기를 하는 게 이상하지."

"안락사를 선택할 거냐는 말이야?"

"뭐, 응."

아, 알겠다. 사야카가 이해한 듯 고개를 끄덕였다.

"아빠, 안락사를 용납하지 못하는 거지?"

"특별한 사정이 있다면 몰라도 완전히 찬성하는 건 좀 그래."

"그건 사고방식의 차이일 뿐이야. 왜냐하면 사실은 가족을 죽게 하고 싶지 않은 마음과 고통받게 하고 싶지 않은 마음 모두 근본은 똑같은 배려에서 나오는 마음이니까."

이누카이는 허를 찔린 기분이었다.

"오래 산다고 무조건 행복한 건 아니잖아. 내 생각에 그 둘은 대립하는 개념이 아니라 접근 방식의 차이 같아."

눈치만 빠른 것이 아니라 통찰력까지 뛰어났다.

이누카이는 지금도 안락사의 옳고 그름을 판단할 수 없다. 그래도 조금 더 지혜로워지면 메구미나 구쓰와의 생각을 이성적으로 이해할 수 있을지 모른다.

그때까지 자신은 구쓰와의 죽음을 그저 지켜보기만 했

다는 십자가를 짊어지고 가야 할 것이다. 생각만으로도 마음이 무겁지만 그것이야말로 이누카이가 분명히 짊어져야 할 죄와 벌이었다.

"아. 하지만 나라면 일단 안락사 어쩌고 하는 생각은 안 해. 예전에는 조금 생각했을지 몰라도 요즘에는 네가 이기나 내가 이기나 끝까지 해 보자! 싶거든."

"왜?"

"글쎄. 포기를 모르는 누구 씨 딸이라서?"

하얀 악(惡), 검은 선(善)

20세기 후반, 미국 전역에 안락사 문제를 공론화한 의사가 있습니다. 이 죽음의 의사(Dr. Death)는 '환자의 존엄하게 죽을 권리'를 주장하며 '타나트론'과 '머시트론'이라는 안락사 조력 자살 기계를 고안합니다. '타나트론'은 환자가 스스로 버튼을 누르면 생리식염수, 전신마취제, 독극물이 순서대로 체내에 주입되어 죽음에 이르게 하는 기계고, '머시트론'은 산소마스크를 통해 질소와 이산화탄소를 주입해 사망하게 하는 기계입니다. 죽음의 의사는 이 기계를 이용해 불치병 환자 130여 명의 안락사를 돕고 살인죄로 수감 됐다가 다시는 안락사를 돕지 않겠다는 약속을 전제로 가

석방됩니다. 적극적 안락사를 대표하는 죽음의 의사, 바로 잭 케보키언입니다.

그리고 지금 21세기, 케보키언의 뒤를 잇는 또 다른 죽음의 의사가 나타났습니다.

시작은 이상한 신고 전화였습니다. 경시청으로 들어온 '나쁜 의사가 아빠를 죽였다'는 신고에 수사1과의 에이스 이누카이와 그의 파트너 아스카가 움직입니다. 그리고 대수롭지 않게 여긴 신고 전화 뒤에 생각지도 못한 사건이 숨어 있다는 사실이 드러나고, 그동안 일본 사회가 뒷전으로 미뤘던 안락사가 공론화되는 가운데 이누카이와 닥터 데스의 쫓고 쫓기는 치열한 두뇌 싸움이 시작됩니다. 20만 엔을 받고 안락사를 돕는 죽음의 의사. 그는 과연 성인일까요, 악마일까요?

다양한 에피소드를 등장시키며 오래전부터 뜨거운 감자였던 '안락사'를 다각도로 조명한 『닥터 데스의 유산』은 인간이 존엄하게 죽을 권리를 과연 법으로 통제할 수 있느냐는 물음을 던집니다. 고통스러운 죽음을 원하지 않는 인간의 본능적인 바람과 사회 윤리관이 충돌하는 현실을 각각의 입장에서 설득력 있게, 또 흥미진진하게 풀어낸 이 작품을 읽으면서 독자 여러분도 생각이 많아졌으리라 생각합니다.

이 작품에서 가장 인상적인 점은 사명감 강한 경찰로서의 자신과 난치병 환자인 딸을 둔 아버지로서의 자신, 그 괴리에 좌절하고 고뇌하는 이누카이의 모습이 생생하고 공감 가게 그려졌다는 점입니다. '이누카이 하야토 형사' 시리즈의 핵심이 난치병 가족을 둔 형사의 눈으로 바라보는 의료·복지 사회문제인데 『닥터 데스의 유산』은 시리즈 작품 중 그 특징이 가장 효과적으로 활용된 돋보이는 작품이 아닌가 생각합니다. 단순히 경찰이 범인을 쫓는 구조가 아닌, 형사와 가족 사이에서 끊임없이 고뇌하는 이누카이가 이 시리즈가 다른 작품과 차별화되는 매력 포인트 아닐까요.

생각해 보면 사회파 미스터리를 사랑하는 독자들에게 '나카야마 시치리'는 선물 같은 작가가 아닐까 생각도 듭니다. 예민하고 무거운, 때로는 사회에서 터부시되는 문제들을 수면 위로 끌어올려 다양한 관점에서 다시 생각해 볼 수 있도록 설득력 있게 풀어내면서도 그런 진지한 문제를 스릴 넘치고 흥미롭게 독자에게 전달하는 데는 나카야마 시치리 만한 작가도 드물겠죠. 정말로 독자를 즐겁게 하는

데 타고난 작가입니다.

'개똥밭에 굴러도 이승이 좋다'고 합니다. 아무리 괴롭고 비천하게 살아도 죽는 것보다는 낫다는 뜻이죠. 인간의 '존재하고 싶은 욕망'을 잘 표현한 속담입니다. 사는 것보다 죽는 것이 더 좋은 사람은 당연히 없을 것입니다.

그러나 사람은 태어나는 순간부터 죽음을 향해 달려갑니다. 생명을 지닌 존재로 태어난 이상 누구든 소멸을 피할 수는 없습니다. 한때 '웰빙'이 우리 사회를 휩쓸었다면 최근 그보다 더 주목받는 것은 '웰다잉'입니다. 누구에게나 공평하게 찾아오는 죽음을 인간답고 품위 있게 맞이하고 싶다는 사람이 부쩍 늘었습니다. 삶의 질 못지않게 죽음의 질 또한 중요하며 사람에게는 스스로 생을 마감할 권리, 즉 죽을 권리가 있다고 주장합니다.

이러한 사회 흐름에 올해 우리 국회에서는 '조력존엄사' 법안이 처음 발의됐습니다. 수용할 수 없는 극심한 고통을 겪는 불치병 환자가 의사에게 요청해 약물로 스스로 목숨을 끊는 절차를 허용하겠다는 내용이 주요 골자입니다. 2018년부터 시행된 연명의료결정 제도로 연명치료를 포기하고 인간의 존엄과 가치를 지키며 죽음을 맞는 존엄사는 현재 허용되고 있지만, 이번에 발의된 '조력존엄사'는 적극적 안락사의 성격을 띤다는 점에서 의미가 조금 다르다고 할 수 있겠습니다. 100세를 바라보는 고령화 사회에 이제 우리 사회도 '인간의 죽을 권리'를 진지하게 논의해야 할 시간이 코앞까지 다가왔다는 의미일 것입니다.

그러나 한편으로는 인간의 생명을 빼앗는 안락사는 생명의 존엄성과 도덕적 관념에 위배되는 행위라고 주장하는 목소리도 여전히 많습니다. 인간이 죽음을 선택한다는 개념은 결국 '자살'이며 '자살할 권리'를 법으로 인정하는 것이 옳은가 의문을 제기합니다. 또한 자칫하면 안락사 제도가 오히려 노인이나 불치병 환자를 죽음으로 내모는 데 악용될 우려가 있다고도 주장합니다.

정답이 있는 문제가 아닌 만큼 우리 사회는 지금까지 그래왔듯 앞으로도 이 문제를 두고 치열하게 고민하게 될 것입니다. 함부로 미화하거나 무조건 배척할 문제가 아닌 '안락사'에 대해 여러 논쟁이 오가겠죠. 그때 우리는 명암이 뚜렷한 이 문제를 두고 어떤 신중한 결정을 하게 될까요.

우리가 아무리 '안락사'에 대해 진지하게 고민한다고 해도 직접 죽음과 마주해 보지 않고는 죽을 권리에 대해 진정으로 고찰할 수 없을 것입니다. 그러나 『닥터 데스의 유산』을 읽으면서 '안락사'에 대해 다시 한번 생각해보는 시간이 되었다면 좋겠습니다.

2022 가을
문지원

닥터 데스의 유산

1판 1쇄 인쇄 2022년 11월 7일 | **1판 1쇄 발행** 2022년 11월 28일

지은이 나카야마 시치리 | **옮긴이** 문지원
책임편집 민현주 | **디자인** 박진범 | **제작** 송승욱 | **발행인** 송호준

발행처 블루홀식스 | **출판등록** 2016년 4월 5일 제2016-000100호
주소 경기도 파주시 회동길 483-1 | **전화** (031)955-9777 | **팩스** (031)955-9779
이메일 blueholesix@naver.com

ISBN 979-11-89571-84-9 (03830) | **정가** 16,800원

인스타그램 @blueholesix | **유튜브** blueholesix

네이버스토어
PC http://smartstore.naver.com/blueholesix
MOBILE m.smartstore.naver.com/blueholesix